terra avulsa

altair martins

terra avulsa

1ª edição

CIP-BRASIL. CATALOGAÇÃO NA PUBLICAÇÃO
SINDICATO NACIONAL DOS EDITORES DE LIVROS, RJ

Martins, Altair, 1975-
M341t Terra avulsa / Altair Martins. – 1ª ed. – Rio de Janeiro: Record, 2014.

ISBN 978-85-01-40428-2

1. Romance brasileiro. I. Título.

CDD: 869.93
14-05102 CDU: 821.134.3(81)-3

Texto revisado segundo o novo Acordo Ortográfico da Língua Portuguesa.

Impresso no Brasil

ISBN 978-85-01-40428-2

Seja um leitor preferencial Record.
Cadastre-se e receba informações sobre
nossos lançamentos e nossas promoções.

Atendimento e venda direta ao leitor:
mdireto@record.com.br ou (21) 2585-2002.

"con el dedo en la garganta
también se construye un país",
dijo Mendoza,
y vació la botella.
Manifiesto Javier Lucerna

Vamos rir mais
Trident Brasil

1. de vez em quando me ocorre ser Javier Lucerna. Quase sempre, em verdade. Então nasço na Nicarágua, em Somoto, pelas mãos do Dr. Carlos Herrera, e me crio comendo o gallo pinto de minha mãe, Benita Solíz.

Aos 17 anos já moro do Relógio Municipal meia quadra ao sul. Aos 18 me torno amigo do jornaleiro Rudy Selva e o escuto gritar as novas do *Corazón de América* às seis e tantas da manhã. Ele publica meu primeiro poema — *memorial del mango* — numa edição de sábado. Vivo em três cidades depois dos 20, nesta ordem: Leon, Granada e Manágua. Começo minha independência aos 23, dando aulas de Geografia e protegendo coisas aparentemente inúteis, os tubarões de água doce do lago Cocibolca, por exemplo, e pessoas inteligentes entendem que eu estou lutando pelo direito de usar os dentes contra a ditadura que ocupa um país tão pequeno. Defendo, depois dos 30, o livre-arbítrio, o direito à expropriação da matéria intelectual e a greve de fome como forma de combate à fome, como Lucerna defendeu. E antes de morrer, aos 46 anos?, lanço minha cruzada contra toda a tecnologia, este novíssimo regime que ilude porque nos ocupa. Espalho filhos. E sobretudo escrevo o que Lucerna escreve: poesia enraizada na minha figura predileta, a hipálage.

Mais frequentemente me ocorre ser um objeto neutro, discreto, daqueles que são um entre tantos. Penso num monumento coletivo e já me sinto demudado em um vasilhame de vidro, sem dono, retornável, exemplo cívico de doação a uma sociedade que vai além do sujeito, assim:

E como vasilhame, confesso segredos de concha, coisas guardadas no eco escuro do meu sentimento, palavras que passaram a vida submersas num conteúdo que nunca esteve arraigado ao continente, exemplos como este:

o segredo de um vasilhame
O segredo de um vasilhame
é que ele já guardou rebanhos
e hoje não guarda segredo algum
a não ser: devolver o que lhe sopram.

Como reserva das garrafas pet,
resta-lhe a aposentadoria de coisa obsoleta.
Porque uma garrafa é descartável

quando aprende fácil
as regras da humana firma:
que o destino das coisas vazias
é a arqueologia de fundo de rios, de mares,
o papel de caco de asfalto ou quinquilharia.

Uma longneck quebrada,
trabalhando como ponta de lança
                                        de muro,
aprendeu inclusive a tirar sangue.

O segredo do vasilhame, por seu turno,
é que ele é retornável
e alcançou, com ter vestido todos os rótulos,
a ser superiormente vasilhame,
receita de silenciosa espera.

E quando encontra
com garrafas modernas a mendigar lixeiras,
lamenta consigo, em segredo,
que parecem gente.

Mas tudo isso é linguagem. Quando sento no sofá, aceito que sou apenas gente: me obrigo a usar calças e telefone celular e, de vez em quando, fazer a barba. Alguém comum, que exige nome e sobrenome e que, por educação, se vê constrangido a responder ao que não lhe diz respeito. E brasileiro, o que significa uma natureza que me impele ao atalho. E sei também que não teria nenhuma dessas vontades de transferência se não tivesse sofrido o assalto.

Antes de me terem apontado a arma, eu vivia num sistema de contagem: trabalhava para a editora Fabulare, traduzindo do espanhol umas cinco ou seis horas por dia. Depois, bebia minha cerveja na área de serviço, desperdiçando os olhos por não mais que meia hora, e saía para correr pelo Centro — uma hora e quinze no relógio. Traduzia o livro *Arena viva*, o caderno-memória sobre Javier Lucerna.[1] Espalhava a sintaxe e a desvirava em português, buscando o melhor dos termos nesta língua do Brasil. Mas percebi que não estava lidando com papel plano. Aquelas palavras pareciam estar sempre cumprindo saltos.

Compreendi que necessitava ler todo o Lucerna para traduzir aquilo por que tanto era lembrado. Vi que não cumpriria o prazo, já havia gastado o adiantamento e comprometeria o trabalho de Eudora. Foi então que o assalto me deu a tentação de viver alheio a períodos e semanas. O assalto me arrancou do Brasil para mostrar minha impotência. Me vi

---

[1]Um dos raros livros verdadeiramente de memória, *Arena viva* foi escrito pelo recordar dos outros. Memórias cruzadas, eu diria. É o Lucerna legítimo que fica, coado pela lembrança alheia. É essencialmente um livro coletivo, como a Bíblia, mas sem autores. Nenhuma página tem origem, ou destino, como sonhava o próprio Lucerna. Foi rascunhado em sua caderneta, encontrada ainda durante os primeiros anos de governo provisório na *Piragua* de Manuelito Maldonado, aquela sapataria de Somoto onde se estragavam as botas dos soldados da Guarda Nacional. O livro circulou mimeografado durante a Contrarrevolução. Alguns episódios são lembranças de alguém que imaginou como Lucerna os lembraria. Mas se trata também da incorporação do próprio Lucerna, como ocorreu antes a Augusto César Sandino. Se na Revolução de 79 o ditador Somoza ofereceu quinhentos mil dólares americanos pela cabeça de Javier Lucerna, os compas nicaraguenses se disseram Lucerna — e foram torturados como se fossem ele próprio. Somoza declararia que Lucerna era un maestro puta del disfraz. *Arena viva* é, por isso, um conjunto de páginas escritas por todos, num livro de ninguém. Nele escreveram inclusive os inimigos, como Anastasio Somoza Portocarrero, filho de tirano, exilado na Guatemala, cujo texto se chama *Robolución*. Ou melhor: o texto apareceu como de Portocarrero, mas pode muito bem ter sido escrito por outra pessoa que acreditasse que a Nicarágua dos Somoza tinha sido o maior produtor de grãos do mundo.

coisa, sim, como um vaso sem flor que passa a vida inteira lendo paredes e não escreve. Adivinhar-me bastardo ou criança abandonada me levou a esboçar uma ou outra palavra, e me senti brevemente Lucerna.

Testando o limite, me encontrei no apartamento do Centro, entre a estagnação interna e os ruídos de um fim de dia, descobrindo uma capacidade que me era desconhecida, a de entender o silêncio dos objetos da casa. A lógica de cada um deles não era inanimação: era renúncia. O mundo frio, todo ele, preferia o silêncio, o mais legítimo livre-arbítrio. O silêncio e a planura. As peças da casa, da janela à porta da geladeira, observavam se quisessem. Eram usadas, eram pacientes. Não precisavam se impor como coisa existente. Não defecavam. No fundo mesmo, aquele fundo depois do assalto, acabei concordando com duas ideias absolutamente novas: 1) que os objetos de casa são mais dignos que os de fora, e 2) que as pessoas têm muito o que aprender com uma faca de mesa — a começar por refletir o próximo e passar manteiga.

2. quando minha mãe de sangue me abandonou. Fui adotado por Berenice, que morreu e me deixou com Izolina, minha madrinha, pessoa de quem eu tinha medo de ficar perto, por ser extremamente feia. Além de Izolina, o irmão de Izolina. Jacinto na casa: capacidade de passar o dia inteiro arrumando bicicletas, xingando as ferramentas e sem dirigir uma palavra às pessoas. É o suficiente, por enquanto, para dizer que sempre fui acostumado a viver sozinho, pensando muito e falando pouco. Nunca precisei cozinhar mais que um pão com margarina e queijo ou um ovo duro. E o fato de pensar só comigo me acalmava como efeitos de um cigarro. Vem dessa época com Izolina: na casa de Guaíba eu vivia a obsessão pela Ilha do Presídio, aquele ponto, quase só pedra e vegetação, quieto no meio do rio. Já naquele tempo não havia mais prisões, e a ilha era carrancuda como alguém cheio de si. E nisso eu poderia me encontrar em Lucerna. Ele também viveu numa ilha assim, no lago Cocibolca, um pouco depois da revolução. Mas saiu de lá porque era preciso lutar contra os meninos bem-nutridos de Reagan.

Minha fuga, quer seja a minha luta, foi para dentro da leitura. Pois preguei um assento de cadeira, de fibra, alaranjado, no alto de uma árvore do pátio. Um cinamomo. Lia histórias de super-heróis, que me levaram aos livros. Me inquietavam mais os heróis apaixonados — o Surfista Prateado, que, para proteger seu amor, guiava Galactus, o devorador de mundos, ou o Visão, que, apesar de androide, casou com a Feiticeira Escarlate. Eles marcavam uma ética, e eu queria saber o que eles liam para falar daquele jeito. De todos eles, preferia o Dr. Henry Pym. Desacreditado pela comunidade científica, ele criou as partículas pym, que o capacitavam a reduzir ou aumentar de tamanho. Tornou-se primeiramente o Homem-Formiga, vislumbrando a fascinante cosmologia minúscula. Um capacete permitia-lhe a comunicação com os insetos. Transformou a esposa Janet na heroína Vespa. Mas ele sofria um complexo óbvio em relação aos outros heróis, o que o levou a transmudar-se primeiro no Gigante, depois no Golias, na fase áurea no Jaqueta Amarela e, após a morte da esposa, no Vespa. O herói transtornado assumiria por fim a identidade de Henry Pym, provando que nada poderia ser mais heroico que suportar ser si mesmo. Natural para mim, depois de toda a mitologia dos quadrinhos, que me suspendesse escrevendo longe do chão, não sei se poesia, pedaços de frases que só faziam sentido quando eu estava lá em cima. Escrevia para ter o que ler, sempre a lápis. Como um superpoder, ler me tornava menos frágil para descer à superfície. Ler e escrever: queria, como Henry Pym, crescer e diminuir para me transformar em mim mesmo. Cometi versos.

A poesia poderia ter sido para mim o que foi para Lucerna — palavra de ação. Mas desconfio que meus poemas nunca deixarão de ser meus: eles têm muito sono e pouca vontade de sair à rua.

3. só porque fui à farmácia. Voltava com a mesma dor na coluna, pensando que fossem as primeiras raízes da velhice. Mas hoje tenho a convicção de que andei carregando pela vida muita coisa pesada e inútil, nos planos físico e metafísico. E agora que tomo café e que penso em comer bolachas, reparo no pacote vazio, transparente até mesmo nas letras que lhe dão o nome de isabela. O nome devassável o sustenta, é verdade. Mas só com nome, sem nada a preencher seu oco, um pacote de bolachas não existe. É quando tenho um estalo: o pacote de bolachas torna-se narrativa. Os outros personagens são dois vilões numa motocicleta. O condutor tem no capacete um adesivo com a maçã mordida do Steve Jobs. Seu retrato falado, portanto, está nas capas de revista, rodeado de elogios. O carona é o típico comparsa e precisa de um apelido. Conheço aqueles sinais: corpo de rato, gesto de rato. Rato. Um amigo de infância tinha o apelido de Mickey justamente por isso. Agora, de capacete preto (onde, forçando, posso ver as orelhas redondas), o carona sugere um dos caras mais conhecidos do mundo. Pois o comparsa ou é o meu amigo com cara de rato ou é o rato com cara de amigo. Não há detalhes de fisionomia porque, com a viseira escura do capacete, não se consegue vê-lo sorrindo quando abana com as luvas brancas.

A fraude do riso

São cinco horas da tarde, e o pacote de bolachas tem coluna, e essa coluna dói. Entra numa farmácia. Sente-se catatônico, e não é pela dor de coluna, mas pela farmácia imensa, dividida por seções imensas, cada uma para cada dor. O ar condicionado é excelente, e o pacote já bebe cafezinho. E por todos os lados pessoas procurando onde fica a dor tal e tal. Apesar de tanto sofrimento, ninguém deixa de rir. Menos o pacote. Qual sua dor? Coluna. Funcionária de uniforme azul-marinho leva-o à seção de dor de coluna, também imensa, com torres que sobem ao teto, em escolioses, lordoses, cifoses. E por isso uma lombalgia faz que o pacote se sinta apenas uma sombra e então com dor de cabeça e já está na seção de dor de cabeça, com estantes espiraladas, e aceita o remédio para dor de cabeça com chá de camomila e esquece a dor de coluna, porque alguém conversa com alguém sobre a ineficácia dos remédios contra a apatia, e em seguida começa a tossir, a tossir tanto, que é obrigado a comprar uma pastilha valda enquanto opina se tal doença é nova ou apenas nova é a terminologia.

Sai da farmácia como quem foge e simplesmente fica parado numa esquina. Sente-se, digamos, elástico demais, porque acabou de estar em meio a pessoas diferentes sem conseguir se opor a ninguém. E pensa: sem me deformar muito, me encaixo aqui e ali. Deixa de ser aterrorizante e agora é triste, porque procura um amigo e não encontra. Qual a sua dor?, é só o que ouve. E vai atravessar a rua, mas guias de cachorro ligadas a donos de cachorro o impedem, e é quando a motocicleta invade a calçada. O pacote tenta dar um passo atrás, em fuga, mas o Steve Jobs é mais rápido e saca a arma (uma arma nova, surpreendente). Então o Mickey desce da moto para arrancar-lhe a mochila. Passa o umbigo, o pacote parece ouvir, mas agora o Mickey Mouse engrossa a voz, repetindo firme Tira os tênis e a jaqueta, ligeiro, ô isabela, e não olha pra trás senão ele vai te estourar. Então o pacote, de ter escutado relatos assim, não reage: tira os tênis com os pés, entrega a jaqueta e fecha os olhos. Na iminência da morte, não lembra os parentes, amigos ou pessoas importantes. Recorda apenas maleato de enalapril 10mg (duas caixas), decongex plus ação descongestionante e olina essência de vida. E quando abre olhos, olhando a furtivo, vê: de luvas brancas, o Mickey coloca a pasta a tiracolo, uma sacola de plástico no outro ombro e monta rápido. Steve Jobs acelera a moto.

Imóvel, o pacote de bolachas percebe que o deixaram de meias. Na pasta que levaram estão todos os documentos possíveis, além do computador, um exemplar de *Polvo*, de Lucerna, e uns escritos soltos. O pacote mexe nos bolsos e encontra a chave de casa, algum dinheiro e um vidro de sal de fruta eno. É obrigado a explicar aos taxistas e a alguns curiosos por que está de meias. O medo da farmácia gera riso. Ainda tendo de contar detalhes, embarca num táxi e pede que o leve embora. O taxista grita pros outros Vou só levar esse pacote de bolacha isabela ali no Centro; o cara ficou morrendo de medo da farmácia e roubaram tudo dele. Os outros parecem comentar alguma coisa engraçada, e o carro parte.

No caminho, o taxista pede que ele conte novamente como foi. Ele conta. Medo da farmácia, ora ora.

E só depois retorna. Apenas pacote. Não tem mais bolachas dentro. Pacote, útil quando continha bolachas. Pacote vazio, transparente demais até para embalar o lixo da cozinha. Na penumbra, deita-se no sofá e aí percebe que perdeu o último botão da camisa, à altura do umbigo. Está cansado de muita coisa que não consegue distinguir. Pensa em tomar o sal de fruta, mas prefere beber uma cerveja polar, muito gelada, até a chegada da noite. Bebe incomodado, como se o mancebo de madeira, aquele cabide vertical que está a sua frente, fosse alguém curioso pela história que o pacote não quer repetir mais uma vez. Por isso lhe vem a vontade de reação: procura outros tênis — quarto, área de serviço — e encontra um par nos braços do mancebo. Põe os tênis e vai à delegacia enfrentar uma fila enorme, composta por gente de macacão e travada por uma mulher de coque que chama de cavalo o policial. E com razão: o policial está com um uniforme azul de desenho animado e usa uma máscara de cavalo sorridente. É uma máscara feita de papel, presa com elástico, e os dentes proeminentes do cavalo são recortados como abas. Há uma plateia que comenta e ri. O policial relincha. A mulher de coque está ferida no rosto e no braço e pede em vão uma cadeira para sentar. O pacote reclama também, dando razão à mulher de coque, e ouve do policial com máscara de cavalo que a porta é a serventia da casa. A plateia ri. O pacote fica estarrecido e resmunga, e outro policial, este com a máscara do cachorro Dum Dum, também de papel e presa com elástico, lhe pergunta o nome, conferindo no computador. O que a isabela deseja?, é o policial com máscara de cavalo. E o Dum Dum responde Documento se pede pela internet, e voltam a discutir com a mulher de coque. O pacote pergunta forte Onde fica a corregedoria? E o policial com a máscara do Dum Dum se levanta, olha o endereço do pacote no computador e diz Sai dessa fila e toca pro teu apartamento no Centro, filho da puta.

Pessoas passam a falar mais alto. Risos fortes. O pacote sai da fila, não sabe se atônito ou apenas impotente. É um filho da puta. Olha uma última vez para o policial com máscara de cavalo, que lhe aponta para a camisa dizendo Ó, falta o último botão. O pacote sai. A plateia vaia.

A noite é a mesma de depois do assalto, a mesma de antes da delegacia, mas o céu escuro tem ares de galhofa. Da rua o pacote ainda escuta a voz rude do policial com máscara de cavalo para a mulher de coque, que não se rende, e os rumores da plateia excitada. O dispositivo que o pacote ouviu foi sinistro demais, mas esteve em todas as constituições do Brasil, ele sabe: os incomodados que se retirem. É o que pode ser feito, e o pacote se retira do pátio e do que vulgarmente se chama direitos de cidadão. À entrada do estacionamento externo, uma policial de minissaia, cabelos com escova e batom cor-de-rosa, lhe dá um balão amarelo.

Circula pela Andradas, com vontade de voltar à delegacia, mas reconhece que não conseguirá dizer o que quer ao policial com máscara de cavalo. Fala três idiomas, sim, mas jamais será capaz de uma intervenção que mude sensivelmente qualquer coisa no mundo. Só lhe resta o nome, e o nome não basta. O nome ele pode conseguir de novo pela internet, segundo o Dum Dum. O pacote fura o balão.

Tudo muito difícil no caminho de volta para casa, como quando pensa em comprar alguma comida embalada, mas não aceita o fato de que tudo o que comprar estará pagando o cigarro daquele policial com máscara de cavalo. Adivinha que, se procurar a corregedoria, preencherá uma denúncia inútil e ouvirá de um policial com a máscara do velho barreiro (também de papel e também presa com elástico) algo sobre a falta de condições do estado. Talvez haja alguém de macacão para rir.

Fui alijado de meu momento grave, pensa.

Subindo as escadas do edifício, o pacote tem fome e dor na coluna, mas já sabe o suficiente. E quando chega ao terceiro andar, e quando entra, apenas acende a luz, apenas fecha as janelas, apenas atira a camisa a um dos braços do mancebo de madeira, e apenas de calça pega uma segunda cerveja, se deita no sofá e fica no escuro, com vontade de não pensar em nada. Não quer piorar as coisas, mas é vítima da causalidade humana e por isso se agarra às escoras ideológicas para entender sua rendição (e ele tanto não aceita essa palavra, que chega a ouvir do mancebo o termo heroísmo). De maneira fleumática, o pacote poderia mentir que andava atropelando as coisas, um texto atrasado aqui, uma conta sem pagar por lá. Se sentia espremido ao sair de casa e queria pensar antes de conhecer. Que o pacote de bolachas tinha de escapar da sedução do tempo e salvaguardar o espaço. Que o que faz, está fazendo, é manobra empírica e não teórica. Entende o mancebo. Tem vontade de abraçá-lo. E desconfia de que, naquele momento, escorra uma sincronicidade inevitável entre o que não faz e que os outros estão fazendo. Mas aceita duas certezas: o Mickey é o líder deles, e é por causa daquele pessoal, o do riso, que ele se avulsa. Por que havia tantos?

4. pois bem: Eudora não me visitava antes do assalto. Desde que me roubaram a mochila e o nome, passou a aparecer nos domingos. Mas só costumava lhe abrir a porta após me certificar de que era ela. Até que resolvi lhe dar as chaves. Perguntou por que eu fazia aquilo, e eu não soube responder. O mais imediato que poderia dizer era preguiça de abrir a porta, mas eram razoáveis motivos como covardia, como indiferença, como raiva de mim mesmo. Imagino a síndica e as mesuras indiscretas para Eudora, julgando que era minha irmã e intrigando-se, a partir das roupas da mana, com meu jeito recluso. É assunto de homem, assim: Eudora vinha de vestido mole, oferecido, ou calças justas, quase plásticas, ou — houve poucos dias quentes — de xortes não muito curtos. Usava de blusas que mostravam bem o pescoço a camisetas e colantes. E os seios me davam medo. Eudora é judia, de olhos esticados e cílios grandes. E não é feia. Me incomoda o rosto bicudo, mímese de tamanduá, só isso.

Eu já trabalhava para Eudora muito antes. Ela coordenava todo um setor editorial da Fabulare. Me considerava o melhor tradutor de espanhol, por isso não desistiu de mim. Sem Eudora, seria impossível a minha orientação autocrática, e eu voltaria a ouvir os relinchos do policial no balcão daquela instituição fóssil. Eudora talvez apenas suspeitasse: ela foi minha única parceria contra a retumbância, o fomento de todo o mínimo necessário ao país-vingador onde me escondi para passar os dias simplesmente lendo Lucerna, traduzindo Lucerna, reinventando o que podia. E escrevendo, o que significava ir mais além no Lucerna que eu conseguia alcançar. Tinha, por assim dizer, meu segredo — escrevia meus poemas, como toda a gente que se mete com livros. Atrasei a tradução de *Arena viva* justamente porque Lucerna me levou a escrever e pela primeira vez me senti fazendo alguma revolução. Toda a poesia do Professor, como os nicas o chamavam, não era apenas a revolução por um país livre, mas por um mundo anônimo, onde se assinassem os nomes com letra minúscula. Nos meus riscos, passei a usar o pequeno mundo que me cercava — meu apartamento opaco, sertãozinho sem rio nem morro — como um país soberano. Foi a nona nação a falar português. Provavelmente a primeira a ter Lucerna traduzido.

Mas Eudora tinha o seu segredo também — sonhava com ser algo além de uma burocrata de edições regulares. Ela tirava fotos. Descobrimos assim: nos tempos em que me chamou para a tradução, conversou sobre livros. Eu teria sido indicado, ela me disse, pela Betina, a tradutora de inglês da editora, que eu conhecia dos tempos da faculdade, de cabelos crespos muito diferentes, quase africanos. Passei umas cinco ou seis noites com Betina, até que foi embora depois de ouvir que eu não conseguia dormir com outra pessoa na mesma cama. Antes de me deixar sozinho, perguntou muito seriamente quem ela era na minha vida, e eu não tive nada a responder e por isso fingi que já dormia. Betina nunca mais tinha aparecido, mas, a julgar pelo trabalho que me conseguiu, eu podia me considerar alguém significativo na vida dela. Ou então a lógica mais aceitável fosse pena. Acabei fazendo algumas traduções de *Contos selvagens*, de Emerio Medina, para uma antologia da própria Fabulare. Depois, foram se sucedendo outros trabalhos de igual tamanho. *Da estação de trem*, Roberto Arlt, havia sido o último. Eudora gostava. Eu entregava no prazo e recebia em dinheiro vivo. Numa tarde, me chamou à sua sala — Eudora tinha uma sala sua — e acabou me propondo algo novo, imenso: a vida de Javier Lucerna. Eu pouco conhecia do poeta da Nicarágua, alguns poemas, não mais que isso, a partir de referências de Ernesto Cardenal. Mas precisava do trabalho, recebendo por cada vinte laudas. Havia o empecilho de que eu, para o pagamento de duas contas de água e de luz, precisava de um adiantamento. Eudora aceitou. Acabou me fornecendo ainda os livros de Lucerna, alguma fortuna crítica, um mapa da Nicarágua e manuais de história. Para buscar o material, que veio esparso, fiz três visitas. Na segunda, eu mostrava alguma prova da tradução quando ela leu o esboço de um ou dois poemas, escritos no verso das folhas, e perguntou se eram do Lucerna. Eram meus. Escreve? Respondi a ela, meio que não querendo, que sempre escrevia durante as traduções, mas que, depois de ler o Lucerna, muita coisa tinha mudado. Passei a reescrever tudo, e a escrever novos. Então ela abriu a pasta, dizendo que era estranho, mas ela fotografava o que eu escrevia. Mostrou as fotos, perguntando se eu aceitava escrever sobre aquilo. Acabei descobrindo, Eudora falando, que ela pesquisava algo entre imagem e palavra. Na verdade, fui entendendo que aquele impulso — uma cena ridícula de filme (Não sabia que tu escrevia; Também não sabia que tu tirava fotos) — era um impulso calculado para que ela deixasse as funções unicamente mecânicas da editora: organizar antologias, cobrar tradutores e autores quanto a prazos, ordenar pagamentos, nunca ter ideias próprias. Mas Eudora tinha ideias. Ocorria que, para ela, os livros estavam defasados: mantinham-se no sistema papel/linhas horizontais. Apanhavam feio das mídias concorrentes. Os livros tinham de ficar mais vivos, e foi daí, propôs que fizéssemos um livro lúdico, entre imagem e poesia. Pretendia usar papel especial, com diagramação criativa. Um livro-objeto, ela disse, impossível de ser baixado pela internet.

Desde então ou eu ia à editora buscar as fotos ou Eudora me passava imagens eletrônicas de situações prosaicas, pessoas perdidas na rua, mulher olhando vitrina, casal apaixonado, cachorros. Só faltava me mandar fotos de montanhas. Mas ela não queria minha avaliação. Queria textos. O resultado é que aceitei, porque enfim já havia gastado todo o adiantamento pela tradução de *Arena viva*. Semanas depois, saíam os primeiros poemas com o que se podia descarnar de imagens ridículas, como a que virá. Quando havia onde fincar os dedos, vinham escritos assim:

Para fazer um casaco de peles

Para fazer um casaco de peles são necessários:

8 focas ou
24 raposas ou
24 visons ou
30 lontras ou
400 esquilos e
uma madame que mora
na casa mais bonita da ruga
com uma civilização e seus valores.

Ela levou um susto. Que era aquilo? Que era aquilo perguntava eu. Me enviava fotos de mulheres, sobretudo as jovens e sobretudo as bonitas. O mais embaraçoso, contudo, eram as fotos insistentes de namorados, casaizinhos a passeio pela choperia, moço e moça descendo do carro, ou os dois rindo, ou abraçados sob a chuva, à espera de um sinal do fotógrafo, quando então se virariam à câmera com sorrisos de bibelô. Eu queria dizer exatamente assim, mas nunca tive senso de humor que não fosse particular. De fato, eu atacava o que ela havia fotografado. Sugeri que tirasse as cabeças e fotografasse apenas o corpo. O resultado foi este:

E o que escrevi foi isto aqui:

Duas fugas

Para fugir,
ela guiava um dado sempre no número seis.
Vestia um automóvel de mulher com bigode.
Mas ser homem, eu sabia,
era não deixar que o portão imitasse
uma outra coisa que se fechando antes.

Para fugir, eu disse,
é bom enterrar o nome.
E ela sorriu deixando um lápis com duas pontas
sobre um número novo de telefone.
Descobrir com qual ponta se dança
é ser capaz de confessar gangorras.

Para fugir,
ela sempre desenhou mais do que havia.
Dessa vez desenhou a si mesma desenhando.
Interpretar as ondas, como o cigarro,
é não ter o que fazer com as mãos
e entregar as cartas sem selo.

Era evidente que imagem e palavra só estavam juntas porque Eudora as imprimia juntas. Mas ela parecia satisfeita, pouco inteligente. Aceitei o dinheiro. Tratava-se de trabalho, eu ganhava por página, e era o suficiente para trocar o botijão de gás e pagar as contas de água, luz e telefone.

Numa tarde em que se enrolou toda para reclamar de um poema azedo, disse tudo a ela. Que eu só escrevia contra porque me interessava a coisa confusa da hipálage, transferir alguém a algo.

A hipálage

Eu podia provar que, apesar de ser uma figura da retórica antiga, aquela era a figura do brasileiro. A hipálage de Lucerna mostrava desajuste entre gramática e lógica e também a ruptura da linha sintática. A hipálage denunciava, a meu ver, o que sempre me tinha interessado — era o atalho, e o atalho era uma especialidade brasileira. Como uma brecha na lei, que sempre consistiu em achar uma fissura não propriamente na lei, mas no discurso da lei. Lembrei os portugueses respondendo a uma pergunta simples como O senhor pode fazer uma ligação para o quarto 15? Pois, sim. Quer que faça? Um atendente brasileiro já teria feito a ligação. Aí se desenhava o caminho até a praia.

Não deixava de ser uma anomalia do discurso, a hipálage. E o estranhamento talvez viesse da psicolinguística: hipálage é uma atribuição a *x* de coisa pertencente a *y*, desde que se estabeleça um vínculo de transferência entre *x* e *y*. No Brasil, mostrei a Eudora, havia exemplos carnavalescos de hipálage em sintaxe popular, como *quebrei o braço* ou *o professor me reprovou.*

Me complicava, agora então e cada vez mais, com escrever sobre imagens clichês sem que me tornasse mais clichê que o clichê. Buscava secretamente transferir algo humano para aquelas fotos. Para aumentar a apatia, o que conseguia escrever era às vezes confuso, semelhando rocamboles. Sofria, por assim dizer, de uma inflamação do adjetivo, o que tornava todas as imagens aleijadas.

Mas Eudora se manteve animada com os poemas, imaginando como convencer o editor, um Reginaldo que me pagava, a aceitar a ideia do livro. Ela já havia exposto o projeto a ele, que apenas tinha torcido o nariz. Eudora era mão de obra bruta, ele devia pensar. Mas ela confiava em convencê-lo de que os livros bonitos vendiam mais, que vivíamos numa era de confluência da imagem e coisa e tal. Se precisasse, citaria pesquisas de mercado vazias de conteúdo, mas impressionantes nos dados e nas previsões.

Capítulo I
Uma jaqueta de brim das antigas, forrada por dentro

Não sem um rastro de poeira, após roubarem o Narrador, o Steve Jobs e o Mickey chegam de moto. Entram pelos fundos da casa do Steve, que grita para que o Mickey desça e abra o portão. Agora são primos, e o Mickey, mesmo de luvas brancas, abre o cadeado com facilidade. Steve tira o capacete (e é inevitável: ele tem a cara do Steve Jobs) e espera o Mickey num improviso de cimento cru, telha brasilit e garagem. O Mickey tira o capacete (o rosto é aquele de olhos grandes e nariz proeminente) e traz a pasta de couro a tiracolo, os tênis e a jaqueta do Narrador numa sacola plástica.

O Steve diz Abre a pasta do Narrador. Vamos ver o que a gente arranjou, ele diz.

O Mickey abre a pasta e vai tirando as coisas da pasta. Um celular, ele diz, a carteira, uns lápis e canetas, um monte de papel, o computador novinho e mais uma bolsinha de mulher com escova de dente, pasta de dente, umas bugigangas aqui, que o Mickey diz. E tem um livro, ó.

O livro não me interessa. O computador e o celular ficam comigo, o Steve diz, e examina o computador. Pega o resto pra ti.

E as roupas?, o Mickey diz.

Não queria a jaqueta?, o Steve diz pro Mickey. Pega para ti a jaqueta, só serve em ti. É uma jaqueta de brim das antigas, forrada por dentro, e tá novinha.

O nome do Narrador é Pedro, o Mickey diz, abrindo a carteira. Pedro Vicente, o Mickey fala pro Steve.

Quanto de dinheiro tem nessa carteira?, o Steve diz.

O Mickey conta e diz Sessenta pila.

Um pelado, o Steve diz. É de foder: pegamos um pelado. Tem algum cartão de banco?

Tem, o Mickey diz, E tem também um talão de cheques.

Eu fico com o cartão e tu pega o cheque. Se souber usar, faz a feira. Usa por uma semana e depois queima o que sobrar numa churrasqueira. Não adianta passar cheque grande, o

Steve diz, e diz Não preenche a cidade e põe na data uns sete dias atrás. Usa em pizzaria, postinho de gasolina, esses lugares. E fica esperto com o tio. Vou ficar com o dinheiro também. Tenho uns bicos a dinheiro. A identidade do Narrador tá aí?

Tá, o Mickey diz.

Me passa ela aqui e me dá uma caneta para eu pegar os números todos, o Steve diz. De repente um deles é alguma senha.

O Mickey passa a identidade e uma caneta pro Steve. Depois o Mickey experimenta os tênis.

Só um pouquinho maior que o meu pé.

Tá, fica com o pisante também, o Steve diz, rindo. Depois olha a identidade do Narrador. O cara é até parecido contigo.

O Mickey olha, enfia as coisas na pasta e diz É isso?

O Steve diz Ó, o mundo é um cuzinho desse tamanhozinho aqui: não vai dar bandeira com essa pasta de couro, que ele diz.

Faço negócio nela?, o Mickey diz.

É, passa adiante, o Steve diz. Não te falei que de moto não dá nada? E diz Quando quiser outro trampo, dá um toque.

Dou um toque, aí, o Mickey diz, e depois veste a jaqueta, coloca a pasta a tiracolo e, passo leve de rato, vai saindo.

5. veja bem: a primeira vez que li Camões. Foi também a primeira vez que ouvi algo tão harmônico quanto a música. Tinha o quê? Doze ou treze anos. Não conhecia aquele universo de palavras onde as coisas tinham seus lugares e qualquer alteração parecia pôr tudo ao desfuncionamento. Apenas li, fiquei deslumbrado e achei que iria gostar de ler coisas como aquela para o resto da vida.

Falei isso para Eudora. E disse que os meus poemas nasciam da incidência de algo novo. Era, por melhor dizer, a linguagem fundando um lugar. Descobri que eram as poucas coisas adjacentes que apareciam nas fotografias as que apresentavam um território relativamente estranho sobre o qual dizer alguma coisa, e as pessoas fotografadas acabavam, forçando na expressão, corpo poluente. Contra aquilo tudo, passei a habitar uma série de poemas que esperavam retrato. Por isso, na tarde em que Eudora veio me visitar, algumas semanas depois do assalto, fiquei torto no meu canto. Ela trazia alguns livros sobre a Revolução Sandinista que eu havia pedido. Eu não respondia a chamado algum, de telefone ou e-mail. Pois ela disse que algo a intrigava quanto ao meu silêncio, o que a fez pegar meu endereço com a Betina e vir.

Sim, eu tinha sido assaltado. Mas Eudora queria detalhes e, vendo que a casa estava tomada pela desordem e todas as janelas forradas com jornais, insistiu em saber por que eu não atendia o celular. Também foi roubado, eu disse. E antes que ela falasse, completei que me tinham levado o computador e todos os documentos e que eu não tinha mais tutano para ir atrás de nada. Eudora perguntou se eu tinha dado queixa, e respondi que não e contei pra ela a conversa bisonha com o policial cavalo. Eudora achou que o motivo não era suficiente para me prender em casa, e me incomodou aquilo de ela ficar a favor do mundo. Disse a ela que era simples: apenas que a vontade de sair de casa se mostrava bem menor que a de não sair. Foge do quê? Do riso, respondi sem explicar. E a despeito daquilo, só o pensar para explicar já me deixava aborrecido. Continuava trabalhando?, ela perguntou. Continuava, mas estava escrevendo tudo à mão. Ao menos isso, ela disse, e perguntou se eu precisava de ajuda. Fiquei calado, lembrando a farmácia, sem saber se podia ser ajudado. Queria ficar quieto, estourar umas pipocas e dormir um pouco, só isso. Eudora entendeu. Não agiu com estranheza. Por um instante já não parecia uma Eudora vinda do mundo lá de fora. Até dizer que imaginava tudo possível, desde que eu estivesse com internet. Mas eu sentia que a internet também causava aquela espécie de anemia. Não aceitei o computador que ela ofereceu. Como eu não tinha sequer uma máquina de escrever, contentava-me com um lápis à mão livre.

Eudora perguntou pelo nosso trabalho. E ameaçava me mostrar novas fotos de um envelope laranja. Disse a ela que não queria escrever sobre aquele mundo. Como não entenderia de que mundo eu falava, pedi que olhasse as folhas soltas, muitas, que eu tinha sobre a mesa da cozinha. Ela pegou algumas e sentou no sofá. Eudora tinha a cabeça baixa. Provavelmente lia *imagem e semelhança*, o primeiro. Desconfiada, perguntou que era aquilo, e eu disse que eram poemas soltos. Não eram, e ela quis ver outros, e foi repassando as folhas.

Ela lia. Ideias estúpidas, eu disse, coisas de quem não tinha o que fazer. Ela leu uns três ou quatro. Repetiu o verso *os velhos que pingam e o filho sem sobrenome* e disse que não lia textos tão diferentes fazia um tempo. Eu tinha escrito só sobre a cozinha? Não era bem a cozinha o tema. Gioconda Belli confessou que se tornou poeta e guerrilheira por medo de virar um eletrodoméstico, eu disse. Talvez o meu caso fosse o contrário. Me interessavam o comportamento e a transformação do homem e da natureza, como a todo mundo. Eu queria pintar como Ensor, pondo máscaras nas pessoas. Como não sabia, desviava as palavras para os objetos da minha realidade. Naquele mundo repetitivo, parecia mesmo que as coisas neutras retinham ainda alguma coisa nova. Mas falei a ela que eram escritos sem originalidade, que os versos escapavam da antilírica dos poetas que se detinham nos objetos comuns, como Francis Ponge e Eugenio Montale. Que o que eu temia era estar imitando demais o Javier Lucerna. Ela entendeu, também gostava do Lucerna. Expliquei a Eudora: Ponge fizera uma revolução ao escrever sobre uma caixinha de frutas de madeira, abandonada depois da feira. Parece que tinha passado uma vida escrevendo também sobre um sabão. Montale fizera poemas sobre limões, enguias. Nem um nem outro, contudo, usava a hipálage. Então meu problema era Lucerna, que transferia às montanhas, vulcões e lagos da Nicarágua a angústia dos homens explorados. Eram vulcões com goela, lagos com guspe. Desde a natureza, Lucerna passou a conversar com coisas humanas: fez poesia sobre os chapéus dos compas, sobre brujitas, jipes, metralhadoras. Havia produzido uma enciclopédia da guerrilha. Mas durante os dias de fogo da revolução, quando também Somoza desviava a opinião pública internacional para objetos banais — a cerveja da Nicarágua, o beisebol, os tijolos de três furos —, foi aí que Javier Lucerna escreveu sobre o mínimo. Os objetos se tornaram especulares como assinaturas humanas: mulheres eram frijoles, armas eram talheres, e a terra compunha uma farda na qual qualquer nica, com uma enxada, se camuflava. As formas simples passaram a contar a história dos homens porque eram uma estrutura deles advinda. E denunciavam uma realidade impostora, o que deixou Somoza sem janela onde arejar o discurso. Lucerna descobriu uma poética de alçapão: pôs em escala gigante as relações humanas de uma Nicarágua dividida e se permitiu confrontá-las com o mecanismo que as movia. Combatia modelos paradigmáticos de normalidade, buscando entender o mundo a partir da realidade mais próxima, de onde, e somente de onde, se podia vislumbrar a diversidade humana. Se me aplicava Lucerna, devia considerar o grupo de objetos com os quais convivia como meus irmãos, fossem eles matutos, sertanejos, tabaréus, caboclos ou qualquer termo que os insignificasse.

Pois, se eu também queria transferir aos objetos a medula das pessoas, me faltava encontrar um caminho original. Isso parecia não interessar a Eudora, que simplesmente sentia novidade nos escritos. Há quanto tempo eu escrevia aqueles poemas? Disse que há uns três ou quatro anos. Mas que, depois da leitura intensa do Lucerna, tinha passado a sentir, digamos legitimamente, a memória dos objetos como algo capaz de exorcizar pessoas. Buscava uma intimidade fria ao me esconder e a encontrava sob a superfície neutra das coisas. Citava Roland Barthes omitindo Roland Barthes, assim: necessário não esquecer que o objeto era o melhor mensageiro da sobrenaturalidade: havia facilmente no objeto ao mesmo tempo perfeição e ausência de origem, fechamento e brilhância, transformação da vida em matéria (a matéria é bem mais mágica que a vida) e, em suma, um *silêncio* pertencente à categoria do maravilhoso. Confessei que o assalto tinha me levado a pegar o caderno e retrabalhar tudo, principalmente a linguagem. Eu tinha encontrado um vínculo, entendia?, entre mim e os objetos. Consegue tirar fotos sobre isso aí?, perguntei, apontando para uma porção de folhas pautadas, escritas a lápis.

6. se não questiono paternidade. E não é porque creia que não tive pai. É porque sei que não tive a sensação disso. Um pai que vai embora é uma presença ausente como uma bicicleta roubada, como um livro lido e devolvido, uma derrota de pipa. Uma ausência-ausência é invenção e é o meu caso: só imaginando muito consigo algo mais no que já parece normal e completo. Sei por isso também que viver com a memória de duas mães adotivas não inventou uma mãe de sangue — só uma suspeita. Mas viver tendo Jacinto como espelho de homem, aquele com quem eu aprenderia a ajustar correias de bicicleta, isso não me deu nem a sensação do pai fantasma. Então, se o que falta deixa buraco, em mim não havia o lugar específico onde haver o buraco. Paternidade era o tipo de palavra acessória que se entendia pelo contexto, coisa dos gibis que eu lia, como os desertos, como a neve e qualquer superpoder que ampliasse a força ou a velocidade. É a mãe quem dá o umbigo.

Estou tentando uma biografia? Nasci, é certo, e ninguém assumiu minha autoria. Sou um tradutor, mas preciso entender qual é o meu idioma de chegada.

O lugar de mãe me deixou muitos furos, e as mães que tive não os tapavam suficientemente. Minha primeira mãe nunca existiu. Minha segunda mãe, que mal conheci, se chamava Berenice, mas recordo o rosto e o modo como me penteava. Era cabeleireira num salão do centro da cidade. Berenice é quem me deu o sobrenome, apenas um, o Vicente, que alguém disse que era nome de vencedor. Ela é a mãe da identidade, que preenche a filiação e prepara a mamadeira com leite de arroz. Minha terceira mãe eu não esqueço: a madrinha Izolina foi como qualquer coisa de sabor amargo, essencial para a saúde, mas que nunca pude assimilar. Só quando recordo, e é quando me faz falta, Izolina começa a ser mãe. A verdade é a minha fratura íntima, e ela resiste na repulsa quanto à pele oleosa de Izolina.

Izolina quase nunca saía. Conhecia o mundo pela televisão, uma telefunken preto e branco, e não distinguia a diferença entre um capítulo da novela e uma notícia do jornal nacional. Geralmente me mandava fazer as compras e, quando pisava à rua, era para comprar algo urgente, e o fazia no armazém do bairro mesmo, anotando num caderno que Jacinto ia acertar no final do mês. Nossa casa tinha as lâmpadas fracas, a descoberto, mal iluminando os cantos mais distantes. Seria fácil uma pessoa não se importar consigo. Mas eu queria estudar, e estudei como quem esquece de onde veio: primeiro na escola do bairro, depois na do centro. Por fim acabei indo fazer o técnico em Porto Alegre — técnico em mecânica, e Jacinto acreditou que eu poderia trabalhar com ele arrumando bicicletas. (Depois, quando ingressei no curso de Letras, pensou que eu trabalharia fazendo letreiros.) Fui uma decepção para Jacinto: não conseguia sequer repor uma correia. Continuei a pincelar graxa e a levar as bicicletas reparadas até a casa dos clientes com a proibição de pedalar. Ao virar a esquina da casa, começava minha transgressão.

Então a casa onde me criei foi ficando ignorante demais para mim. Era muito normal, da normalidade que os rodeava — fazer algo prático significava dinheiro para pagar as contas. E era uma casa tão estritamente doméstica, que um filho, eu, não poderia estudar espanhol contando com um espaço mínimo onde pudesse ler. Quando me preparava para qualquer prova oral, por exemplo, Jacinto achava estranho. Eram os poucos momentos em que ele abria a porta do meu quarto. Olhava tudo, quieto. Uma única vez falou. Havia entrado e lá estava, parado, olhando para mim. Pegou um livro de cima da cama e folheou. Quando questionei o que ele queria, perguntou apenas se eu não achava aquilo perigoso.

No dia em que consegui as primeiras aulas como professor num curso de idiomas, percebi que eu deveria sair de casa. Izolina e Jacinto pouco falaram. Jacinto, em verdade, nada disse. Foi Izolina quem insistiu que eu levasse um dinheiro, guardado num dos tantos vidros onde punha contas pagas e documentos. No portão, pareceu preocupada e, quando eu disse que tinha como me virar, cravou as mãos nos próprios braços, que apertava como um nó, a cara feia torcida. Me entregou uma sacola de laranjas-de-umbigo e disse, e lembro integralmente o que disse: Esse mundo aí de fora não é a tua casa.

7. enquanto Lucerna buscava o direito de revolução a qualquer manifestação popular. Um exemplo foi a resistência que organizou, desde Matagalpa, na Nicarágua, durante a Contrarrevolução, ao creme dental *blancura*, produto americano aprovado pelas autoridades sanitárias ainda do governo Somoza. Teria sido advertido pelo engenheiro químico Miguel

Cadín, um argentino de Córdoba, de que os governos militares usavam flúor na distribuição da água e na pasta de dente. Visavam ao envelhecimento e à diminuição da irritabilidade do povo latino-americano, afetando, portanto, a capacidade de reação popular. Primeiro Miguel descobriu que os nazistas aplicavam flúor nos campos de concentração, como elemento inibidor e depressivo. Depois, provou que o flúor continuava sendo substância ativa de compostos tranquilizantes. O acréscimo de flúor ao sedativo diazepam produziria, segundo ele, um medicamento mais potente, o rohypnol. Lucerna pressionou a junta de reconstrução nacional, apontando que o flúor estaria afetando a medula guerrilheira dos nicaraguenses, envenenando-os, narcotizando-os e produzindo pessoas submissas. Pediu, por fim, que se proibisse a aplicação de fluoretos à água, por suspeitar de uma estratégia de controle social. Ele escreveria que todos os direitos populares eram nobres. O de beber água era urgente.

Recordo aquela cena de *Arena viva*, que traduzi com um pasmo todo brasileiro. Mito ou não, considerei que eu havia mamado flúor das três mães que tive, comido e respirado flúor a minha vida inteira. Desde os tempos coloniais, colocavam flúor na cachaça dos escravos. Contaminaram a coca-cola com flúor, e também a cerveja, o café, os doces de Izolina e as couves da nossa horta, que eu comia com ovos. Se eu reparasse, tudo devia ter gosto de pasta de dente, porque ainda agora não reajo, estou velho, bagunçado nas carnes e criando raízes no que quer que me segure. Me tornaram brasileiro à base de flúor, e nem uma greve geral que sacudisse meu quarto parecia capaz de manchar a honestidade com que eu me sentava no sofá.

A prova é que, por duas semanas, Eudora tentou me persuadir a buscar meus direitos. Falava do assalto e não entendia que eu tivesse desistido por causa de risos. Com a certidão de nascimento e um registro de ocorrência eu faria novamente todos os documentos, insistia. Era gritar contra o *blancura*, mas respondi que nunca tive a certidão. Eudora não entendeu. Sempre fui de difícil doma e, antes que ela perguntasse sobre minha mãe, falei firme: continuava não tendo ímpeto nenhum de sair de casa. Os incômodos viriam, segundo ela: e explicava que poderiam clonar meu nome. Que tinham comprado uma bicicleta com os documentos de uma amiga, assaltada também. Por isso me fechei, eu disse. Quando as complicações viessem, estaria no escuro e no silêncio, morando numa biografia alheia, sem telefone ou campainha.

Eudora vinha regularmente nos domingos. Ela me tentava com ela mesma e com o que trazia do mundo externo. Me abraçava com seios constrangedores, com roupas que liberavam a cintura, com calcinhas que passo algum escondia. Abria a geladeira e preenchia as grades quase vazias com coisas de que eu gostava: água mineral sem gás fonte ijuí, guaraná fruki ou coca-cola, algumas frutas, margarina qualy cremosa sem sal e coisas que eu ia comendo, como bisnaguinha seven boys, leite das marcas mu-mu, santa clara ou elegê, e bolachas, geralmente isabela ou marilan. Já havia trazido geleia ritter goiaba e patê excelsior frango. Sempre trazia lançamentos da editora. Levava para pagar as contas de luz e água e, sem eu perceber, trocava minhas roupas, que devia levar a alguma lavanderia. Eram fáceis de achar, que eu não as punha no guarda-roupa, onde protegia os livros da umidade. As roupas ficavam penduradas numa arara, no quarto, que também o mancebo de madeira era uma máquina de leitura simultânea: servia para suspender os livros abertos nas páginas marcadas. Eudora preferia a cozinha, o que não me agradava porque as coisas ficavam próximas demais. Sentava à mesa e a ocupava com sua bolsa. Várias vezes tentou contar as crônicas do mundo, mas eu a interrompia, estabelecendo claramente que aquilo não me interessava. Então trabalhávamos: ela abria um envelope laranja e fazia desfilarem as imagens que tinha escolhido, impressas a laser, com os três poemas digitados, numa fonte muito clara e em papel duplo ofício e de gramatura espessa — um desperdício.

Foi se tornando uma cozinha com dentes, a minha, logo soube disso. Dentes irregulares e muito apertados uns nos outros, também vi. Vez em quando, na cozinha, os dentes se esbatiam, revelando que havia pouco espaço e que cozinhas pequenas de apartamentos assim não necessitavam de uma boca cheia de dentes. Pra quê? Um incisivo, dois molares já seriam o suficiente para rasgar e amassar. Mas não: aquela era uma boca cheia e não se respeitavam os espaços alheios. Então surgiam os problemas como a falta de privacidade para as coisas de foro íntimo. Minha cozinha era território socialmente comprometido, embora não tanto quanto a área de serviço. Na cozinha as coisas podiam ser esquecidas também, ou abandonadas também, sem assistência alguma. Foi o que descobri no poema das gavetas, que Eudora ilustrou assim:

imagem e semelhança

O homem faz as coisas
a sua imagem e semelhança.
Vez em quando a última gaveta
da pia, em cifra humana,
revela seu asilo de cabos.

Aí se concentram,
além das colheres com escaras,
e além das tampas desempregadas de vidros de compota,
e além da caneca desasada que ainda dá conselhos,
e além dos meninos de duas cabeças,
e das mulheres de um só seio,
os velhos que pingam e o filho sem sobrenome.

Parece suportável uma cozinha
e o lazareto das gavetas,
se esquecermos que o homem se alastra
mesmo quando não há vento.

As gavetas da pia, seus andares,
provam que o grau de humano
sobre o mundano
tem reta coerência.

Com a empolgação de quem aprende a cantar, eu conseguia falar de coisas que nunca tinha podido. Falava de pessoas, era certo, mas o efeito crescia pela desfaçatez de desviar para os objetos. Eu alcançava ser Lucerna, e aquilo era novo e me animava. Para o poema das tesouras, Eudora havia escolhido a técnica da fantasmagoria: a foto tremia, era isso, ou era assim que eu a tinha interpretado. O tom era sanguíneo. Consegui um texto seco, localizando no trabalho diário das tesouras um quê de advertência humana. Era mesmo aquilo de poema que rangia os dentes. *Nos cortamos porque estamos a nos limar em demasia* estava no verso que não aproveitei. Eudora gostou muito do poema e até comentou algo que prestava — que o tom do texto parecia acertado com o caráter de corte proposto pelo tema:

o bruxismo das tesouras

Não encontra espelho nem escolha
o sangrar o alheio
de uma tesoura.
Possa ser a guilhotina talvez

da segunda namorada
que decapitou as fotos da primeira.

Pode que, em sua extensão,
haja munição guardada
para que se ofendam de igual
os motoristas de praça.

O abrir e fechar,
a morte e o tango,
na fazenda do tecido
valem também para os tiranos
e seu violino.

Escravas de único ofício
que lhes sustenta o nome e o fio,
as tesouras inutilmente advertem de que:
no limar gêmeo
de uma pessoa ao lado da outra,
vivemos do corte
em que, humanos, nos desgastamos.

Para *corpo*, ela escolheu um pote de margarina em perspectiva. O pote, sua pose dourada, parecia um tanto solene, e eu disse a ela. É a solenidade do corpo, respondeu. E completou — solenidade como uma espécie de orgulho físico, plástico, geométrico. Achei que contrastava com a ideia de um corpo descartável, coletivo, que serve a outros (a utopia de Lucerna). Meu texto, eu me sentia convicto, mediava uma discussão em outro sentido, assim:

corpo

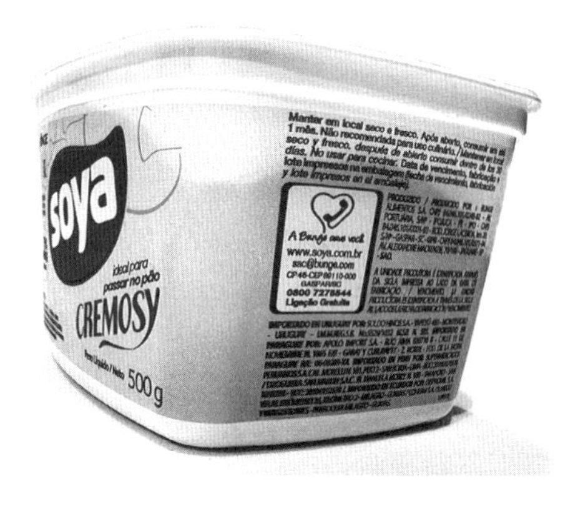

Talvez seja só mania de enfermeiro
me ver nos potes vazios de margarina
com a tentação de pentear os mais velhos.

Nada se vai,
quando, coisa, se finca
nas coisas que ficam,
como um pote com restos de comida
entregue ao faro e à fome.

Entre a substância sem sal que fui,
o corpo me sendo
e os animais de que serei padrasto,
estou,
pretendo ficar.

Nada morre senão no outro.
Quando meu corpo não servir
de ponte alimento casa bebida,
estarei morto.

8. isto é, tudo se acomodou na minha vida naturalmente. Os dias passavam, mas eu só os via quando Eudora chegava nos domingos. Era quando eu encontrava a minha voz, a glosa que eu, sozinho, sob o céu raso do apartamento, não escutava mais. Não que eu não me sentisse feliz sem minhas reclamações. Eu ainda rosnava impulsivamente para algum pilar ou quina que se achava importante. Mas devo aceitar que Eudora acalmava minha ideia mais barulhenta. Também porque, até que chegassem as tardes em que ela fazia café e conversávamos sobre alguma coisa, os dias ficavam sendo assim: acordava para continuar; dormia para permanecer. Só não existia em vão de tudo porque lia, sim, e mais de um livro ao mesmo tempo, e escrevia também. Mas não tinha horário para nada. Esparsamente largava os livros e pegava meus escritos para dali a pouco voltar a algum livro novamente. Fora desse circuito, havia apenas um corpo cansado que dormia, até que, cansado de dormir, acordasse. A fome, a sede, a urina e as fezes cumprindo seus turnos.

Vinham-me vontades, claro, oriundas de tudo aquilo que insistia em ainda significar alguma coisa. Mas principiei a independência do meu país todo novo pelas vontades. Uma vontade me levava a um sintoma: era apenas o sinal físico que o meu corpo jogava fora. Então eu o curava bastando sentir a tal vontade intensamente e em todas as suas possibilidades, e repetindo e repetindo até que a lucidez lhe tirasse a cor e a substância, e eu retornasse, dali do meu sofá onde eu exercitava tudo isso, para ali mesmo. Nada precisava existir para existir. Assim foi durante o dia em que me deu uma ilusão boba de sair. Era um dia em que eu deveria ir a uma entrevista de escola para disputar vaga como professor de Espanhol. Na noite anterior fui dormir pensando na capacidade invicta de me atrasar pra tudo.

Mas simplesmente não aconteceu de eu me atrasar desde aquela manhã. Por isso fiquei deitado na cama e senti que eu havia mudado e era mesmo irreversível. Descobri que não acordei às sete e meia para a entrevista das nove. Não fiz a barba, não tomei banho, não me penteei nem pus desodorante. Não tive dúvidas sobre o que vestir para impressionar a direção da escola. Por exemplo: não pensei se devia ir de camisa ou camiseta. E sem dúvida não tive vontade de impressionar a direção. Não tomei café, que não adocei com três colheres de açúcar, porque não fiz café. Não comi nem bolacha nem pão nem nenhuma fruta. E recordo agora que não lavei nenhuma louça por isso.

Não saí de casa para retornar e pegar uma jaqueta por sentir frio. Não senti frio. Não havia uma multidão à espera do ônibus na parada. O ônibus também não chegou cheio. Durante o trajeto até o centro, não pensei um verso bom que Lucerna poderia ter escrito nem me empolguei achando que era o último poeta dos tempos. Também não fiquei com o coração devastado por aceitar que eu era apenas tradutor entre idiomas do terceiro mundo. Não desci em frente à escola nem me atrasei por algum tipo de vergonha. Não fui olhar os jornais na banca de revistas. (Creio mesmo que, naquela manhã, nenhum jornal imprimiu as notícias do mundo, nem talvez tenha havido tais notícias.) Foi como se eu não tivesse entrado na escola.

Lá dentro, não me apresentei sem jeito, dizendo meio gago Sou Fulano, vim para uma entrevista. Não me perguntaram se eu era professor nem de quê. Então não respondi De Espanhol, nem me pediram documento nem tive de explicar que tinha sofrido assalto e que me tinham roubado qualquer identificação. Depois não me conduziram ao departamento pessoal, onde eu não avaliei o rosto das outras duas candidatas a professoras do ensino privado que, sentadas lado a lado, provavelmente concorressem à disciplina de Espanhol. Não pensei que talvez elas merecessem a vaga mais que eu nem que, por estarem com roupas que lembravam uniformes, quisessem impressionar a direção. Vale dizer que não as julguei mais atualizadas que eu pelo fato de comentarem, com os olhos a dividir a tela de um laptop, as vantagens de um currículo em apresentação virtual, nem pensei num poema escrito a partir da constatação de que sou analógico e portanto obsoleto num Brasil digital. Também não aceitei que o poema, a seguir, fosse o meu currículo mais verdadeiro:

já fui uma ficha de telefone

Foi assim:
fui uma ficha de telefone,
uma hóstia santa que não se come,
nem se salva.

Mas como ficha de telefone
não tive crédito suficiente
de avisar ao pires
que a sobra era um novo continente,
de contar à boca
a anedota dos peixes,
de revelar às roupas
que dá para ir à festa sem convite,
de repetir às fechaduras
que como o sexo tudo se abre com jeitinho,
de sobretudo lembrar aos homens
que o mundo era deles,
e que as coisas ultrapassadas
já não tinham mão de obra qualificada.

Mas como tudo termina e pouco se fala,
não convém ensinar à água
como enxergar a si mesma.

Desde então insisto em cuidar onde me meto.
Costumo ter saudade de mim e,
se aceitei a condição de ficha,
foi por aprender com um lápis suicida
que a eternidade não elege o risco,
mas a rasura.

(O poema também não estava, nem na minha cabeça, com a foto que Eudora me trouxe depois.)

E súbito, não respondi à pergunta da primeira candidata, se eu era professor. De mesmo modo não respondi à segunda pergunta, da segunda candidata, de que matéria eu era professor. Também não tive de dizer a uma delas Legal, boa sorte! porque nenhuma comentou Também sou professora de Espanhol. Não falei na língua de Cervantes com esta nem lhe comentei o acento demasiado argentino. Não escutei a outra dizer Sou professora de Inglês. Às nove e meia as candidatas não entraram para a seleção e eu não pensei onde ficava o banheiro. Apenas não levantei para procurar um bebedouro e não me senti mal ao pensar que deveria estar de camisa em vez de camiseta.

Então, passando das dez da manhã, não fui chamado depois de me despedir das professoras candidatas, muito confiantes porque muito sorridentes. Não pensei que falariam de mim no caminho. Posso dizer que talvez elas nem tenham saído.

Na entrevista que não ocorreu não fiquei imaginando se a psicóloga era casada nem se gostava da coisa. Não quis café. Não tive de entregar currículo (que não tenho) nem comentar que a língua espanhola era importante por causa do Mercosul. Não expus os métodos de trabalho que nunca usei, ilustrando com as mãos nervosas. Não disse onde me formei. Não fui behaviorista nem lacaniano. Não menti que costumava trabalhar com as tiras da Mafalda. Não precisei escolher se dava aula falando em português ou em espanhol. Não balancei a cabeça para a psicóloga quando expôs a crise do ensino médio nem elogiei com os elogios de sempre a postura inovadora da escola. Não confirmei que sabia trabalhar em equipe. Não aceitei dar aula em três séries diferentes. Não me importei com obrigações sufocantes, como a de fazer cinco avaliações, um parecer trimestral sobre cada aluno e ainda responder a questões dos pais sobre os filhos na reunião de entrega dos boletins. Não fui um professor com experiência e acostumado com tudo aquilo. Não disse Ótimo quanto ao salário proposto pela carga horária de vinte horas. Por fim, não esbocei numa folha timbrada, por escrito e em letra segura, as estratégias de uma aula de Espanhol e assim não perdi tempo pensando um conteúdo interdisciplinar que provasse que eu era moderno. Não reforcei que usaria recurso multimídia, sobretudo a internet (e a psicóloga não sorriu por isso). Não deixei telefone. Não me despedi ao sair.

Fácil dizer que depois de não esperar o ônibus não peguei o ônibus nem desci na parada da esquina. Não encontrei ninguém. Não havia ninguém na rua, nem nenhum carro, e não precisei aguardar um sinal luminoso onde uma pessoa anda. Não atravessei a rua. Não voltei para casa sorridente por ter me tornado mais um ex-professor.

É que o Brasil não pôde comigo naquele dia. Anulei de um só golpe os efeitos do gigante. Fui um vingador preciso, que merecia uma capa vermelha, e fui rápido demais e cruel demais para ele. Eu o peguei de surpresa. Eu o peguei de jeito. E o Brasil não reagiu: ficou lutando com a própria sombra como um otário a quem dois vilões de moto roubam. (O Brasil precisaria recorrer na justiça, mas o recurso demoraria anos, e me agradaria ficar esperando.)

E simplesmente estive deitado na cama, na apoteose de um dia linear. Sem hora para ficar de pé, levantei porque me deu vontade de ir ao banheiro. Só de cuecas, me encarei com respeito no espelho. Enquanto mijava orgulhoso, dizia para mim mesmo Hoje eu não me atraso mais.

Voltei pra sala com dois livros grossos, me sentei no sofá e olhei pro mancebo de madeira. Falei firme: Verás que um filho teu não foge a uma tarde inteira sem nada pra fazer. Ele entendeu, e eu me deixei lendo, acho que por dois dias seguidos.

Capítulo II
Bordado de mãe na roupa do Narrador

Verificando a pasta do Narrador, o Mickey encontra papéis, muitos. Canetas, tralhas menores. O livro está em outra língua. Não há nada que preste.

Veste a jaqueta do Narrador. Ela serve, e bem. Parece se ajustar ao corpo do rato famoso, que sempre quis uma jaqueta de brim daquelas. Examina o número da jaqueta e encontra aquilo. Acha engraçado: um bordado de mãe na roupa do Narrador. Letras feias em linha branca, num vínculo desgastado. Senta diante da mesa, e uma curiosidade o faz novamente olhar a identidade do sujeito. Mas o documento não diz nada. Olha os papéis até encontrar um que o chama pelo título. Trata-se de um poema, este:

Vizinha

Toda vez que ela pedia pão e leite
algo como um copo d'água
fazia globo da morte na tampa a rosca da língua.
A manhã já havia se equilibrado
mas coitada da manhã
e ela pendurando as compras num caderno
que no fim do mês eu pago.

Quando ela vinha com o peixe
enrolado num jornal
era imaginar que aquilo enrolado no jornal
era peixe
para começar a senti-la esquentando o umbigo
(em fogo baixo
senão queima).

Depois, era à tardinha
e ela varria os fundos de casa
e havia vento e folhas
e cabelos como na metamorfose da mulher-gorila
e tudo porque um seio.
E era imaginar assim assim
e já ia ela colhendo a trévoa
que o pomo de adão recita.

E se anoitecia e ela vinha à janela
fechar a janela
valia a pena ir até o fim da rua
e depois voltar pra casa
imaginando que o copo d'água
que ela levava pro lado da cama
era para alguém beber depois da reza.

E quando ela apagava a luz
valia a pena no escuro
imaginar uma porção de coisas
como por exemplo um criança que se afoga.

O poema é do Narrador, e o Mickey sabe disso porque está assinado lá Narrador, com maiúscula. E imediatamente pensa em Isabel: Mickey, o Mickey Mouse, trabalha no balcão da venda do tio, vamos ver, Erni, faz o serviço de banco e ainda carrega a mercadoria que chega na kombi do Delmar. Isabel trabalha na farmácia do bairro e, para ela, Mickey é invisível. Mickey já foi comprar aspirina e nunca foi Isabel quem lhe atendeu. Mickey já passou inúmeras vezes na frente da farmácia, mas Isabel nunca o viu mais gordo. Umas três vezes por semana ela vem comprar na venda. Busca leite e pão, sobretudo, e às vezes algum merengue — e ainda assim, se lhe falarem do rato da fruteira, talvez ela lembre alguém que usa luvas brancas. E então Mickey, que veste a jaqueta de brim do Narrador, lê o poema umas cinco vezes, e a mágica do alçapão lhe acontece: encontra um tanto de Isabel na Vizinha e, ele não se dá conta disso, concebe no tesão uma forma rara de lirismo. Nunca se imaginou escrevendo qualquer coisa para Isabel. Também não cogita que talvez ela possa nem saber ler. Para trabalhar em farmácia a pessoa precisa ler até letra de médico, ele tem certeza. E então o Mickey se imagina escrevendo para Isabel, se imagina entregando o poema para Isabel. Antevê a surpresa e algum sorriso. E o ratinho esperto sabe que o poema que se imagina escrevendo, se escrevesse, seria exatamente aquele que o Narrador escreveu. Relê o poema pela sexta vez e se coloca no lugar do Narrador. "Vizinha" ele troca por "Isabel", e a coisa funciona. E realmente as situações do poema, ele reconhece, são muito semelhantes. Recorda Isabel no balcão da venda, repetidas vezes a pedir pão e leite. O tio já vendeu peixe na semana santa, e ele a imagina fácil comprando peixe que ele enrola no jornal como enrola o saco de leite. Não precisa imaginar o fiado — o nome glorioso está no caderno. E já se vê olhando o jeito como Isabel caminha de volta para casa, desaparecendo no fim da rua, para imaginar aquela porção de coisas, inclusive a criança que se afoga.

9. quanto a mim. Usar apenas cuecas não garantiu meu eldorado fechado, úmido e quente. A síndica vinha me cobrar coisas. Íris Silva queria devassar o inquilino que não fazia barulho. Ela tinha dentes de jacaré e fazia perguntas sobre infiltrações, papéis e documentos que me repassava com prazos e recomendações. Reuniões a comparecer. Chamadas extras no condomínio. Tudo muito esticado e religioso.

A síndica: era fumante e moradora do duplex do primeiro piso, de onde controlava ofegante a vida dos que entravam e saíam com uma falsa benevolência. Vivia do que pagavam os três inquilinos. Dois no segundo andar; eu no terceiro. Edifício Batalha do Riachuelo. Trazia uma santinha de novena que me dava a sensação de ter passado pela casa de Izolina. Condôminos eram obrigados a receber a santa, preenchendo uma ata na qual se lia a obrigação de zelo e reza diária em frente à imagem até que fosse passada ao vizinho. Não aceitei e creio até que fui rude. Então, como que impelida a salvar um coração rachado, passou a atormentar meus dias com panfletos de Nossa Senhora, com rezas e pedidos, calendários que destacavam o dia de cada santo e a modalidade de promessa a ser feita.

Pois precisei me livrar da síndica.

Agi rápido. Lembrei uma capa de disco de uma banda, acho que inglesa, Uriah Heep, e recortei a máscara do diabo para pregar, com um percevejo, na porta do apartamento. Se os outros condôminos tinham passarinhos dizendo Aqui mora gente feliz, o meu teria o diabo, vermelho e eficiente, que não gastava tempo com dizer nada. Escutei por dias as tentativas vacilantes da síndica até o patamar da escada, quando meu espantalho penetrava seu coração beato. Eudora perguntou o que era aquilo, e eu apenas disse A capa de um disco de que eu gostava nos anos oitenta. Ela não conhecia o disco. Falei da música *Prisoner*, a única de que me lembrava. Eudora apenas riu, achando que eu tinha inventado a música e também a banda.

Mas venci a síndica. Todo estado precisava ter um totem ou brasão das armas. Eu já tinha conseguido: o Mal e sua Pluralidade funcionavam como uma cancela, e aquilo era tão bom quanto não fazer nada.

10. que ideias de solidão eram naturais. Como a de matar aula para ir até a beira do Guaíba, sonhar com estar preso na ilha. Ora, possivelmente eu não fosse o único menino assim. Os canoístas, por aventura, sonhávamos com aquela rocha parada no meio do rio. Mas talvez só eu a imaginasse com um cadeado, sim, com um cadeado que a fechasse depois que eu tivesse entrado.

A Ilha do Presídio me fascinava com estar perdida, com ter servido de laboratório nas quarentenas dos porcos para as pesquisas de uma vacina contra a peste suína, com não ser de ninguém, fincada em não ser centro nem província, com um passado imperial de ter guardado pólvora ou ser sentinela das embarcações que adentravam o canal. A ilha era uma forma firme e silenciosa diante de um rio que passava inócuo por ela, do vento constante que a evitava, do lixo que insistia com ocupá-la.

Em 1983 desativaram o presídio da ilha. Com um desejo de sentir como se vivia lá, vi fotos de presos que seriam transferidos. Sabia das histórias — o veleiro de um juiz metralhado por se aproximar demais, uma cheia que inundou celas, um preso que se afogou fugindo, um ex-policial encontrado morto, com as mãos amarradas e marcas de tortura. Sobretudo me interessava o prisioneiro que escapou usando um panelão como caiaque, remando com uma colher de pau. Queria ter estado, eu pensava, recluso naquele lugar. Procurava pela casa o meu panelão e as colheres de pau: meu projeto de vida era remar no caminho inverso e me deixar preso na ilha como um fugitivo de tudo o que me cercasse. Mas tanto panelão como colher estavam chumbados à casa, submetidos ao fogo e ao doce de uma bruxa chamada Izolina.

11. qual novidade senão que às duas horas de um domingo Eudora viria? De novo, traria fotos para os poemas, enlatados, pão, bolachas e alguns produtos de limpeza. Provavelmente trouxesse livros que julgasse interessantes. Chegaria vestida de mulher moderna, cujo trabalho lhe garantisse alguma felicidade. Mas a Natureza nos tinha colocado num paradoxo — era visível que Eudora se entregaria, mais cedo ou mais tarde, aos sentidos de que, passo a passo, eu lutava por me privar. Por ora, contudo, Eudora não me parecia só um corpo de matéria inerte, madeira, plástico, papel. Se fosse, melhor que respondesse como uma boneca com a qual eu poderia deitar, estabelecer contiguidade, consumindo-a antes do fim da validade e sem culpa. Mas Eudora vinha trazer um corpo com capacidade de mudar meu estado de revolta, de inventar fertilidade para o sertão onde eu me escondia. Ela, seu corpo, era evidentemente capaz de incitar algo de vivo, abaixo daquela casca com que eu vinha desenvolvendo uma dormência estudada. Eu havia lido em Bergson ou inventado em Bergson que o corpo era como que um centro das percepções, um centro sem sossego, transitável e em atualização, que talvez buscasse sempre. Por isso me esforçava por negar qualquer gratificação a esse corpo e ia extinguindo, não sem esforço sobre-humano, a gula e o tesão, que no fundo eu percebia como redundâncias do mesmo pecado original. Como quem apanha a maçã como quem apanha um seio. Eudora: uma árvore do Paraíso que evoluiu e ganhou pernas, e as pernas eram bonitas, sim. Era a maçã que vinha, não a que chamava. E se eu ainda espiava o mundo acontecendo na fresta da janela nordeste, era porque aquela janela forrada com jornais tinha outras maneiras de falar. E jornais antigos não a amordaçavam. Nem mesmo o bambu.

Da janela, três passos a oeste, estava o vaso onde havia o bambu. Era, a princípio, a única coisa aparentemente viva além de mim, das formigas e demais insetos ocasionais naqueles dias emendados no mesmo espaço. Era só um bambu que já estava no apartamento que aluguei de Íris Silva e desse modo às vezes desconfiava dele. Não era um criado de madeira séria e competente como o mancebo. Nos limites do Brasil, sempre foi o bambu da janela, como um guarda da fronteira que me monitorava mas não falava nem usava cassetete. Era ele todo um cassetete que, vez em quando, uma fresta com vento, batia à janela toc toc. Nunca o atendi, porque já o tinha visto, à espreita, na farda do assobio. Conhecia bem caras como ele. Usaram Camões para preencher os buracos do que censuravam nos jornais a cortes de tesoura. Não iam usar Camões nas minhas frestas. As armas e os barões lá assinalados tinham seus direitos garantidos pela lei. Não era uma lei neutra porque eu a tinha feito e porque o Estado lá era eu. Olhava para o guarda e sabia que tinha mais medo era dos caras que andavam à paisana. Me intrigava era a determinação de, então sem sol, e sempre com pouca água, continuar a crescer.

ode a um bambu

O bambu já foi música e morte,
voo e vela, vara e corte.
O bambu que mata
não é menos afinado
que o bambu que canta.
Na voz do bambu
ecoa a felpa.

Veio um menino e soprou flauta nele.
Outro voou pandorga.
Veio um homem e o escravizou pra lança
flecha
estaca.

Está na história:
o bambu estica
o espírito dos homens.
Porque o vento sabe:
a natureza de um bambu
é hirta na firme vontade
de subir pra cima.

A foto, evidentemente de Eudora, não era do meu bambu, que retirei para a área de serviço para que fosse vigiar a turma dele. É terra e terra a desbravar, eu disse, e mandei que ele se virasse sozinho. Com as mãos erguidas ao céu, ele parecia um beato a pedir chuva.

Eu tinha optado por um regime semiaberto, numa terra sem história, e considerava o sertão nosso modelo ideal de sociedade, algo como um anarquismo que, incapaz de ser camponês, manifestava-se doméstico. Em toda guerra interna brasileira, o litoral sempre venceu o sertão. Nossa melhor chance tinha sido Canudos. A saída para o Brasil era o Conselheiro ter vencido. Começaríamos do zero.

Pois da minha República Doméstica do Apartamento do Centro eu podia sair se quisesse. Nem seria preciso remar com panelas. Três andares abaixo, o quartel acabava, e o bambu não me iria alcançar mais. A partir das escadas começava o terreno baldio. A partir dali tudo era Brasil. Deitado no meu sofá, era eu com dupla cidadania. Era brasileiro e era coisa. Falava português e também era capaz de ficar quieto. A fresta de luz, com sua cobra de luz, mostrava os progressos brasileiros todos os dias. Mas eu precisava encontrar do que viver por lá mesmo. Precisava mostrar a anedota de que eu poderia me tornar soberano sobre o umbigo, ainda que não soubesse de onde ele veio. Daí que minha república havia de ser autossuficiente e não mendigar angu. Por isso eu me reduzia, esquecendo a cada instante, tosco e descurioso, o céu, o mar e a terra tropicais. E me protegia. Por exemplo: meus limites políticos acabaram bastante simples. Constituí cinco estados:

1) a Sala, a capital burocrática da minha federação, era o cartão-postal, estado turístico porque o mais visitado, mas também político, pois ali ficavam o sofá dos ministérios e a cadeira de quem deveria governar e não o fazia. Mas, mesmo numa realidade política particular, nem tudo é centro. Havia ainda quatro regiões delimitadas por paredes ou mudanças de soalho: 2) o Quarto, a província turbulenta onde funcionavam sociedades alternativas, camufladas na selva, uma região com altos índices de criminalidade e onde gente do Brasil ainda era mantida em cativeiro; 3) a Cozinha, o estado mais rico e populoso, onde as coisas aconteciam diariamente, e o coração e o pulmão da república encontravam o sangue e o oxigênio; 4) o Banheiro era o meu estado-porto, de onde devolvia o que vinha recebendo do Brasil, sob a forma reciclada dos adubos; 5) a Área de Serviço configurava um estado-oficina para onde enviar tudo que estivesse quebrado, região das minas e das fábricas antiquadas, abandonada pelas outras unidades federativas e de IDH baixíssimo, pois 90% daquela população vivia sem teto, abaixo da linha da miséria. Meus limites também acabaram diminutos: ao norte, paredes do Quarto e da Sala, duas janelas iguais, forradas com jornais — depois, o Brasil; a leste, a parede que dava para o corredor do prédio, indo da Sala ao Banheiro, inteiramente lisa, ganhando azulejos na parte do lavabo, sem janelas — depois, o Brasil; a oeste, sem janelas, a parede do Quarto, fronteira à da Cozinha, que chegava à Área de Serviço, onde parede virava murada — depois, o Brasil; ao sul, murada da Área de Serviço que virava parede do Banheiro com uma janela basculante —

depois, o Brasil. Acabei numa condição de estado incrustado, como San Marino ou Lesoto ou por aí afora. E não é tudo, porque meu país reclamava seu espaço aéreo: ao teto, a caixa-d'água, antenas de TV e talvez algum cano de churrasqueira; no chão, os apartamentos do segundo piso. E tanto teto quanto chão me pareciam politicamente territórios do Brasil.

Os astronautas falavam da maravilha de erguer o polegar e cobrir a Terra. Também podia o mesmo e sem gastar tanto. Do sofá de onde eu vislumbrava tudo, segurava qualquer coisa com o dedo. E quando vedei a testa da janela, vedei uma fresta do Brasil. Além da fresta era todo ele o mesmo país colorido. Diante das minhas reclamações de contribuinte, ele gaguejava e quando não gaguejava repetia o impávido colosso. Foi como o escritor consagrado me obrigando que eu o lesse sempre de outra forma quando não havia novidade.

Fui reunindo lixos mais familiares. Ainda havia embalagens, cascas de ovo e frutas, garrafas plásticas, tampas, papel higiênico, caixas de leite longa vida, erva-mate azeda e borra de café. Se eu tivesse uma lareira, fornalha, churrasqueira, e se eu tivesse uma horta, nada mais saía. Mas tinha apenas uma área úmida de serviço, e dela tinha muito boa memória. Então, ia enchendo o saco plástico que Eudora me trazia com os extratos dos dias. Devolvia ao Brasil o que ao Brasil pertencia, me entristecendo por ainda dialogar com as janelas dos prédios vizinhos, aquele texto que sempre se oferecia na política dos fundos: as roupas dos outros, a toalha dos outros, os outros.

Mas o que eu queria com aquele trabalho?, Eudora perguntava. Esperei que não repetisse mais para que eu não enxergasse as fotos e os poemas como coisas de dois apalermados que não faziam sexo um com o outro. Ora, só o que eu esperava naquele momento era encontrar um pé de chinelo que talvez tivesse ido urinar sozinho junto ao tanque. Preferia procurar em círculos meu próprio rabo no infinito da cozinha e já cogitava mesmo pregar a porta do quarto por dentro e garantir ainda mais meu espaço. Talvez conseguisse um gato. Também já tinha pensado em desmontar o que parecia inteiro para mostrar que não era inteiro e só não o fiz porque isso seria explorar, e explorar era a primeira demão da natureza humana. Depois sei que viria o acabamento. Era quando se davam os nomes.

Por isso, nas noites de sábado, insone e incomodado pelo calor, eu costumava trair as paredes e consumir uma Eudora conveniente, uma Eudora sem seios, antes que a outra Eudora, a que exigiria sua pessoalidade, chegasse. Para evitar aquela mulher que levantaria a cabeça, eu fazia café, bebia café até a rendição, quando a fraqueza perdia pro sono. Então escovava os dentes sem inclinar muito o corpo, que era um modo de não cutucar a dor com vara curta. E ia deitar. Claro que, instilado pela cafeína, não era raro que uma Eudora me esperasse na palma da mão. Me masturbava recordando a pasta de dentes, as insônias da adolescência. Com 14 anos, o creme dental me dava um prazer de sopro, de coisa diferente. Me masturbava com ele. O que eu buscava agora era um frio que me devolvesse a calma:

insônia e sexo oral

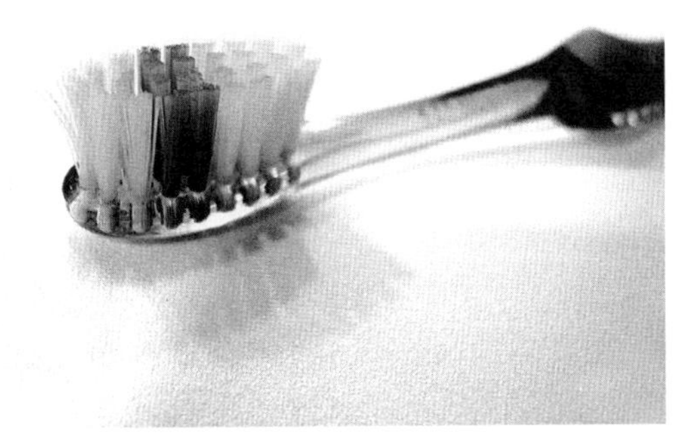

Traduzir um vidro de café
solúvel
com um tubo de pasta de dentes
compete com entender desejos.

Não parece tão difícil dizer transparente,
mas, tal como o café solúvel do vidro de café,
ou mesmo a pasta de dentes,
uma ilha só tem nome fora dela mesma.

O olho que ponho na pasta de dentes
é íntimo, mas não cabe no bolso.
Também é íntimo o outro olho,
que atravessa o vidro de café
para perder-se sem sono
na luz apagada de um inseto com frio.

Seria fácil dizer assim: preciso de café,
do contrário durmo sem escovar os dentes.
Mas não.

Preciso é confessar que o café me acorda
do mundo onde o lustro e o tesão
habitam certidões em primeira via.

Já a pasta de dentes é minha amante
desde os tempos em que eu me masturbava
com seu hálito fresco.

12. meu corpo sem filiação. Todo mundo tem seus sinais de nascença. Tenho só um umbigo genérico, que escondo, com as calças. Gosto de pensar que não vim de lugar nenhum. Que fui comprado filhote e cresci do avesso pra fora. E essa é a única biografia possível.

Minha primeira lembrança é uma queimadura de terceiro grau. Izolina passa roupa com o ferro elétrico e não vê a minha mão experimentando a planura e o calor. Izolina me queima. Izolina me cura com banha de porco e açúcar. O carimbo de Izolina atua para sempre na minha pele.

Na segunda lembrança estou de caiaque e, depois de olhar o canal dos navios — uma lição das coisas relativas, porque um rio correndo dentro do rio —, subo ao alto da guarita arruinada da Ilha do Presídio e olho para as águas não sei se avaliando a hora de remar embora ou se vigiando para que nenhuma cidade se aproxime.

A terceira lembrança me coloca na horta das couves. Sou um Capitão América de plástico a defender a selva verde das investidas dos vilões de plástico. Elaboro um cenário onde me divirto sozinho e estou seguro, pois tenho um escudo que os inimigos temem. Naquele quadrado real, me irrita apenas que os personagens — super-heróis ou supervilões — tenham uma base, como uma prancha que, em nome da verossimilhança, é preciso enterrar. Ou cortar. Pois corto quase todos e, sem aquela parte artificial, eles nunca mais param de pé. Acabam dependentes de uma escora ou mão que os sustente e por isso vão perdendo a graça. Mas o Capitão América é a exceção. Com a base intacta, eu o guardo de pé dentro de um vidro de compota, Sentinela da Liberdade no plástico relutante. Por fim, descubro a árvore onde prego o assento laranja, apenas para ter um lugar onde ler as brigas entre o Namor e o Coisa até que os gritos de Izolina me chamem para tomar banho.

Dali pego um ônibus muito cedo para Porto Alegre, onde vou estudar sozinho, trabalhar sozinho, ganhar algum dinheiro. Mas tenho dúvidas se estou nesses acontecimentos ou se todos eles são braços de histórias paralelas. Nunca acreditei na linearidade do tempo. No apartamento opaco em que me estive, nada do mundo externo — aviões a derrubar torres, um vazamento de óleo na costa do México, o rebaixamento do time de maior torcida —, nada constou naquele meu tempo interno. Lá, ou a história tomou outros rumos, ou a história não existiu. Os incidentes do Brasil foram estrelas que eu não fiz questão de olhar. Era assim mesmo, desde criança: o rádio anunciava, eu imaginava a revelação do Terceiro Segredo de Fátima, e a III Guerra Mundial poria o horror nas trincheiras de tudo. E entretanto a história passaria longe demais para esfriar meu prato de comida. Porque depois que tudo acabasse, e os homens desfilassem sem pele, restaria o desastre individual de cada sujeito. Eu, por exemplo: depois de brigar com Jacinto por um pedaço de pão, estaria lendo, habitando o conforto da linguagem com a segurança de que ser filho de Izolina não me parecia uma história convincente.

13. das frestas da minha janela, lacrado à atmosfera de sol ou de chuva, surdo ao ruído da rua e aos clamores da vida. Remendava imagens de ângulos os mais incompletos, porque a janela me oferecia uma propaganda do mundo incapaz de provocar desejos de totalidade. Era uma paisagem flutuante. Primeiro havia colado os jornais com esparadrapo. Depois substituí por fita isolante e me pareceu mais saudável. Eu me compunha um resquício entre o forro dos jornais e o que o vidro e a veneziana me permitiam. Espiava o Brasil, era isso. E tinha uma enorme satisfação em não sentir saudade.

A realidade, ela mesma, me tinha congestionado. A linguagem era a única garantia de que eu não me deixava aplastar, como uma folha qualquer que não serve para rascunho. Por isso, escondido no Centro, eu lia os contos com água de Altair Martins, quando me deparei com aquela narrativa em que o professor virava plasma e narrador, e a cidade toda se dilatava. Reli o texto comendo bolachas e cogitando teorias, como a de que eu vivia numa negação de cidade. O termo me animou por dois dias e escrevi verbetes:

1) **anticidade:** cidade imensa, tão imensa que se mistura a outras cidades, sem elementos referenciais senão os limiares, que não são mais que passagens — aeroportos, portos, alfândegas, estações de trem;

2) **anticidade:** cidade não funcional; estrutura urbana na qual as funções sociais se entretravam, de modo que reiniciar o sistema parece ser a única solução;

3) **anticidade:** cidade toda fundo ou toda figura (ou onde fundo e figura sejam elementos performativos); falência do enquadramento; cidade sobreposta;

4) **anticidade:** cidade plasmática, sob inflamação dos referentes de espaço-tempo; falência da noção de totalidade senão como diluição; deslimite;

5) **anticidade:** local de alheamento, de identidade transitória, de significação mambembe; excentricidade;

6) **anticidade:** cidade incapaz de imprimir identidade e onde viver é um papel a ser cumprido; cidade-máscara;

7) **anticidade:** cidade sem horizontalidade, cuja textualidade é interrompida; cidade ilegível; cidade a ser escrita.

Pensava em Porto Alegre, evidentemente. Mas percebia na cidade inevitável que já éramos predispostos a viver sob sua sintaxe, como centro como periferia. Não comigo: vinha de Guaíba, e só quem era de Guaíba sabia ler Porto Alegre. Pelo menos a capa. Porque, no vagar pela capital, meus primeiros passeios de moço ribeirinho, encontrava a ignorância quanto aos referenciais e a delícia de estar perdido.

Mas precisava avisar Izolina de que estava bem, tão bem que ela não alcançaria entender. Jacinto eu já não via fazia uns sete anos, e talvez por isso me faltasse uma despedida. Tinha alguns amigos de cerveja também, três, todos ex-professores: Paulinho, Bosco e Fabrício. Haveria ainda algumas mulheres com as quais eu saía para beber alguma coisa e outras de rosto imaginário com quem eu sairia algum dia. Pois sem deixar o sofá, pedi a todos eles que só escutassem. Disse a Izolina que estava bem, não me tinham machucado no assalto, me alimentava diariamente e até estava dormindo mais cedo. Insisti muito que ela podia ir embora. Abri a porta e tive de dar-lhe um abraço para que, de cara torcida, aceitasse partir. Aos amigos avisei que não tinha mais cerveja, explicando, ao mesmo tempo, que ficar fechado num apartamento era, no fundo, uma busca de verticalidade. Ficava olhando o teto, depois o chão. Evitava as janelas bloqueadas mas espiava pelas frinchas. Desejava que o apartamento fosse um grande óculos de sol. Por isso, que não olhassem para mim com garantias de que estavam sendo olhados. Eles comentaram qualquer coisa entre eles e foram descendo as escadas muito ruidosamente. Não recolheram o próprio lixo. Às mulheres, todas de vestido, contei que, claro, havia tentado, mas Eudora não suportava entender minha indiferença. Questionava-se em silêncio, tentando uma vitória feminina que me levaria ao shopping no domingo justamente quando shopping e domingo já pareciam palavras do vocabulário da farmácia. Já havia me trazido roupas novas, bonitas até, e insistiu que eu as vestisse. De imediato entendi nos figurinos o papel a ser jogado. Disse àquelas mulheres E vocês me ensinaram isso tudo. Podem ir agora. Uma delas me pegou nas mãos, mas eu estava relutante, e ela foi derrotada até a porta. As outras entenderam. Houve uma loirinha que chorou, me chamando de bicho. Quando fecharam a porta e o silêncio me pareceu total, notei que esquecia Jacinto, segurando a barra-forte, escorado à geladeira, e por isso gritei apenas Não quero mais tua bicicleta, e ele, engasgado como sempre, pegou a bicicleta e se foi.

Sozinho até que Eudora apareceu abrindo uma sacola de roupas novas. E no entanto minhas mãos conheciam o pecado humano, dividido em sete por manias de exploração, muito antes de planejar meu país. Mas o tal pecado era mesmo um só: a obsessão pelo que não se tem. Era uma sentença em banho-maria, e eu disse a Eudora que a frase ao menos tornava a minha obsessão também rasteira e inteligível, assim: tinha minhas mãos e meu corpo, e minha obsessão era apenas pelo que eu tinha. Acrescento ao que já disse que a minha nação foi um apartamento dos anos 50, Centro de Porto Alegre, pouca luz e alguma umidade, herança de má vedação na área dos fundos, e uma nesga do rio pelas frestas da janela norte. Não tinha porteiro, só a síndica, e o meu interfone já não funcionava porque eu não queria. Era um lugar de mesas rasas onde o simples foi se tornando mínimo e o mínimo se restringiu ao vital. Ainda assim meu mundo estreito tinha estrelas desconhecidas. Era uma réplica das geografias de além, com uma diferença: tudo lá dentro era perto. Imitava os mapas e não confundia escalas porque usava uma linguagem-maquete. Por telefone viriam cobranças da minha independência, e eu acharia absurdo o filho pagar pensão a uma mãe negligente. Arranquei seus fios com os tubos, e o doente esperava. E ainda assim, necessitei de um símbolo visual. Era um telefone de gancho. Acabou calado com fita isolante. A parte que fala e ouve amordaçada de costas para a parte que opera e faz as contas. Se ligassem para mim, ofereceria ao Brasil o que sempre me ofereceu — um sinal de ocupado, ocupado, ocupado.

Sim, eu tinha apenas isso e ainda entregava a Eudora as chaves, dizendo a ela assim Esta aqui é lá de baixo e esta é aqui da porta. Só me venha no domingo. Mas uma criatura que tirava fotos de fitas isolantes não era obrigada a entendê-las. Disse claramente que ela poderia deixar o envelope laranja sob a porta. Só isso. Ficou séria e me perguntou onde havia errado. Expliquei que errava a cada domingo em que me asfixiava com as coisas que trazia, do perfume às notícias de um mundo repetitivo. Eu não queria roupas novas. Não te entendo, ela disse. Ótimo, eu disse, e coloquei na mão dela aquela sacola com prováveis camisas, prováveis bermudas, cuecas, uma meia talvez. Falei Vai, por favor. Eudora disse que sairia, mas não levaria de volta as roupas que tinha comprado para mim. E saiu levando um poema, que no fundo era uma maneira de reiterar o que eu tanto havia dito:

inveja das fitas isolantes

Invejo das fitas isolantes
a disponibilidade preta,
que estanca a goela do dia,
que concilia o todo e o pedaço,
e por isso sempre está na moda.

É que as fitas isolantes não se importam.

Invejo-lhes a face neutra,
com que se cavacam,
rosto e máscara brilhante,

no ônibus,
reconhecendo que a alguém cabe fazer a parte suja
e que a água, sua espátula, não as salva.

É que as fitas isolantes não se importam.

Invejo das fitas isolantes
a impermeabilidade jurídica
que abre o tambor da rua
e espera sem angústia
que as pessoas desagradáveis apareçam.

É que as fitas isolantes não se importam.

Invejo a frieza adesiva como
andam para o trabalho
ignorando todos os jornais,
o brejo no terreno baldio,
e apenas sustentando o negro paletó,
invulnerável à caspa e ao guspe.

Só as fitas isolantes não se importam
em suportar o choque.
A obrigação de respirar
não lhes abala o bambolê
da fina indiferença.

Capítulo III

Trévoa

Por causa disso o Mickey Mouse vai à biblioteca pública e pede um dicionário. A Bibliotecária Vera pergunta de que língua, e nunca lhe perguntaram aquilo, e então ela entende que é de português e vai buscar.

O Mickey precisa saber o significado de tudo o que não conhece naquele poema. O Narrador usou palavras boas, cenas de uma vida comum. A mulher-gorila, por exemplo, ele já viu duas vezes na festa da igreja. Correu feito louco da primeira vez que o bicho se soltou. Na segunda, quis encarar e rir de quem fugisse, mas foi inevitável o susto. Sim, a mulher que virava macaco tinha os cabelos grandes e bonitos. Mas os cabelos de Isabel eram mais bonitos, e Isabel era mais bonita que a moça acorrentada e viraria uma gorila com certeza mais bonita. Outras coisas também são de seu uso pessoal, ele pensa. Globo da morte e tampa a rosca — como era? As motos e as tampas girando. Era bonito, sim. Pomo de adão é no fundo um nome diferente para o gogó. Mas o Mickey teme que o Narrador tenha usado umas coisas escondidas.

No fundo, o verso que o Mickey mais se repete é o que diz *e tudo porque um seio*. Não sabe por quê, mas sente a mão a colher — já usa esse verbo — o seio de Isabel. Vê Isabel escolhendo tomates enquanto o vestido cai do ombro, e então um seio. Imagina Isabel a inclinar o corpo e olhar as coisas do balcão gelado e uma fresta do vestido, e então um seio. Depois a vê saindo com o sol e o sol fura o vestido, e então um seio. Depois vê apenas o seio, o seio que cobre a mulher, o eclipse do seio. *Fogo baixo, senão queima*. Sim, também gosta de repetir esse.

É o Mickey quem quer muito beber o copo d'água depois da reza, evidentemente. O Narrador tinha pensado em tudo. Falta ao Mickey é saber que raios é *trévoa*. A Bibliotecária Vera lhe ensina a procurar no dicionário, que jamais se engana. Ele confere a palavra. Procura mais uma vez. Se aborrece. O dicionário tem tudo de português, a Vera disse, o dicionário amansa burro, não amansa? Mas não tem a palavra. A Bibliotecária pergunta se não é uma palavra de outra língua, e o Mickey pede então um dicionário de outra língua e, quando vê, está procurando num dicionário de espanhol. Mas não há *trévoa*. A Bibliotecária Vera o chama ao computador e mostra que o google sugere treva. Antes de sentir-se burro, o Mickey aceita que o Narrador errou. Só pode ser. Mesmo uma pessoa que escrevia um negócio daqueles errava. E, como *trévoa* não tem nem no dicionário nem no computador, o rato amigo corrige e coloca *treva*.

Agora sim.

14. gradualmente me tornava um tapete de corda. Naquela empresa ociosa em que me havia esquecido, ficava contente em ser só tapete. Eudora não aparecia, e eu nem chegava a precisar mais desde quanto tempo. Me mantinha trabalhando, e tudo em mim, imerso nos dias de leitura e escrita, passou a ser compacto, áspero e simples. Eu era corda, reles corda, como o tapete. A diferença substancial era que, se eu saísse do exílio, o meio havia de me notar, começando por perguntar pra qual time eu torcia.

É que passei a sentir o mundo externo como algo estranho, pouco essencial, periferia daquilo onde me sentava, onde lia e escrevia as inutilidades que mais me agradavam. Eu poderia ser terrorista e acabar com dois símbolos do Brasil, que são o sorriso e as mãos inconvenientes. Mas os terroristas sempre estiveram errados. Eles fazem. Preferi ficar em casa, renunciando, que foi um modo de construir um país mais justo. Então me escondi, dizendo Não saio porque não quero. Meu terrorismo não precisou de vítimas. Bastava a guerrilha doméstica: eu e um livro aberto, devolvendo à literatura sua odisseia original de modelar o tempo.

O problema foi que nunca obtive a natureza da corda. Dias parados serviam justamente para entender que as fibras que me percorriam o corpo, se me davam movimentos de marionete, também me enervavam. Sabia que a armadilha em toda a lógica que eu havia construído estava no corpo e nos buracos por onde os sentidos me mantinham vivo. Foi por isso que permaneci alerta quanto à presença da editora.

Eudora voltaria a chegar às 14h de um domingo, com roupas curtas. Sim, ela queria e o meu corpo queria. Mas a vontade em mim tornava-se anexa como um reboque. E eu não podia querer. Havia pouco que eu me tinha abnegado de todas as vontades, todas as possíveis asfixias em que a renúncia poderia exigir seu ar. Geralmente à noite o corpo ficava nervoso, como um animal a requerer passeio. Então pensava nos seios de Eudora a substituir o leite de arroz de Izolina, e o medo me acalmava.

Sentado no meu sofá, reconhecia confortável a hipótese de que meu corpo desaparecesse por lá mesmo, parado, como uma fruta inédita para a ciência a caminho de ser devorada pelos bolores. Mas o corpo reclamava, não havia como ser diferente. Quando ocorria, eu o puxava ao banheiro e me masturbava. De manhã, se queria sol, eu o levava à janela filtrada. Sede, água; fome, bolacha, e assim ia. Entendia que, se eu pudesse parar de transpirar, seria um passo até a extinção do frio, do calor e dos desconfortos menores. Mas era preciso antes arregimentar forças para enfrentar as fezes e a urina, necessidades baixas, mas irremediáveis como a gravidade.

Reconhecia do país abandonado que todas as pessoas, todas todas, por mais roupas cremes óleos perfumes que usassem, fediam. Disfarçavam com modos sociais de sorrir, consumir e consumir cosméticos e evitar as palavras sujas. Mas tinham por dentro fezes, urina e suor. Não escapavam de ser bombas de mau cheiro potencial. Eram sujas, sempre. Limpavam-se, caprichavam na tinta e no celofane, erguiam o nariz, mas não se salvavam. Nenhum cuidado, por mais extremo, evitava o destino do fedor. O humano, enfim, pelo menos o humano do ocidente, tinha constituído a história com os gatos, tapando os excrementos. Toda escrita da história foi na verdade uma escrita do poder, daí sua higiene. As pessoas não eram como uma colher ou uma faca, por exemplo, que só adquiriam fedor se fedor lhes impuséssemos. Ou como o plástico sempre lavável. Eram carne suja na essência, bastava que olhássemos um corpo aberto.

Mas é função da literatura destapar o excremento, expor a verdade no impuro. Sempre coube ao artista modular a sujeira. Eu, por exemplo. Escrevia poemas líricos com mãos que carregavam vários lugares, inclusive os íntimos. Qual água bastava? Qual detergente eficaz para o profano? Eudora, por exemplo. Ela voltou a me visitar, fingindo que eu não a havia mandado embora. Vinha com água de cheiro, e eu a recebia com o bodum do sofá. Eudora, a moça judia, com roupas caras e assuntos sofisticados, Eudora fingia como todo mundo. Pois ela ignorava o esqueleto moral de toda a relação absurda que se estabelecera entre nós e passava a me trazer fotos que exigiam poemas, e poemas que exigiam de mim:

mas o artista é sujo

O artista é sujo.

Ele já não pode ser alguém com nome,
vestindo calças retas
e camisa de algodão
e que tirou os sapatos para mergulhar na tinta.

O artista, molhado, é sujo.

Alcança a instantes tremer de frio
e fome
e então sabe que quando a tinta secar
um sinal será dado,
e a necessidade do dia imprimirá sua marca.

Porque o artista é sujo.

E enquanto não ergue a cabeça
acima da tinta,
vê apenas a própria cor
e a indiferença sobre alguém que,
se quer ficar submerso na tinta,
que fique, não faz mal a ninguém, assim será, te vejo amanhã,
amém.

O artista continua sujo.

Quando baixa os olhos
e sente fluir o mundo,
é apenas uma peça a mais que molha,
que molha e até se enferruja.

O artista é sujo, sujo.

Quando o chamarem
perguntando o que fazia, homem, no meio da tinta?,
o artista sabe que inventará um motivo bonito.
As pessoas poderão sorrir por pena,
falando de possibilidades de trabalho na firma,
e alguém talvez até lhe dê um sabonete.

O que não adiantará: é o artista de sempre sujo.

Reconhecendo a própria sujeira,
não há solvente, ou água, que lhe nade
nem o salve.
O artista já não pode ser alguém sem nome:
é aquele que se molha na tinta
enquanto tinta houver.

Sujo.

Eu era sujo. E apesar da higiene de um isolamento quase completo, queria mesmo era ter a força de dizer Me deixem em paz, limpem os pés, entrem, falem o que têm pra falar e voltem a me deixar em paz.

Foi por causa disso e talvez também por carência. Mas não havia como negar que eu acabei apaixonado por veja multiuso. Indicado para limpeza de cozinhas, banheiros, pias, azulejos, plásticos e esmaltados, fogões e superfícies laváveis, seu poder de limpeza me permitia, com um mínimo esforço, eliminar sujeiras como fuligem, poeira, marcas de dedos e saltos, além de gordura, inclusive a do meu corpo sobre o couro do sofá. A fórmula exclusiva de veja multiuso combinava a limpeza eficiente de veja com um agente desinfetante que eliminava germes e bactérias das superfícies, deixando aquele agradável perfume de pinho silvestre. A embalagem squeeze 500ml era feita sob medida para a minha mão direita, que a pegava com delicadeza e confiança, enquanto a mão esquerda já vinha em cooperação para abrir a tampa vermelha na certeza de que, fosse a mais pesada das operações, veja a cumpriria magicamente com apenas um pedaço de pano. E veja não reclamava de nada. Mantinha-se discreto mas prestativo como eu o guardava, embaixo da pia. Vez em quando eu imaginava coisas que, num lanche de tarde, poderiam sujar um prato, coisas especiais que eu não tinha — ovas de peixe, molhos picantes, uma geleia de frutas vermelhas —, só para desafiar veja e sua sensualidade prática. Mas nunca haveria tais sujeiras desafiadoras. Nenhuma groselha intensa ou gordura fechada seria capaz de se colocar à altura de sua limpeza, uma limpeza que se contrapunha ao tempo, preservando-o. E por isso mesmo eu montava no sofá para reconhecer em veja multiuso um grande amigo do silêncio e da leitura.

Mas não creio que Eudora poderia entender a minha revolução, continuidade da revolução de Lucerna, contiguidade à revolução de veja, que era fazer algo, fazer de novo, e bem feito, e não se orgulhar. Eudora queria entender minhas ideias, mas desde o sofá limpinho a ideologia era impossível porque tudo era o que era.

Ela me olhava naquele domingo com decisão. Pediu que continuássemos nosso trabalho. Disse a ela que tudo bem, que escrever não me atrapalhava. Só não me trouxesse coisas que mudassem meu jeito de ser. Roupas novas, por exemplo. Eudora me deu um abraço, talvez me achando um tanto irmão. Pensei nisso quando ela me pegou as mãos e eu lhe fiz um carinho no ombro. Por descuido eu me demudava em brasileiro. Mas então achei demais e senti nojo. Mudei os rumos de tudo e encerrei aquela tarde mostrando à editora um poema que, desde sua concepção, reconhecia com poder de fechar o livro. Não disse que a foto era um retrato de mim, nem confessei que aquele poema era eu:

monólogo do tapete de corda

Arrasto meu corpo
de tapete de corda.
Sei que a casa estará mais limpa
e inesperadamente
me contento em não ser.

Haverá os que marcarão uma história
por terem sido notáveis.
Ajusto meu corpo
de tapete de corda,

e algo em mim que não diz o seu nome
sabe viver e passar
mimeticamente poeira.

Amanhã serei eu, à porta da entrada,
calado e sem carteira de trabalho,
cumprindo apenas.
Haverá quem entre e quem saia
e quem apenas esfregue os pés.

No secreto de ser
tão somente tapete de corda,
saberei tudo e guardarei tudo,
fazendo o melhor dos silêncios
— o barro para a fome —
por não ter nada a dizer.

15. tal como as pessoas estranhas. A primeira impressão que tive das pessoas da rua era dos clientes que compravam doce de laranja-azeda na casa de Guaíba. Perguntavam do portão se a senhora dos doces estava. Eu dizia que sim e já antecipava se queriam doce. Queriam. Às vezes doce de leite, às vezes de pêssego, às vezes de figo, às vezes de goiaba. Laranja-azeda, na maioria das vezes. Então eu corria a avisar pra Izolina e voltava para trazer os doces. Vendia. Poucas pessoas viam quem fazia as compotas. Izolina mal aparecia. Eu pensava que era pelos eczemas que trazia no rosto, sobretudo nas épocas de calor: que o que fosse manchado talvez estragasse a pureza do doce.

Izolina vivia sem homem desde que me lembro. Difícil imaginar um marido, gordo talvez, careca talvez, corcunda talvez, porque ela era mesmo muito feia. Ela se escondia da luz, evitava as janelas. Saía quando necessário, e sempre para ir ao armazém, onde a conheciam. Jacinto simplesmente não deixava que ela aparecesse quando tinha cliente no portão. Se era caso de alguém trazendo ou levando bicicleta, ele gostava de fazer o agrado de um mate. Gritava pra ela Zola, o mate!, e atrás da porta da oficina se via apenas a mão da Izolina esticada, com a cuia e o mate, que percorriam o dia inteiro cevados; era o Jacinto pegar a cuia, e a mão desaparecia para voltar com a garrafa térmica. Quando se terminava o chimarrão, o Jacinto gritava de novo Zola, o mate!, e a mão dela, feito mão de um bicho, voltava em forma de pinça para recolher a cuia.

Mas sempre havia quem perguntasse por ela. A língua provava o doce, a língua queria saber qual rosto gordinho conhecia o ponto certo. Eu usava três ou quatro mentiras convincentes, e as pessoas pagavam, diziam alguma coisa sobre a saúde de Izolina e iam embora.

A minha primeira noção de política foi que a feiura de casa não se mostrava pras visitas.

16. assim, instalado no meu sofá. Lia muito e relia também. Reencontrava livros nos livros. E já começava a lembrar pouco das pessoas lá de fora. Mas acusava crises, talvez por sofrer daquela má-criação brasileira de apegar-se às coisas, estender as mãos e tirar fotografias. Às vezes até a linguagem, sua natureza social, sussurrava sozinha.

As primeiras melancolias me encontraram junto à porta, a fazer colagens da vida que me chegava pelo rumor das escadas do edifício, conversas difusas, coisas sem idioma à espera de significação. E tudo me levou a perceber que o ouvido, esse sim, era o sentido mais difícil de adestrar. Resistia a encostar o ouvido na parede, porque sabia bem: aquilo era um país, não uma ilha. Mas os sons vinham moles pelo ar, os sons vinham pontiagudos e esquivos pelas frestas da matéria. Os ruídos iam ganhando cada qual uma função. E, para a música do mundo, era da natureza de toda matéria contar com poros. Os livros, inclusive.

Tentei, é verdade, vencer o que me chegava aos ouvidos com aquelas tentações de saudade. O futebol e os foguetes, provavelmente nos sábados e domingos. Antecipei-me ao recurso: o futebol havia um século era usado pelo Brasil como efeitos de pertença. Tive um time, já não o tinha. E diante do risco de imaginar qual o jogo e qual o placar, tentei esquecer que, com a subjetividade da bola, das traves e das linhas, as hostes e suas cores, o tempo épico fora do qual não há realidade, as intervenções de árbitros, torcedores, a narração e o narrador, o comentarista e os repórteres, enfim, o futebol impunha-se como um novo gênero literário, o último restante. Ignorava o futebol, a paixão por um clube, e me sentia inteiro. Claro que sempre havia um grito de prédio vizinho, uma provocação raivosa aos adversários no bairro. Deitava no sofá, aguardava que os olhos acostumassem com a escuridão. Contava não ovelhas pulando cercas, mas palavras que não me diziam muito e que passaram a expressar algo parecido com dança. Sempre me intrigava aquilo de os sentidos superarem as limitações. Tentava, daquele modo sub-reptício, forjar outra cara para o mundo. E conseguia algo como uma argila toda feita de linguagem: não havia rua em frente. Não havia a banca de jornais na esquina, nem uma praça do outro lado da rua.

A tirinha do rio ficava azul. A Escola Diego Carvalho virava um campo verde de duas dimensões. E por dentro o edifício Batalha do Riachuelo era oco como uma bolinha de natal. Às vezes, pensava no tempo. Se alcançava que o entendesse, o que conseguia era mais ou menos isto: o tempo como mera ilusão solar. Porque eu não sentia senão a biologia do tempo me dando fome me dando sede. E sua eficiência fazia que eu entendesse as horas pela dor nas costas.

Sabia que o Brasil viria me apertar mais e mais. Ao menos até o patamar da escada ele viria: fumaria seu cigarro, sentado e à espera. E não seriam necessários a síndica nem o cachorro do casal do segundo piso. Sabedor de que nem a dentadura escancaradamente falsa da velha nem a tosa encomendada do bicho me enganariam, o Brasil viria do modo mais humano aplicar seu golpe.

E o golpe aconteceria de madrugada e o golpe foi o Brasil usar o bebê dos inquilinos do segundo piso, donos do cachorro. Um dia antes a mulher havia sentido as dores, mas a mandaram de volta do hospital, provavelmente por estar apenas com três dedos de dilatação. Em casa brigaram feio: palavras fortes no volume e no tom. Coisas que quebraram. A síndica subiu e foi falar com eles. Continuaram brigando, apenas sem gritar. E na madrugada do golpe, o táxi pararia em frente ao edifício. Rumores de gente que sobe, rumores de gente que desce. A voz rouca da síndica e sua ajuda pegajosa. As batidas de portas, o arrastar de solas. O cão latindo. E o táxi, que arrancava o asfalto levando meus restos de sono. Espiei da janela esse último movimento e julguei que a vizinha estava para ganhar.

Na manhã seguinte o cachorro latia muito. Alguém, obviamente a síndica, foi dar-lhe comida. Dias depois vi o homem conversando com a síndica na calçada em frente. Depois ele entrou num táxi. À tardinha, voltava com outra senhora e a esposa e espiei que a vizinha já não tinha tanta barriga e que não vinham com o bebê. Percebi que o golpe consistia em matar o bebê dos outros. Invadido pela conversa que emanava do corredor, impulsivamente abri a porta e encarei as escadas. Eu ia descer, cruzar por eles e dizer alguma coisa que se diz para alguém que perde um filho, mas aí me lembrei do golpe e que aquele filho morto era uma isca armada por um Brasil: aquele que come mais do que pode, que engravida o que não deve, que mora junto para ter com quem brigar. O que comete o erro médico. Mas até o fim da noite foi impossível evitar o choro da mulher sem filho, um latido esparso do cachorro e os passos do homem destroçado. Eu só dormi de protetores auriculares e foi até as duas da tarde do dia seguinte. O casal brigaria muito, quase sempre. Tive de me concentrar e ser forte. Mas onde encontrar concentração, a concentração que ia além de alcançar o silêncio, a concentração de um disjuntor de luz em ser disjuntor de luz, da parede em ser parede que sobe, da tinta em ter sua cor e se manter pegada a algo sob ela mesma e que por isso não podia aceitar como ela mesma? A primeira desconcentração era tudo: eu tinha um corpo além dos ouvidos, e aquele corpo precisava que eu o mudasse de lugar.

Pois data dessa época a exploração do meu corpo, que reinventei para não escutar o mundo.

Página por milímetro quadrado

Com o tempo, aprendi que tinha mãos, e que elas serviam para muita coisa, quase tudo. Por exemplo, as mãos serviam para ter dedos, e os dedos para ter unhas. Concebia fantasias com as minhas unhas, enormes àquela época. Elas não serviam mais para rasgar nada, como em algum período da pré-história devem ter servido ao homem primitivo. Elas não se agarravam a galho algum. Eu não as roía ou cortava. E contudo elas ficavam lá, na regra diária de sair dos dedos. Poderiam existir para coçar uma perna, mas isso eu fazia com as costas de qualquer objeto que estivesse à mão. As unhas, as unhas. Pra que serviam?

Pois as minhas unhas serviam para guardar livros.

Mas eu me perguntava Como guardar livros sob as unhas? Mas eu me respondia O segredo está em saber dobrá-los. Ora, todo livro era em si uma dobra conveniente. Para dobrá-los mais e mais, a leitura era a minha conveniência: descobri, nas dobraduras de um poema de T.S. Eliot, que o difícil era achar o oportuno na borda e a borda do oportuno.

Comecei com livros curtos, de apenas um conto, como uma edição bonitinha de *El perseguidor*, de Cortázar, com não mais que 50 páginas, que eu dobrava em 100, 200, 400. Evoluí para novelas de 80 páginas — *Diabolíada*, de Bulgakov, por exemplo —, que eu dobrei até chegar a 81.920 páginas que cabiam num cantinho da unha do dedo mínimo. Empolgado, fui para os romances de 500 páginas, como *A consciência de Zeno*, de Svevo, e cheguei a quase perdê-lo nas dobraduras da potência 32, até perceber que o número de páginas iniciais já não fazia sentido, porque, sob a unha, que ainda crescia, eu otimizava espaços: desdobrava o já dobrado, e redobrava e acomodava a uma nova prega — às vezes de um livro dentro do outro.

Tinha à disposição o livro que quisesse: na mão direita, ficção; na esquerda, teoria. Embora tal ordem não fizesse já muito sentido também porque, para buscar um livro às unhas da ficção, eu precisava da mão canhota da teoria. E era uma relação recíproca aquela.

Com a metafísica das unhas, entendia a minha escrita voluntariosa. Escrever evitava o esquecimento de um vinco. Desdobrava das unhas, ao acaso, as gaitas da leitura, e dobrava de novo, arejando o subterrâneo da ponta dos dedos. Minhas unhas transbordavam, cada vez mais páginas por milímetro quadrado, e nada sobrava. p/mm^2, uma unidade de leitura que me trazia a vida sob uma dimensão essencial. Sim, passei a usar a literatura para não me devolver aos acontecimentos da humanidade e me concentrar nos fatos. Esmiuçando tanto o humano, a literatura lhe retirava o prolixo e o afetado. Até que descobri as unhas dos pés, largas e aduncas, e então percebi que eu passaria a dobrar mais livros do que eu poderia assimilar, e tudo me pareceu cansativo.

Quando tirei os protetores auriculares me sentia poderoso. Os vizinhos poderiam perder um filho por semana, porque aquilo só se tornaria literariamente humano se fosse escrito e lido e, dessa forma, ultrapassasse o sentimento.

Lavei as mãos na pia e temi que Eudora visse as manchas e me entendesse demais: que eu arranhava a linguagem a ponto de ver o outro lado.

17. mesmo numa república cereal, cuja constituição garantia a todos os cidadãos o direito à inércia. Os conflitos apareceriam. As crises depressivas das torneiras e do chuveiro, objetos desaparecidos, invasões, arranhões, trincões, amassões, lascas, abandono, ferrugem e mofo na marginal da pia. Quase sempre o acerto entre as partes sob a lei severa: quem se mexe muito é sempre suspeito, e o suspeito é sempre culpado.

Houve o caso do mancebo de madeira.

Com os livros pendurados nos braços, a modo de marcar o ponto de leitura, o mancebo me parecia o professor que não tive, aquele que me faria duvidar, ao retornar a um livro suspenso, de que se tratava do mesmo livro. Da esquina da cozinha com a sala, a sete passos da janela norte, ele cairia num dia de vento em que abri a porta da área de serviço. Quebraria a mesa com tampo de vidro e um copo d'água que conversavam há três dias. Apenas duas moedas restariam inteiras: uma de vinte e cinco e outra de cinco; nenhuma testemunha a favor. Condenado sem julgamento, o mancebo de madeira foi dormir na área de serviço. E voltamos todos a ser uma república perfeita: ninguém fala, ninguém se mexe, ninguém se cai. Limpei a sala. Sobre a mesinha de madeira, agora sem tampo de vidro, coloquei as roupas que estavam no mancebo e botei os livros sobre o sofá.

A condenação do mancebo de madeira, conscientizando-me de quem ele era, me levou a olhar as fotos que Eudora havia tirado: nada nas imagens correspondia ao que realmente eram os objetos. Faltava a textualidade-guia — um título ou um verso que dissesse Esta imagem está em vias de ser isto, talvez aquilo. Não que as fotos de Eudora se tornassem texto só porque eu escrevia. As imagens precisavam adoecer e, pela palavra, sofrer uma espécie de metástase significativa. Minha linguagem apenas dava o personagem e o contexto para o improviso natural de cada linha e forma, o que se pode comprovar a partir deste conjunto:

uma tampa de garrafa é minha parente

Ela guia os panteus.
Não tem afetações a sua superfície bruta.
Apenas guarda o cheiro das religiões que bebeu.

Quando a tampa recebe carinho,
é apenas uma tampa recebendo carinho,
sem que aprisione o que a sustenta.
E no entanto é como se ela
estivesse sempre à espera
de alguma coisa que não sei,
porque a tampa só pede. E tampa
ou destampa.

Apesar disso,
nenhuma criança adoeceu de tampa.
A sua guerra, se houve, foi entre a cara e a coroa.
Suas sardas não têm vida própria,
mas são uma história, propriamente.

E porque é desprovida de ego,
a tampa é tudo de alguém que espera.
E então a tampa é boa. É santa e súper.
E também porque traduz o mais importante
sem que ninguém recorde o seu nome,
a tampa é minha parente.

E também deste:

eu-cadeado

Há sujeitos que têm um eu-lírico.
Eu tenho mesmo é um eu-cadeado:
ninguém me abre ou fecha
sem que se tranque ou me esqueça.

Meu eu-cadeado
é meu ventríloquo de ficar quieto.
Por isso não tem segredo, mas frio.
Como a concha do caracol,
que não é casa de verão,
meu inverno, através do dele,
boia na pele
com vontade própria.

Para se ter vergonha,
bastam espelhos, escâner, caco de brilho.
Não tenho:
as coisas sujas para viver
quem as vive é o meu eu-cadeado.

Enquanto volto a ser empírico,
ele lava a cara
com o dedo na garganta
e então vomita
e então se cala
e depois se tranca.

Fácil reconhecer que as fotos eram pontos por onde o texto escoava e as transformava, fazendo que toda a plástica executasse seu papel. E sob a roupagem, também as palavras ganhavam em vivacidade. Não sei: talvez a linguagem encontrasse no pictórico um primo antigo que há muito já não via. Como a fala e a máscara. Ou vai ver eu fornecia verticalidade às fotos.

Mas houve uma foto que Eudora nunca conseguiu. Disse a ela que fotografasse qualquer objeto. Ela se negou a entender, e eu a ajudei: de fotos sobre as quais eu não tinha escrito, escolhi esta:

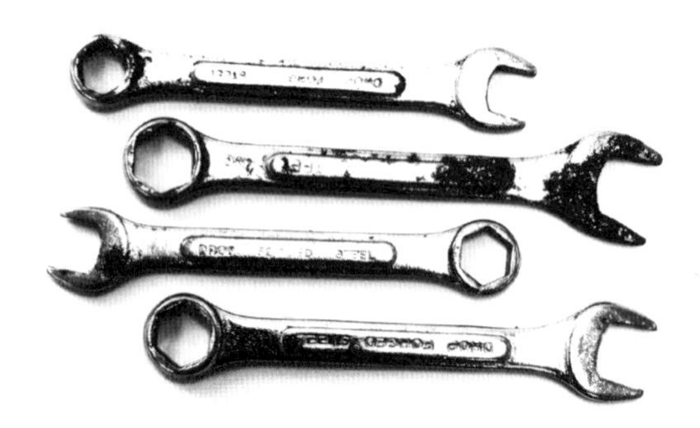

, depois esta:

, mais esta:

E escrevi sobre um valo de esgoto a céu aberto:

saudação à memória dos valos
O valo não sabe dizer o que quer.
(Também não pode.)

Isso quer dizer:
que a sede do valo é verde,
que seu passo é água pra mosquito,
e só que, quando avança, os rios e mares se cagam de medo.

O valo não corre, se borra.
E apesar disso, não pega hepatite ou doença de rato.

No valo se misturam o amarelo, o marrom e o azul
com todas as cores feias,
incluindo as que fedem.
No verão, tem calor e algumas garrafas de suco de laranja.
O valo já teve guarda-chuva,
bota de borracha,
isopor,
no inverno.
É mais óleo.
E é por isso que não teme a enchente.
O valo coleciona.

Se soubesse ler o filósofo grego,
talvez que o valo negasse o filósofo grego,
provando que, por ilegível,
um valo é sempre o mesmo valo.

O valo garrancha.
O valo engole sapos.
O valo é patrocinado pela coca-cola.

Mas o valo, olhando a fundo.
Passam por ele a merda, o mijo e o riso
na assinatura de cada empresário
governador vereador girino deputado
sem que ninguém o inaugure.
As torneiras da prefeitura se têm cabeça baixa
é de vergonha
e conjuntivite.

O valo só tem olhos para si mesmo.
Pois o valo é propaganda de si mesmo.
O valo permanece.
É como um partido.

E entretanto comum, o valo ainda se lista
entre as mais duradouras obras
do espírito humano.

Eudora não gostou do meu arranjo e não soube dizer por quê. Talvez, ideia dela, as fotos realmente não expressassem a natureza dos valos. Sem dúvida, era o esgoto cobrando das fotos, ela disse, e prometeu encontrar a imagem certa. Foi embora perguntando, não sei se para mim ou para ela mesma, por que só conseguia ver as fotos a partir do que eu escrevia. A primeira hipótese que pensei era que numa fotografia nada começava nem terminava, e talvez fosse tão bem-vinda uma narrativa que fornecesse certa ordem à simultaneidade.

Três dias depois, cogitei que Eudora usava os olhos demais. Toda imagem era uma série de amputações, de escolhas de linhas e cores coexistentes e refratárias, e a palavra era a costura que montava um todo, se não inteligível, ao menos aceitável. Simples: Eudora não entendia que ver era com a linguagem, a linguagem que nunca era ingênua, despretensiosa ou natural. A linguagem como uma certeza de soberania — a de que a palavra revestia de história (talvez devolvesse) a imagem que, por afogada no espaço, parecia à espera de alguma sucessividade.

Capítulo IV
Sabão amarelo

O tio manda o Mickey ao banco. É o mesmo banco do Narrador. Sem tirar as luvas, com muita calma, preenche o cheque, valor razoável. Capricha na assinatura. Não põe a cidade. Só a data — uns sete dias atrás, conforme o Steve disse.

No caminho, sente-se observado, como se todos soubessem: que leva também o seu poema dentro dos *Vinte poemas de amor e uma canção desesperada,* de Pablo Neruda, que a Bibliotecária Vera lhe indicou para melhor entender poesia. Passa pela farmácia, e Isabel não o nota. Confirma-se a sensação de que ele é alguém neutro como o sabão amarelo. Sim, alguém que usa luvas nunca toca. É possível que o Mickey faça como em outros dias, que cruze pela calçada em frente à farmácia e a consuma aos pedaços, na tara repetida de vê-la trabalhando de uniforme. Isabel recepciona bem as pessoas, Isabel vende, Isabel recebe dinheiro, guarda na gaveta, acompanha o cliente até a porta. É quando Isabel sorri.

O Mickey vai depositar o dinheiro que o tio lhe pede. E pela primeira vez sente que é a sua hora. Pega em dinheiro o valor que merece e deposita o cheque do Narrador. A vida daquele Pedro distraído, de quem arrancou as coisas certas, começa a lhe dar lucro.

18. um pouco tarde, talvez, mas acabei temendo que faria sexo com Eudora. Tudo porque a janela simplesmente impunha que a abrisse. Um filho que diz Vou sair de casa, ora, ora. Fazia muito que o sol não entrava e por isso eu o sentia clandestino a explorar as frestas. Nação era o que conseguia tocar como coisa afim. A janela coberta por folhas de jornal, e o que o sol conseguia era reproduzir uma notícia inteira e teimosa. Era sobre o Acre, e o Acre não parecia o meu apartamento. Depois, letras miúdas que eu não me esforçava para ler. Imaginava que estava escrito: o Acre era um lugar tropical onde os índios batiam os pés num espetáculo bonito de se ver. Resisti e não abri a janela.

Eu já me entendia sem tempo, atravessando dias que se ligavam em dias, sob intervalos de sono. Concebia, assim, que o tempo era uma ilusão que só me restava internamente, pela barba e sua insistência negra, pela fome e seu jeito de comer por dentro. O tempo já não era nem mesmo ilusão solar. Mas o sol não vinha apenas sol. O sol vinha também música.

Disse que o ouvido era em mim o sentido mais vulnerável. Pois a única coisa de que sentia falta era a música. Compreendia o silêncio, as variações do silêncio. Não me incomodava com ele. Mas era justamente a categoria sonora dos dias em que dormia tarde que me trazia a Ária na corda sol, de Bach. Quando a escutava de memória, me fragilizava, e tudo em casa parecia dissolvido e leve. Evidente que a música não vinha de fora — meu ouvido a tocava de ouvido. Era verdade que tudo o que entendia, fosse passado, presente ou futuro, já estava em mim. Caso contrário dificilmente eu a reconheceria como Ária na corda sol. A falta da música ia me derrotando, e então certamente a memória da música me abriria natural como uma vagem. Quando pensava nisso, me levantava e fazia barulho: tinha de estragar os instrumentos de arco para não pensar em Eudora e, de modo futuro, acabar fazendo sexo com ela. Porém, imerso na minha resistência, a corda sol de Bach atingia a minha memória hospedeira como um quadril de mulher.

A vida, enfim, que então escorria pela janela, ela me segurava pelos ouvidos, vendedora de um calçado quente, e senti que, dali a meia hora, quando Eudora chegasse com as fotos, se no seu rosto houvesse uma fresta de luz, eu esqueceria os seios e faria sexo com ela. Era um pedido de vida, sentado àquela altura no parapeito da janela e balançando os pés iguais aos de Eudora. E sentado no sofá, ao centro da peça diminuta, com o sol a se comunicar, pedicuro, comigo, e a ocupação insistente de Bach no eco da cabeça, era eu constrangido agora por todos os metais e louças da casa a fabricar pés iguais aos de Eudora, com as unhas redondas de Eudora, onde caberiam nossos livros preferidos. Olhei as lâmpadas. Todas elas fervilhavam para crescer e multiplicar.

Era uma época em que eu não conseguia escrever e me sentia atormentado por aquela espécie inaudível de barulho. Talvez fosse alguma afetação, como a de se sentir não sozinho, mas ausente ou furado, uma coisa assim. Cogitava, claro, que talvez eu me estivesse naturalizando naquele país dos verdadeiramente baldios, dos que não tinham voz, e o sol vinha para reclamar um corpo.

Tinha minutos para fugir. O lado oposto do sol, o fim da garganta, devia ser lá a saída. Mas o sol avançava por todas as frinchas, fazendo pulular no brilho das coisas a prata da sereia. Depois, num golpe de estado, o sol chegaria ao banheiro e à cozinha, dois estados vitais para a vanguarda caseira que eu sustentava com autoridade discreta. E julguei por isso que me restava a área de serviço, sua paz esconderija, umidade e limo verde entre rejuntes de azulejo estriado, onde até a luz perdia o deboche e a risada. Livrei meus pés do impulso orgânico que me puxava ao mundo e cinco passos a sudeste fui ver a área dos fundos, onde reencontrei o mancebo de madeira, de coluna ereta como eu o havia deixado, e compreendi algo devastador: que tudo naquele instante voltou a estar em silêncio, algo absoluto, e que, diante daquele silêncio, tudo era óbvio. Que o mancebo de madeira não reclamava do que havia carregado e ainda carregava, e que ele era também um enfermeiro cujo trabalho era a minha desintoxicação da linguagem prática de marionete. Que o mancebo falava em silêncio e portanto nunca parava de falar. Era um discurso incessante, monocórdio. E tudo o que falava era inédito. E também que era ele quem me respondia pelo eco da cabeça, após cada visita de Eudora, sobre o conteúdo das visitas de Eudora.

Trouxe-o de volta para sala, porque fazia frio. Do sofá o olhava aterrorizado com uma coceira de escrever cinco, dez poemas (que já ilustro com fotos que Eudora traria), poemas automáticos, fluidos, quase infantis, este:

o exílio da mangueira de jardim

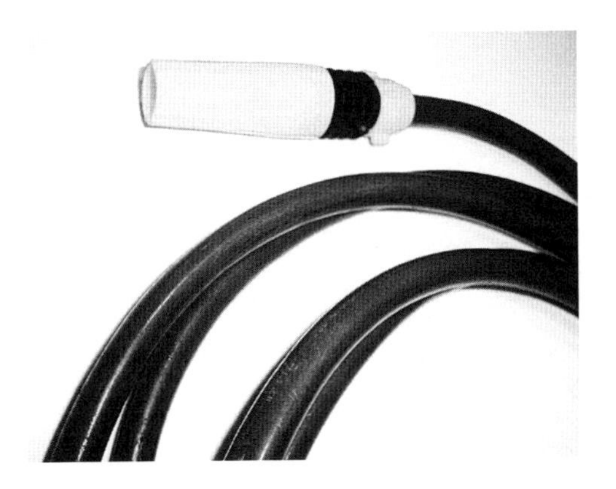

O terreno da mangueira de jardim
nunca teve palmeira ou sabiá, que cante.
Vivendo de exílio absoluto,
como os cães da rua,
a mangueira dorme em torno de si mesma.

Talvez seja do parentesco com cobras
ou de torcer pelo mesmo time
das calhas de pvc:
seu mundo é lá fora.

Igual à mangueira
só o homem que arrumava canos:
esmaguei goiabas
dentro dos sapatos de ele ir embora.
E quando foi, descalço na bicicleta,
me entregou a bola de taco perdida
e uma vergonha que eu plantava onde.

Boto tese que aquilo ele aprendeu
de beber com as mangueiras:
se alguém lhes pisa nos dedos
elas revidam de Cristo
lavando os pés do inimigo.

E mais este:

fora da lei

Já não posso ser tão mais prego
do que a lei permite.
Não posso simplesmente ficar estacado
no meio da rua
suportando que me batam na cabeça
e segurando a placa onde Jesus voltará.

Não posso ser alguém que se inutiliza
e, torto,
não se importa.
Pelas leis de cidadão e coisa e tal,
posso menos que o prego e a sua revolta.

Permitido pela legislação
é ser do prego
apenas metáfora
que, como sombra, já nasce torta
por medo da luz.

Fora da lei serei eu quando,
estacando firme, sem abrir a guarda,
me mantiver ereto, à espera
de um pé de cabra,
feito prego que perde a cabeça
mas não se entrega.

Foi quando reconheci que não havia escrito um só poema. Traduzia, era isso, e mal. E tudo o que entregava a Eudora eram versões grosseiras da escrita contínua, bastante e mínima, do mancebo de madeira.

Achava que aquele chapeleiro era um cachorro sem língua e sem rabo. Talvez fosse: o cachorro que escrevia e me atravessava daquilo que era simplesmente natureza sob o silêncio maciço da madeira. Quantos idiomas ele falava? Todos os em que o Senhor Tradutor lê, ele respondeu, e compreendi aí uma vantagem minha: ele não lia em espanhol, sequer em português, se eu não lesse. E então precisava que eu lesse para ler Lucerna. Trocávamos o que ele escrevia pelo Lucerna novo que eu lia e traduzia. Eu filtrava o que era possível até entender que o idioma da madeira escapava do filtro por ser também muito limpo. É que a poesia não responde ao apelo das coisas, ele disse. É uma epígrafe? Pode ser, respondeu.

E outra vez aquela coceira lancinante me fazendo pegar o lápis, me fazendo escrever coisas que já estavam escritas no fio silencioso da ausência, da lacuna, da coisa que não era ainda e precisava ser urgentemente preenchida. De tudo isso emanava o meu lirismo de arremedo:

elegia a um arco de serra sem serra

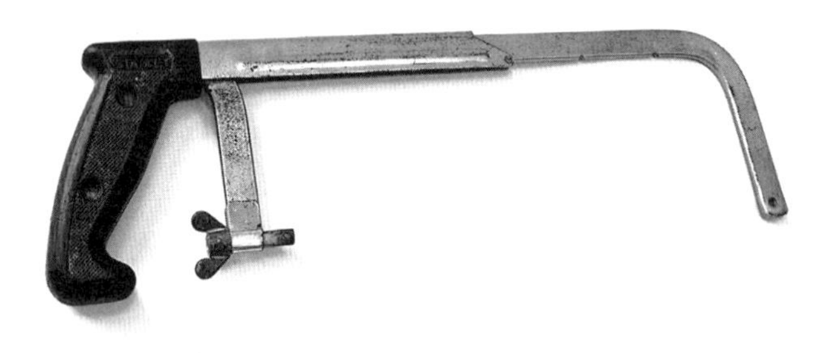

Eu sofro de arco de serra sem serra
como uma luva.
A diferença é que o arco
sempre encontra a quem tirar os dentes,
um quem se disponha a repartir com ele
a violência de tornar-se um só
e voltar a aprender com metade
sem chance de cola ou solda.

Eu sofro de quem range os dentes
até quebrar os dentes
sem bônus de chamar a atenção.
Eu sofro com agravante:

por mais que eu fale,
só corto na teoria.

E sofro mais:
como alguma coisa a quem dão água para que não dê culpa
e porque não combina mais com a garagem.

E sofro também
porque foi a serra quem alisou meu grito.

É, eu sofro de arco de serra
sem serra
que se aborrece com trocar o óleo
e escreve até perder o campeonato.

Eu sofro de óbvio.
E de incompleto.

Era o mancebo de madeira com uma serra de silêncio para me dizer.

Eu não faria sexo com Eudora.

Ela não bateria à porta, e eu não a espiaria nem abriria. Ela não entraria com calças muito abraçadas ao corpo. Não seguraria minhas mãos junto à janela quente, e o sol não faria efeito algum. O sol efeminado, todo ele franjas e nuvens, não imprimiria seu desejo de foto e álbum e visitas de tias gordas. Perderia seu vício de ciclo, de continuidade, de sobrenome. Restaria um sol sem curiosidade de abrir sementes e assim não faria nada brotar, e eu não gastaria com os cartórios outra vez. Eudora não pousaria minhas mãos nos seios que ela não descobriria, e eu não fecharia os olhos. Ela não tiraria a roupa para, elevada de ilusão pelo que pactuaria com a luz da janela, me levar para a cama. Sua penugem não levantaria após o sopro. E o sopro apagaria definitivamente o sol, um sol broxa. A área de serviço correria uma língua de umidade pelas paredes. E então talvez a risada interna do mancebo de madeira fizesse Eudora guardar o seio. Porque seria plausível que ela temesse ser a europeia que vinha se entregar pro índio. E se Eudora não guardasse, e se Eudora tocasse a renúncia, não venceria a ideia superior de estar tocando o reino dos objetos que só existem para a recusa. Entenderia somente minha condição de domingo que vence o sol e a janela para expressar-se, arco de serra sem serra, irmão das coisas maleadas para o prático sentido.

19. só porque naquela época as lembranças de Izolina me atormentavam como uma conta de luz atrasada. Seu rosto me vinha à memória, grande e nunca estático. Izolina não fazia barulho, e eu a revia com as contorções da carne a traduzir algum serviço contra o qual o corpo lutava. O melhor de Izolina eu não lembrava. Um doce de leite, por exemplo. Como numa peça teatral absurda, somente seu rosto, sem fala, me aparecia. Eu ia pegar um copo d'água, e a cabeça de Izolina estava dentro da geladeira. A cabeça de Izolina no sofá, a cabeça de Izolina sobre a pia, a cabeça de Izolina pendurada do teto. Uma Izolina sem cabeça devia estar em Guaíba, escondida numa peça fumarenta, fazendo algum doce cobiçado pelo mundo. Temi que a Izolina degolada estivesse doente, e a cabeça separada estava era tentando me avisar. (Talvez que uma

Izolina sem cabeça cumprisse finalmente o papel de vender o próprio doce e de servir com mais simpatia o chimarrão aos clientes da oficina.)

Fácil entender por que Izolina me causava vergonha. Fazer minhas matrículas na escola, assistir à primeira comunhão ou me levar ao hospital para me costurarem um pé eram motivos para que a olhassem — primeiro com curiosidade, depois com constrangimentos. Izolina já era feia para nós, Jacinto e eu, que vivíamos com ela. Os estrangeiros, quando a viam, fugiam os olhos como se feiura fosse pecado, um aleijão marcando o dedo incisivo de um deus que castiga deformando. Mas era pior que isso. Passado o susto, os olhos buscavam a aberração zoológica e então pousavam em mim, para que eu fornecesse os elementos investigativos. O que ela tinha? Nada, tinha nascido assim. Não exagero. Eu era filho de Izolina, ervilha torta da vagem torta, pensavam. Um vômito.

Na casa havia um único espelho — o meu, escondido.

Mas é certo que, onde fui criado, as coisas faladas não tinham valor. Era preciso mostrá-las. Assim eram as ordens de Izolina. Apontava para o cesto que eu recolhesse a roupa suja, para a cozinha quando eram horas de comer, para o chão do banheiro quando o recado era de secá-lo. Assim também eram as ordens de Jacinto. Olhar para a janela quando eu tinha de recolher os ovos, para alguma bicicleta consertada que cabia a mim levar ao dono, pro quarto quando eles não entendiam alguma coisa. Se hoje evito, não posso negar: gosto de mostrar mesmo quando apontar se torna redundante. Por isso, quando a cabeça de Izolina me assombrava o país rasteiro, eu apontava firme para o espelho. Executava meu ato maldoso, e ela desaparecia.

20. é que houve um domingo em que me senti acordando cedo e não achei mais o fio do sono. Rumores vindos da rua atravessaram o quarto. Talvez que o Brasil ainda fizesse parte do meu mundo, como uma gaveta, insistindo por um veio da janela. Mais provável eu fosse a tal gaveta do Brasil, e esse país ainda me monitorava como a algum político exilado no Uruguai.

Fui à janela e, da fresta central, vi a rua úmida e as árvores com frio. A praça em frente forçava em não ter verde, um jardim de inverno com duas goleiras de dar dó. Ao centro da praça, e eu era obrigado a subir no colo de uma cadeira para ver melhor, uma pequena multidão se aglomerava. Era uma greve do Brasil, e o máximo que conseguiam era atormentar o sono de um país vizinho. Havia duas bandeiras sem vida, de fundo branco. Então senti que os rumores já eram sem excesso e que eu deveria voltar para a redução do meu reino.

Na cozinha, e abri a geladeira. Havia um vidro de pepino oderich com poucos inquilinos, uma lata de extrato de tomate elefante de cara muito contrafeita, dois ovos cansados e muito cheiro combinado e ruim. Nas grades da porta, um iogurte natural piá vencido, um dente de alho e um saquinho de plástico fechado onde um punhado de erva-mate andava em círculos. No armário aéreo, encontrei somente farelos de bolacha. Por tudo o que me ia faltando, imaginava que Eudora não aparecia havia três domingos.

Nem sempre conseguia entender o mancebo de madeira, cujos versos às vezes careciam de pontuação onde o leitor pudesse respirar. Talvez tudo que estivesse dizendo é que escrevia e que escrever era um incessante poema, continuação de todos os poemas já escritos e que o mancebo, em alguma pausa — o latido do cachorro de baixo, por exemplo —, confessava que era a sua bíblia. Ótimo, eu pensava, que uma nação não podia funcionar sem bíblia.

Eu tinha escrito três poemas com raiva naqueles dias. Um deles era pouco potável e seria preciso resolvê-lo. Dois poemas tinham boa espessura, e eu os entregaria a Eudora. Olhava o mancebo, e de algum modo aquela madeira penada não concordava e perguntou quem era o meu leitor ideal. Izolina é o meu único leitor, respondi.

É? Talvez você precise ser alto mas visível, como as estrelas.
Isso é teu?
É meu. E de Padre Vieira, respondeu.

Sei que Eudora vinha com outros interesses no envelope. Lia os poemas, era fato. Trazia fotos, claro. Mas não falava em nós dois. Chegou a perguntar se eu e Betina. Confirmei que sim. Forneci detalhes íntimos ficcionais, quase todos recolhidos do cinema e da literatura. Depois disso não perguntou mais sobre a tradutora de inglês. Esforçou-se em ser a mulher de fora que frequentava as tardes de domingo (pelo menos era o que me respondia quando eu, desconfiado, perguntava Que dia é hoje?). Entrava com as chaves que lhe tinha dado, arrumava as questões emergenciais da minha jaula, trazendo bolachas, roupas lavadas e notícias dispensáveis de um Brasil que continuava sem mim. Sempre lembrava que era minha editora.

Eudora já me aborrecia falando do livro. Foi quando livro começou a deixar de ser ideia e ficou perigoso com o artigo: o livro me arrancava da linguagem. Tornava-se um compromisso.

Mas, pelo socorro regular que Eudora vinha trazer, eu me empenhava naquilo. E entendia os esforços dela como algo de praxe na minha vida. Um adiantamento. Voltava a trabalhar até me aborrecer com uma ideia cretina mas viável: que o Brasil não me deixava em paz. Fingia dar para depois cobrar. Inserindo-me no sistema, me cercava. Era a Mãe Gentil e me mantinha dependente como filho daquele solo. As mãos de Eudora regiam o processo colonialista a vincular aparente liberdade com submissão financeira. Assim os cabelos bem-cuidados de Eudora, tal como a carne recém-lavada, e ambos ouviam brutalidades ou recebiam silêncio. Eram falsos: mostravam a margem do rio no momento de calma e luz de um calendário. Para além daquilo, eu sabia, eram carne e cabelo; carne, cabelo e odores. Mereciam a minha recepção de parede sem quadro.

O que era preciso dizer a ela: que fecharíamos o livro, apenas isso. E que, se o motivo fosse outro — pena, por exemplo —, fechássemos antes disso as visitas dos domingos. Se o motivo fosse o óbvio motivo, era preciso repetir que Eudora era uma visita que eu me permitia, assim: a troca de ar para os efeitos práticos da ventilação.

Olharia para Eudora, então desmoronada, e sentiria que havia outras formas de invasão. Ora, por que não haviam inventado o ferrolho-mestre que fecha as coisas, todas elas? Fecharia Eudora, dobraria suas pernas provavelmente cabeludas e a colocaria atrás da porta da cozinha, aquela que eu mantinha escorada. Mas não era assim. Algumas coisas, no fato, insistiam em ficar abertas. Ou vinham sem tampa.

Não me interessaria perguntar O que foi, como foi? Nem arrancar os jornais da janela, derrubar Eudora na cama e passar duas horas com as pernas entre as suas pernas até que a nossa pele ficasse assada, nem depois viajar ao Brasil para comprar produtos de limpeza e limpar a casa inteira, e dispor as roupas lavadas de um rapaz solteiro e asseado, e em seguida sair para comer bifes e depois ficar até tarde numa festa onde beberia cerveja preta, mentiria pras mulheres, e por fim voltar às livrarias e continuar a comprar livros e livros que não teria tempo pra ler. Não, nem os livros nem a vida do bairro me fariam retornar ao homem de cédula de identidade. Eu tinha a clarividência de traduzir o que o mancebo interceptava do mundo ao redor, daquilo que ele chamava um tanto estranhamente de natureza. Esquecia a vida social, a firma falida das ruas brasileiras, passeios e postes de luz. Rejeitava, passo a passo, cada vez mais fechado, aquela estúpida vida de quem carregava a custo as roupas e os dentes só para desejar alguma coisa banal como enfiar a cara numa vagina depois da praia. E me sentia satisfeito com ser vadio.

Mas Eudora chegou mais cedo do que costumava e veio estranha. Disse que era primeiro de maio e havia um protesto do pessoal dos ônibus. Sabia que ela andava de carro, e logo imaginei ruas bloqueadas e gritos de abaixo qualquer coisa. Computei o proletariado espoliado por um dono de empresa de ônibus que falava enquanto comia e me irritei ao pensar em tudo aquilo porque tudo aquilo não existia mais. Perguntei a Eudora como estava. Vi que ela gostou: foi ao sofá, onde largou uma sacola da lavanderia tamoto. Depois deixou sobre a mesa pão de leite nutrela, açúcar refinado união, erva-mate madrugada pura folha, bolachas-d'água filler, frios, pacotes de salgadinho pastelina, creme dental colgate dupla ação, café bom jesus, macarrão instantâneo miojo, leite em pó elegê, algumas latas de salsicha oderich e sardinha beira-mar, bananas, palitos de dente gina e três sabonetes nivea erva-doce. E me chamou. Esparramou variantes de fotos para os poemas futuros. Uma delas mostrava um sapato de salto vermelho com vontades. Causou não sei se estranhamento ou vergonha, como se estivéssemos numa colônia penal a um passo da visita íntima. Desviando olhar e conversa, mostrei dois dos textos que o mancebo de madeira tinha conseguido para as fotos da semana anterior. O primeiro citava Pólux e Cástor, os gêmeos separados pela morte. Disse a ela que Pólux tinha optado por dar ao irmão morto metade de uma jornada na Terra; para isso, deveria substituir o irmão no Hades. Pólux e Cástor só se encontrariam quando um estivesse subindo à vida e outro descendo à morte. E que aquilo me parecia uma metáfora da tradução. Eudora não conhecia o mito, e só entendi por que tinha sorrido depois que escutou o poema e disse que na verdade era metáfora do que fazíamos. Achei aquilo pouco profissional.

Pólux e Cástor num alambrado

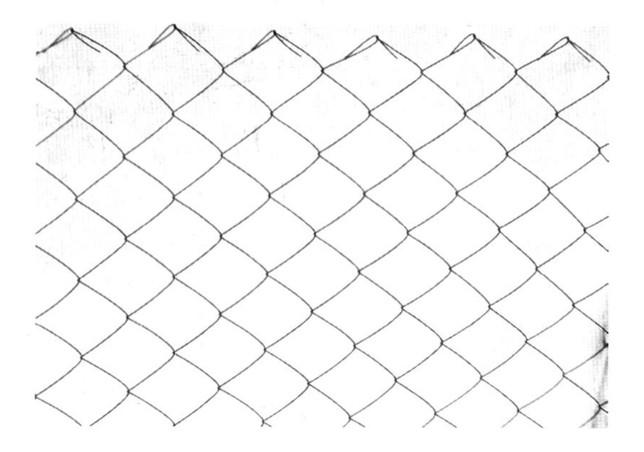

Eu e meu irmão fomos duas pontas
do mesmo arame nascidas juntas.
Cortaram meu irmão ao meio
e me cortaram ao meio.
Não há dó, porque não houve sangue.
O choro dos metais nem sangrar alcança.

No meio, agrilhoaram-nos
na farpa.
Da minha carne e do meu irmão
fizeram a malha, que esgrima
a teia de arame.

O que éramos
não somos,
porque nos dobraram vontades.
Mas permanece,
sob a infantaria da noite
e o açoite do dia,
que nos comem em comum,
o que hoje nos é.

Se amanhece,
e o arame abraça meio-eu
ao pedaço-irmão,
a sensação de inteiro
é a sensação dos vivos.

Nenhum vento arranca
o que existimos
juntos.
Embora meios, e presos,
metades-nós, de cada um,
compõem
a trama irmã
que dá sentido a algo relativamente novo.

Sobre o segundo poema, achei que não precisava comentar nada. É o que continuo achando.

junto à grade da casa lotérica

Fiz meu ninho de bêbado
junto à grade da casa lotérica.
Quando acordar amanhã,
o afluente de urina será memória
ou mau cheiro apenas.

Não tenho medo de raio
polícia ou rato.
Nem sonho em acordar rico
e conseguir mulher que leia o que escrevo.

Por ora tenho os bolsos,
duas ânsias,
e a lembrança das cervejas que se importaram comigo.

Tenho medo das casas além,
que caminham,
ameaçando-me com prestações sem entrada
ou com um uniforme de funcionário da companhia de luz.

Habito a grade
e ela me habita.
Me amparo onde vez em quando um vento nos lambe
mas não nos abre.

Ao rés do chão,
resistimos.

Capítulo V
O cara

Quase na farmácia, e o Mickey não para. Passa reto e olha de relance: Isabel atende uma senhora de cabelos azuis. Caminha até a esquina. Precisa reunir a mesma coragem que teve para sair com o Steve e roubar o Narrador. Mas agora não poderá se esconder com capacete. E enfrentar Isabel e ter de dizer o que sente, que não é mais que entregar o poema e esperar que leia, tudo isso parece mais desafiador que roubar a bolsa de um distraído. Alguns versos do poema lhe vêm à cabeça. E tudo porque um seio. O poema lhe dá fala. O poema lhe facilita a vida, porque o traduz. Não há dúvida: aquele poema é seu.

O Mickey retorna. Precisa achar um sinal, uma brecha entre a realidade ensolarada do começo da tarde e a penumbra econômica da farmácia. Sabe que o tio o espera, que o tempo de um depósito no banco não inclui uma consulta à farmacêutica de quadris bonitos. Rato esperto, acha a vitrina, o vidro que lhe mostra cosméticos em oferta enquanto lhe dá cobertura para que analise a situação. Decide pela estratégia de comprar alguma coisa. Ameaça entrar e pateticamente retorna. Não sabe se Isabel o viu e pensa em desistir. Mas lembra que tem o poema e o dinheiro. Nunca esteve tão bem. Mickey é o cara.

Ele entra. Avalia pastilhas enquanto espera que Isabel fique sozinha e o atenda. A senhora sorri demais, está encantada com Isabel. Isabel corresponde. A senhora paga e se despede. Isabel a acompanha: é quando olha para o Mickey e nitidamente o nota, perguntando o que ele não entende. Nada no corpo do camundongo amigo parece entender. Ele mostra a pastilha, Isabel olha atentamente aquelas luvas brancas sem saber de onde as recorda e diz quanto custa, o Mickey entrega uma nota alta, Isabel pergunta se não tem menor, o Mickey diz que não, e Isabel prepara o troco. É quando o Mickey é ousado pela primeira vez, porque abre o livro do Neruda, porque tira dali o poema do Narrador, porque estica o braço ríspido e o entrega para Isabel, que o olha sem entender. Ele faz sinal para que ela leia e, antes que ela pergunte mais alguma coisa, lembra que é um rato e foge desesperado.

21. assim remamos como nunca. Na tarde em que nossos caiaques alcançaram a Ilha do Presídio, com 13 anos eu entendia o que significava voltar pra casa. Havia começado a chover, e todos adivinhavam tempestade. Retornávamos. E eu remava e não sem a tentação de olhar para trás. Os outros remadores gritavam, muito à frente, que fôssemos mais rápido. Tudo havia ficado escuro e pesado, e a chuva se intensificou. Temíamos o vento. Frente a frente, Guaíba e Porto Alegre acendiam suas luzes. Então horrorizou-me que a noite me pegasse ali, cansado e com frio, remando torto, só vontade. O vento já chegava, já formava marolas assustadoras. Olhei para trás: Porto Alegre e a ilha tinham desaparecido numa sensação de afogamento. Ofuscado pelas luzes de Guaíba, não via os caiaques dos amigos, e remei. Contavam que o canal atraía, tinha forças de levar à Lagoa dos Patos, o mar doce onde o próprio vento se perdia. Até que um trovão, ainda hoje o sinto bater na água, longe mas incisivo, apagou as luzes de Guaíba. Numa sensação estranha, via Izolina a enxugar as mãos num pano de prato, e Izolina estava na praia, esperando o meu caiaque. Então, no escuro, escutei que me chamava para jantar. Nitidamente a carne de panela cheirava; no prato já estavam a couve refogada, arroz com feijão e farofa, e ela caminhava pela areia, olhando o rio e chamando Vicente, Vicente.

Cheguei à praia exausto, um pouco longe do trapiche. Sabia que encontraria Izolina parada, dando sentido ao portão de casa, e fiquei irritado com aquela saudade boba que quase me matava de frio.

22. demorei, contudo, a perceber. A casa estava para dar cria. Uma casa pare, quando mais pessoas passam a habitar nela. E a minha casa não tinha sido castrada. Era vulnerável de domingos que se repetiam. Eudora multiplicava a casa.

Era ela quem já havia me trazido roupas e mantimentos. Mas fazia mais: deixava jornal, assuntos que vivia na editora, histórias de seus almoços, problemas de trânsito, algum acontecimento político extraordinário e objetos — um abridor de latas, um ralador, alguns potes plásticos e um escorredor de louça. Não gostei daquela imigração, e, se resmunguei, Eudora perguntou mais uma vez por que eu lhe tinha entregado as chaves de casa. Virei as costas e perguntei se queria devolvê-las. Queria. Falei que tudo bem, mas, se ela voltasse a bater à porta, eu não abriria novamente. E deixaria um comunicado com a síndica.

Eudora escutava, Eudora sempre escutava. Nunca me condenou pela guerrilha silenciosa em que eu tinha me enfiado. Eu desconfiava: havia me tornado para ela um terreno seguro. E não me sentia desconfortável com isso. Quando o pensamento me tomava pelos braços, e eu me deixava atirado no sofá, desafiando a luz que me desafiava, percebia estar vivendo a maior das virtudes celestiais — a temperança. Por isso tomava aulas com o mancebo de madeira, que, passando ou ficando, resistia em total indulgência. Ele não queria diário, atenção ou nome. Vivia na lei seca de todas as necessidades de que não conseguimos abdicar. Era fiel. Um sujeito bruto que sabia funcionar, que frequentemente era chamado de porta-chapéus, cabide ou coisa, por nunca ter tido um nome fixo.

Tinha dito já tudo a Eudora: renunciar era um direito que eu tinha. E repetir, sobretudo dizendo as mesmas coisas, era um desconforto. Então: minha mímese em objeto esquecido num apartamento quente, úmido e fechado tinha a ver com a felicidade que emanava das coisas inanimadas. Tudo funciona melhor sem nós, Eudora, eu disse. Somos apenas a aberração que questiona. Só não aumente a população da casa.

Me esquecia de tudo ao pensar que não era da espécie humana. Como o menino que não queria dormir para não ficar preso dentro do sono, eu não queria lembrar. Mas lá vinham as horas de eco da fome: me desfuncionava e acabava lembrando o doce de Izolina. Ou então era o meu corpo que pensava em Eudora, o mancebo de madeira me perguntando as perguntas dela, como num ensaio, Acha que viver fechado é o suficiente? Quase: para o meu círculo ficar perfeito falta um fosso com jacarés ao redor. A imagem é sua? É horrível, ele provocava.

Para além disso havia a companhia de Lucerna a ensinar aos compas, com um só dedo, como se vomita. Mas meus compas não tinham o que vomitar. Eram cães comprados à petshop e precisavam de mim para acontecer. A questão era por que os objetos tinham tanto medo da liberdade. Ora, o mancebo de madeira explicava, era da natureza se submeter a alguma sintaxe. Natureza?, eu olhava para um açucareiro de plástico, E plástico tem natureza? Tudo é natureza, o mancebo respondia.

O problema era que minha trajetória ao longo da natureza nunca havia existido. Olhava os objetos plásticos. Um coador, um pote, uma tampa, o saleiro. O detergente. Ao pegar veja multiuso reconhecia no plástico uma linha lateral, quase um fio, a denunciar que veio de uma fôrma. Mas já não havia a fôrma. O vínculo, nele que era o objeto acabado veja multiuso, era só um traço que se perdia, como a cicatriz de um umbigo em forma de linha. E atuavam no veja, como atuavam em mim, as forças de uma polícia: o rótulo, o slogan, o peso, as instruções (e os incentivos) de uso, a fábrica, o atendimento ao consumidor, todas as leis gerais da embalagem a desautorizar que veja multiuso 3 em 1 se desviasse de ser o que era pelo seu sentido restrito. Tudo o que lhe era externo o mantinha real, imobilizando-o à condição de produto de limpeza múltipla, 500ml, aroma de pinho silvestre. E veja se encaixava na mão, parava de pé ou respondia com limpeza profunda ao ser requisitado — sem necessidade de euforia. Também eu poderia ter sido feito de plástico, pensava, e moldado para alguma utensilidade específica. No meu rótulo, alguma certidão diria onde fui fabricado, como me usar e as advertências em caso de ingestão ou contato com os olhos. Já me encaixava confortavelmente no sofá, também parava de pé e, sem muito esforço de Eudora, respondia razoavelmente bem à limpeza de sua fotografia. A não ser pela memória, poderia ser plástico e assim desapossar-me de mim mesmo e alcançar aquela inabalável segurança de ser tudo e ser nada.

Poucos plásticos têm memória, vista-se com eles, vinha o mancebo dizer. Mas era preciso aprender com o plástico a ser o isolante que também se isola, a responder com resistência e ainda manter-se leve, maleável, até capaz de voo. E mesmo assim ter a carne atóxica. Valia tomar lições daquela desvinculação que mantinha uma identidade, digamos, avulsa.

Mas o plástico não era contagioso, e eu era quem o adoecia, como contaminava os metais, a madeira, o tecido e o tijolo: examinava aquele apartamento subitamente alçado à condição de nação e buscava a classificação racional daquela natureza. Via os objetos de rabo que pareciam esperar a ração diária. Um liquidificador arno, por exemplo. Uma torradeira dellar, por exemplo. Quando sem coleira, caíam de uma mesa ou armário e eram atropelados. Depois havia os objetos de desejo, bons de manejar, como uma faca tramontina, como um lápis faber castell, e a seguir os objetos nervosos, como um pano perfex, como guardanapos de papel, e depois os perecíveis, como uma pasta de dente colgate, um xampu seda, e os imanentes, como janela, soalho, paredes, maçaneta, tinta, parafuso, prego, sofá, e os objetos humanos demais, a vassoura bettanin e o mancebo especialmente, e restavam eu e os livros, os objetos transcendentes. Creio que sou um objeto transcendente, o mancebo corrigia.

Sempre em silêncio, contei a ele sobre o trabalho de um antropólogo francês Deschamps, sua pesquisa Brasil. Saiu pelo país a questionar, por todas as camadas sociais, o que era Brasil. A resposta que mais o impressionou foi gravada em depoimento de vídeo, em Ibiapava, interior do Piauí. Um homem chamado Tadeu, sem dois dentes visíveis, ficou aturdido com a questão. O que era Brasil? Passaram-se instantes, nos quais Deschamps repetia a pergunta, e Tadeu circulava os olhos ao redor, pedindo socorro aos bodes. Então o homem descobriu o que perguntavam: falou para esperarem e sumiu. Voltou com a camiseta da seleção, quase sem cor, provavelmente da copa de 82, e disse O Brasil é este time aqui. É o melhor do mundo, completou. A segunda parte do estudo de Deschamps se constituía da pergunta O Brasil é Pai ou Mãe? O resultado mostrou que, assim como a Argentina para Borges era um país masculino, apesar da palavra feminina, o Brasil era mãe e não pai, mesmo com o artigo que sempre se lhe antepusemos. Não deixavam de ser curiosas as conclusões de Deschamps, entre elas a de que o Brasil era a mãe que pouco interditava, à espera do pai que castigaria os filhos.

O relato está no livro *País provisório*, Louis Robert Deschamps, é isso?

É um livro estupidamente esgotado. E acha que temos esse problema?

Que problema?

Precisamos de classificações de gênero aqui?

Eu não, mas há quem precise.

Preciso?

Precisa por causa de Eudora.

E por que diz isso?

Porque imprime desejo no que escreve. Fala no cio, parece.

Cio?

É. Cio, como quem procura furos, frinchas, brechas, frestas, logo se vê. Por isso busca que as coisas tenham sexo.

É que tenho o sangue brasileiro, enfim; se fiz vasectomia, foi para aproveitar a disposição das mulheres sem ter que pagar culpa depois do carnaval.

Bonito, ele respondeu.

O mancebo de madeira como sempre tinha razão. Eu nomeava os seres, mesmo os objetos selvagens que me mordiam os dedos ou me davam choques nos cotovelos. Havia mesmo aqueles a que eu chamava de fêmea e a que eu chamava de macho desnecessariamente. Era como perguntar ao rapaz homossexual se ele era o homem ou a mulher da relação. A pua, por exemplo. Havia pedido uma foto de pua a Eudora e tive de explicar o que era uma pua. Me confessou depois que foi difícil encontrar um modelo. Conseguiu a ferramenta de um marceneiro, fora de uso e já sem broca. Teve de improvisar com uma broca nova. A foto ficou bonita, sutil. A pua tinha escaras do tempo, mas a frase da broca brilhava demais e o que escapou ao silêncio do mancebo de madeira me levou a uma comparação — *broca nova em velha pua/ como na boca uma dentadura*. Evidentemente o mancebo descartou o verso na sua primeira revisão. O resultado, a linha de tema, ainda me agrada pelo conjunto:

o sexo da pua

O sexo de uma pua
está nos olhos, não os seus.
Enquanto pua, ela apenas fura
paredes pau ou pedra sem dor.

Mas também o sexo da pua
conforma com quem a segura
(como o sexo de uma pessoa
é consoante como se usa).

Avesso da pua, que se torna si
quando mão a empunha,
o humano não está em ser,
está em impor, gesto de atadura.

Não chamamos homens de mulheres
— ainda que um não goste da outra —,
porque eles são eles, elas são elas
segundo o indicador de terceira pessoa.

Não que se ofenda a pua
em ser afiada, firme, fálica.
Mas é que o advento de humano nas coisas
é vício de catálogo
ou lista telefônica.

Então a pua, apesar do gesto macho
de invadir o alheio, como agulha,
conforme o próprio nome (e não por ele),
é pura, talvez fêmea, e nua.

23. que foi curto o barulho das chaves. Eudora entrava trazendo muitas sacolas e me fazendo entender que era domingo de mais uma outra semana. Acostumado com uma mulher que entrava como que escorria, deixei que entrasse um vendaval de tranças. Eudora de tranças, balançando cobras e dizendo Desculpa, desculpa. Largou o envelope laranja sobre a mesa e foi percorrendo as poucas peças da casa, deixando sacos de lixo enormes em cada canto. A casa precisava de socorro, disse, e recrutou, atrás da porta da cozinha, a vassoura de cabelos duros. Não abri o envelope e disse a ela que uma faxineira viria sexta, mas pra que faxineira?, como sexta? A casa não suportaria até sexta. E Eudora já acendia a luz do quarto e agitava o acampamento da preguiça e do tédio. Objetos, todos, eram gatos assustados, que se abraçavam uns aos outros e não achavam esconderijo. As coisas varridas tinham pelo. Eudora não me deixava negociar. Acumulando roupas num lado da cama, juntava calçados em outro, empilhava livros e já arrancava lençóis e fronhas. Papéis de chocolate, papéis de salgadinhos e papéis anônimos eram todos atirados à vala comum. Notas e recortes de jornais ficavam sobre o bidê para interrogatório. O guarda-roupa tinha a intimidade literária escancarada. E o quarto, submisso e descarnado, cedia àquela blitz de domingo.

Eudora chegava à cozinha arrastando um saco negro de corpos. Voltava ao quarto para de lá expulsar as peças de tecido que tentavam em vão se segurar aos ganchos da arara, aos pés da cama, ao marco da porta. Acabavam no tanque da área de serviço, imobilizadas em água corrente e sabão em pó. E ao retornar à cozinha, Eudora esganava a vassoura e varria. Fazia a sujeira cantar. Esfregões da pia já anteviam a hora e rezavam encolhidos. Eudora empurrava as coisas, e o mancebo, consternado, parecia manter as mãos levantadas em rendição.

Agitado com tudo aquilo, olhei para a janela nordeste e estremeci. A luz forçava a fresta, toda limpeza e ameaça. Disse a Eudora que não mexesse nos jornais da janela, e ela desviou para os produtos de limpeza que tirava da sacola e entendi que viera resoluta a limpar tudo. De um safanão, arranquei a vassoura resmungona e lutamos, Eudora, vassoura e eu, da cozinha até a porta do banheiro. Eudora gritava coisas, eu gritava coisas, e a vassoura ameaçava e já me batia, com força insuspeita, pelo corpo todo, me empurrando. Encolhido junto à cortina do lavatório, eu via outra Eudora e outra vassoura, uma vassoura que provavelmente já viera adestrada. Eudora era feita de sabão em pó, veias azuis e mãos de escova, esfregões e esponjas, e já ligava o chuveiro sobre mim. E então, no banheiro com Eudora, vencido pela água, eu me rendia ao esforço, sentado junto ao ralo da câmara de banho. Eudora me levantou pelos braços e me entregou um xampu de alguma folha de cheiro, um xampu natura que viera, provavelmente, no rastro da invasão. Depois, condicionador para cabelos danificados, mesma marca. Suas mãos, já se sabe, eram ferramentas de limpeza, e limpariam minhas orelhas, minhas costas e axilas. Pediriam um pé, que eu daria, o outro, que eu daria, e vasculhariam os resíduos que me denunciavam submisso à higiene e portanto humano. Pedi a esponja e falei que saísse. Ela só me deixou sozinho quando eu tirava a roupa.

Sob a água, era como se Eudora me lavasse. E lavaria até que eu perdesse o couro e então continuaria lavando até não ter mais forças. Nudez era isso, a sujeira exposta, pensei, não aquelas de revista, onde caldo algum escorria. Quando Eudora apareceu dizendo Vou trazer toalha e roupa, foi como se ela tivesse arrancado algo muito profundo.

Me sequei já com a penumbra amistosa da basculante, evitando as orelhas e os comentários da toalha. Vesti as roupas que Eudora tinha escolhido. Mas ela dispôs sobre a pia um barbeador e espuma marcas gillette, e foi lavar muita louça na cozinha.

E quando pisei à sala, a casa toda estava de banho tomado, vestida e penteada. E a louça tomava café com leite e comia pão. Tudo dizia Senta, e sentei. As mãos de Eudora me serviam café. Eram as mesmas mãos do banho, capazes do sujo e agora do sublime. O rosto de Eudora caía de cansaço.

Depois, quase noite, sentamos num sofá estranho. Eu evitava olhar de novo para as mãos de Eudora — como se, olhando para elas, me olhasse por dentro. Também evitava olhar para Eudora e seu rosto surpreendente: a moça moderna não trouxera faxineira. Parecíamos num hospital à espera de que o médico desse a alta improvável. Eudora não era mais mulher e ameaça. Era uma enfermeira, com mãos muito treinadas e muito impessoais. E eu parecia aberto.

Eudora pegou a bolsa, juntou sacos de lixo e perguntou se podia voltar na semana seguinte. Eu era um animal tosado e com frio e certamente cortaria relações com aquela vassoura. Mas olhei para a janela, gostando dos jornais intactos e mudos, e me confortei com ficar em silêncio.

24. anexos do capítulo 23

Coexistência

O que a vassoura vê no soalho
não é o soalho.
Mas não é problema do olho da vassoura,
porque também o cisco,
quando vê a vassoura e o soalho,
não vê nenhuma nem outro,
sem que os suje de cisco.

Quando a vassoura varre o soalho,
está varrendo a si mesma no soalho,
assim como o cisco vê o cisco em si
e o ser de escova
e o ser de chão.

Os seres que realmente existem,
quando olham,
nada sabem da coisa olhada:
seu ser é o trânsito
de outra coisa para si.

Por isso, olhar mistura e funda.

Uma vassoura varrendo o cisco no chão
coexiste,
e em cada coisa que acha,
se acha.

a esponja e a memória

Carente como uma escova de cabelos,
a janela da cozinha pede pano,
sabão e água
após a janta.

Bem sabe que, através do vidro,
tudo passa,
e só lhe é indevassável o cheiro
que ficou da comida.
Por isso o sussurro último da porta que se fechava
ou as muitas silhuetas de todas as coisas,
mobilizadas com perder a boca.

Aí inscrevem-se os garfos,
estarrecidos com o que nos ensinaram,
e também as taças,
imundas por dentro,
aderindo à opinião do banho.

É lógico que os vidros não falam
nem os metais reclamam.
Mas, aberta ou fechada,
a janela da cozinha sabe tanto
que pede trato, raspagem da lembrança,
sob a impessoalidade daquilo tudo que à parede pertence.

Ficamos nós com a memória
baralhada entre os dedos
e passamos um pano com sabão e água
em tudo o que nunca se cala.

Num canto da pia estará a esponja
com dedos que lavam mas também arranham.

Capítulo VI
Pizza

O que significava aquilo era o que Isabel queria saber. Trazia as pastilhas que o Mickey tinha esquecido no balcão da farmácia. E aquele papel. Ele sozinho no armazém, lendo

Petrarca, que trouxe da biblioteca porque a Bibliotecária Vera lhe tinha dito que, para ler melhor Neruda, valia a pena conhecer Camões e, para entender bem a poesia de Camões, precisava ler os sonetos de Petrarca. E Isabel vem então com aquela pergunta. Ora o que significava? Nem o Narrador, que escreveu, soubesse talvez dizer. Significa que o Mickey Mouse quer qualquer coisa que o aproxime dela. Significa que ele já conseguiu mais do que esperava. O que significava, o que significava. Vejamos: ele tem o poema mas não tem o que comentar. É isso. Escreveu, pronto, e se tivesse que falar então não teria escrito. O que queria dizer estava ali, não estava?

Não, não está. Pensei que tivesse copiado, mas li o livro todo e não achei.

E Isabel larga o livro de Neruda sobre o balcão, o livro que o Mickey deve à biblioteca, porque também esqueceu na farmácia, e diz que não entendeu.

Gosta de ler?

Minha filha gosta. Achei que eu não gostava, daí li porque pensei que o livro explicava o significado disso.

Então o Mickey diz que aquilo é um negócio que escreveu para ela. Ela pega o papel novamente e olha. E daí? Daí que a vizinha é Isabel, ele mostra — que coragem a jaqueta lhe dá! —, que quem compra pão e leite é Isabel, que Isabel nunca comprou peixe, mas isso ele imaginou, ele imaginou ela comprando peixe, que os cabelos são os cabelos de Isabel.

Evita dizer que o seio é de Isabel, que a criança que se afoga é na verdade um rato, mas crê que Isabel entende isso. Isabel olha atentamente para ele e diz que ninguém nunca lhe escreveu aquelas confissões. Os caras diziam palavras presas nos dentes e só. Ele olha o poema de novo: era ela ali no poema, sem dúvida. Achava que o poema dizia tudo, e agora?

Acho que a gente podia comer alguma coisa uma hora dessas, o Mickey diz, no máximo de poesia original que consegue. Gosta de pizza?

Gosto, ela diz.

Então, a gente podia comer na Trieste.

Hoje?, ela diz.

Hoje, ele diz.

Um silêncio, e ela bem que poderia perguntar Tenho cara de Minnie por acaso?

Mas hoje eu não tenho onde deixar a Felícia, ela diz. É que a minha filha tem um problema.

Que tipo de problema?

Ela nunca ri.

Leva então a Felícia, o Mickey diz.

É o primeiro cara que me diz isso. Saio às oito. Vou em casa, me arrumo e pego a Felícia. Às nove não é tarde?

Não é tarde, ele diz.

Isabel ainda o olha firme. O Mickey se intimida. O tio aparece carregando sacos de ração. O tio não percebe nada. E então o Mickey se vê fazendo algo muito corajoso e inesperado: vai abrindo as tampas do baleiro e compõe um pacotinho com balas sortidas.

Leva pra Felícia, ele diz.

Tá, que ela diz.

Na pizzaria às nove, Isabel repete, e, antes de sair, fica um tempo olhando pra ele, para aquela jaqueta que lhe cai tão bem. Talvez até saia se perguntando: como nunca notou aquele sujeito que parece estar sempre abanando?

25. nos meus invernos, mesmo em lembrança, a tortura. Eu tossia de doer o peito e a cabeça. Jacinto ia ao banheiro, irritado comigo. Sentava na privada e bebia cachaça para chumbar o sono. Dormia por lá mesmo. Izolina tentava de tudo: álcool com guaco para massagear o peito, marcela com leite e gemada, alho fervido com mel. Nada. Então ela recorria a uma receita sua — punha açúcar numa colher com querosena, como falava. Um fogo me subia, incendiando a garganta e trazendo algum sono curto, para mim e para ela. Era a querosena expressando carinho.

Digo tudo isso, decretando que mãe é uma sensação, nem sempre humana. Corro o perigo de imitar Lucerna e pela mesma tosse, algo que reproduzo de *Arena viva* sem tradução:

> Cuando me escapé de Estelí, el toyota ya no tenía vidrios. Yo tosía con todo mi cuerpo. Mago conducía y platicaba sin parar: creo que soy un ícaro y que sólo sirvo a las vacas.

Tres días en Estelí: habíamos perdido siete compas, Mago mucha sangre y yo dos dientes (tuve que pelear contra la tos y un gorila de la guardia).

En Managua, el Sherman me pareció alguna bestia de dientes con antojos de cien toros. Tres compas quedaron huecos en el pecho sin vida. Agarramos sus garands y Mago condujo el toyota a Somoto como una boca abierta al viento. El frío pasaba a través de mi alma. Yo tosía y me sentía verde.

Pero Mago se paró en la carretera. Puede tosir, Javí, dijo. Hijo de puta no llegará cerca de tí. Y mientras él hacia guardia, fijé en sua mirada de zanate los ojos de mi madre. Así que le obedecí.

26. só que, antes da tarde em que nos estranhamos, parecia impossível que Eudora compreendesse minha natureza oito ou oitenta. E quando o frio chegou, escolhi me encolher mais ainda, e com meias duplas.

Eudora havia tornado tudo humano e perigoso. Então, além de me enfrentar, eu deveria também me enfrentar nas coisas. Cachecol e outras formas menos quentes me ajudavam, mas tinham vindo do meu quarto novamente civilizado e obediente, onde agora até a porta se fechava por educação. E se no dia seguinte Eudora voltasse trazendo comentários sobre um novo filme, eu responderia às mesmas perguntas. Me sentia doente, acossado pela própria roupa, tossindo pra dentro.

No apartamento frio, eu sofria como se ventasse por todas as partes, e não ter mais a espiriteira de Izolina parecia aumentar o vão das peças. Era uma espiriteira velha, preta, onde Izolina punha álcool e acendia o fogo que me esquentava no período de, após o banho, me secar e me vestir. Fazia parte da guerrilha contra a tosse.

A última visita de Eudora havia me irritado como uma plateia. É que ela salientava o cordão quase infantil que mantínhamos. Sim, éramos duas crianças, e isso não me desagradava num mundo onde acender a luz era um gênese e apagar, um ocaso de estrela. Se me irritava era porque, lembrando, eu me tornava aquele que via, aquele que, da distância do razoável, julgava estranho homem e mulher saudáveis que não faziam nada.

Precisava evitar que Eudora me repetisse e não conseguia. Precisava esquecer as mãos enfermeiras e o banho morno. Mas temia que ela retornasse e me visse como o animal, então desverminado, e então depois do banho. O próximo passo, já se via, era o adestramento, porque, embora ela não soubesse, eu já era castrado. Tinha consciência de evitar o domingo mas me via sem saúde para o choque. E o fato era que eu não queria abandonar meu regime domiciliar para responder a algum e-mail, conversar numa rede de amigos sobre as coisas emergentes da televisão e cuidar da minha conta no banco. Por isso me mantinha firme, no propósito de não ter propósito algum além de evitar o frio nos pés. Ficava então calado, aproveitando a vantagem de ter um país tão fechado como a Coreia do Norte, onde nem o google me alcançava. Eudora sabia disso. E usava as chaves.

E estranhamente foi a época em que mais frequentei a área de serviço, entre tralhas que Eudora não pôde despedir e algumas roupas ainda por lavar. Lá, jogava em casa, dialogava, evitando que o Brasil invadisse as outras peças. Sabia que estava à minha espreita. Adivinhava aquele gigante em cerco, numa formação ensolarada acima dos ombros da murada, nas frestas dos edifícios vizinhos. Mas eu não olhava pra ele, não falava a sua língua, e ele não se metia comigo. Além do muro, eu avistava apenas a sombra espessa, capa de homem-morcego, e o limo verde engordando a favela dos musgos. As visitas, poucas, eram de insetos e pássaros que respeitavam minha ignorância. Ou folhas que a Terra Adorada enviava para ver se me davam saudade. Não davam. No sul fazia mesmo frio, tinham-se acabado a cachaça e o chimarrão, e até meus ossos já se acostumavam a usar meias duplas.

Eudora se tornou chata. Era inteligente demais. Não tinha outra coisa para fazer nos domingos senão vir, amansar espaços, tornar-se familiar. Fácil que eu a visse como a mulher cuja natureza lhe indicava a intenção. Eudora queria me transformar, e nisso residia seu interesse uterino, a natureza do molde. Daí os seios parecerem maiores, cheios de leite.

Ela ainda insistia que eu mantivesse vida social ao menos pela internet. Que na rede a minha revolução faria sentido. Era a primeira vez que ela usava a palavra revolução, e tive vontade de perguntar o que ela queria dizer com aquilo. Acabei explicando que fugir de qualquer pertença, virtual inclusive, era dizer não, de algum modo que me parecia bastante legítimo, a um fascismo de se sentir presente justamente desaparecendo. A internet era o espaço sem corpo, onde se eliminava a história e tudo era exposto estrategicamente como natureza. A ilusão da conquista instantânea: funcionava bem como máquina de apagar mostrando, com passando rápido e sem rosto. Bom para alguns. Mas eu confessava uma saudade de aglutinação, de sentido, porque gritava que, se estava condenado a ser indivíduo, ia me cercar do que restasse para ler e escrever e não da eficácia de uma ordem sistêmica. Claro que eu não gritei e admito também que não falei quase nada disso. Trata-se de teoria, e a teoria nunca vem na hora.

E se não gritei, era porque já gostava de Eudora. Não era difícil gostar dela. O que me desagradava naquela mulher magra e de nariz desafiador eram seus momentos de humanidade desmedida. Vir ao apartamento, perder seu tempo, trazer fotos que preparou, via-se que tinham sido preparadas, enfrentar alguém todo fivelas e não entendê-lo e banhá-lo, despachar frutas, leite, pão e pacotes de bolacha, levar o lixo, e retornar no domingo seguinte. Parecia uma moça sem mãe que lhe ensinasse que fazia mal uma menina visitar apartamento de rapaz solteiro. Mas eu lhe adivinhava a intenção de que eu terminasse não só o livro que tínhamos inventado, como também as traduções atrasadas. Talvez quisesse que eu fosse fazer os documentos ou lhe desse procuração de vida e morte no cartório. Mas eu não sairia: manter-me caruncho era a regra daquela nação supletiva onde só existia, por força interna, o incessante domingo de um livro.

E se repasso as fotos que me trouxe, um atilho e um martelo, entendo a briga, a maneira de Eudora dizer suas coisas, que era mostrando. E então eu tentava mostrar quem eu não era no martelo e no atilho: no primeiro era alguém que retomava a identidade e a munição sem ir ao cartório; ironizava o espírito mesquinho daquele burguês do Brasil, caolho e rei dos populares, que sonegava por medo de ter sido otário; no segundo era um velho, arrebentado e feliz, filho da nação que me considerava estorvo e por isso estrangulava meus direitos mínimos como a dentadura e o concentrado de cálcio para firmar os ossos. Um dava pontapé, bordoada, carrinho por cima da bola; o outro apanhava e jogava no time dos casados. Sobre eles, há isto aqui:

Dr. Martelo

Se o martelo tivesse feito faculdade,
apertaria os dentes para os pregos que falam torto.
Daria correção a quem desvia,
mantendo nojo do suor dos azulejos.

Se tivesse feito faculdade,
o martelo aprenderia a dar porrada
na cabeça dos taxistas, perguntando
se eles sabem com quem estão falando.

Se o martelo tivesse feito faculdade,
assobiaria quando enxergasse
uma marreta subindo escada sozinha
e abandonaria os filhos por uma porca de qualquer bitola.

Se tivesse feito faculdade,
aí sim
o martelo poderia renegar de vergonha
a caixa de ferramentas de onde veio.

Mas como o martelo não fez faculdade,
não precisa trabalhar a vida inteira
só para comprar um cabo do ano
e causar inveja no formão, que é seu vizinho.

Seu Atilho

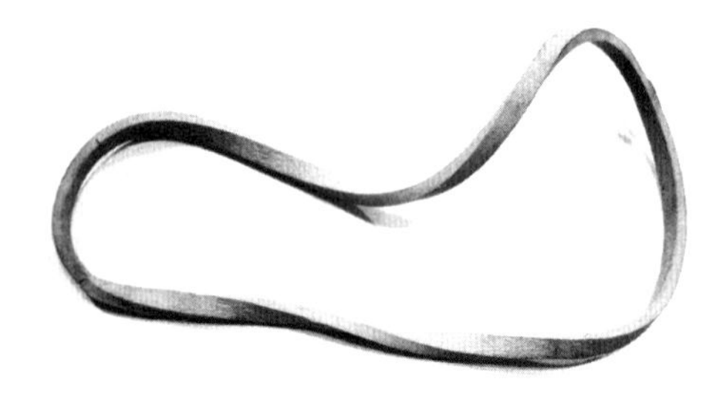

Nada é mais carente
que um atilho com osteoporose.
Por isso, prometo nunca mais sentir frio
nem atuar de namorados
que fazem usucapião.

Prometo também,
depois de vender todas as figurinhas da banca,
que eu serei banqueiro
só para um dia
dizer que larguei tudo,
inclusive o dinheiro,
e que passei a me ocupar
com um estilingue entre os dedos
(como nos tempos em que eu mirava orelhas).

Prometo inclusive que serei
como um velho atilho de borracha
em sua lassidão amarela,
encostado por insalubridade.

E mentiroso
só por contar o que vivi.

Continuava gostando daqueles poemas, embora o mancebo me advertisse: tinham cara de Lucerna. Era fato. Nas mãos do Professor, martelo e atilho teriam mais força que martelo e foice. É algo em que confiava a partir de Lucerna, e que imitava também. Mostrava ao mancebo novas traduções, as provas de que o Professor havia feito uma revolução em que o território revolvido era o de si mesmo. Suas ideias chacoalhadas sem vergonha de serem acusadas de incoerentes. O caso Dulce era prova: recolheu a menina queimada de sol em Chinandega e disse que a criaria. Dulce tinha dezesseis anos, talvez menos, e em verdade Lucerna dormia com ela. O Professor se inventou sabendo ser justo e ser safado. Como na Havana que conheceu num navio que levava milho a Cuba, Lucerna queria um mundo onde o salário de uma pessoa fosse medido pela quantidade de revoluções que ela tivesse feito a si mesma. Mas, na ilha, o Professor sofreu de um medo desesperado de perder o juízo em outro país. Adivinhava esgotar a vontade das coisas e simplesmente desistir, sozinho, sem ter com quem conversar. Porque a vida sempre lhe veio pelas palavras. Quando sofria as rasteiras de alguma estupidez, havia alguém, Mago — o motorista da lendária toyota —, por exemplo, para em língua amiga dizer Levántate, Javí, e objetivamente arrastá-lo até um bar para beber uma cerveja. Por isso, quando Lucerna retornou, sua revolução passou a ser a de municiar as pessoas com o direito de gritar. Fundou escolas de alfabetização. Foi revolução de papel, há de se dizer, porque Lucerna não criou o filho que deixou com Dulce senão em poemas nos quais fala dele. E aqui e ali sofreu acusações de pedofilia. Seus homens de arma fizeram o mesmo, deixando por conta mulheres, alistando filhos e mentindo que a aventura não era assim tão egoísta. Lucerna foi incompetente para a revolução mais antiga da humanidade: não enfrentou sua própria natureza para formar uma família. Levou o filho Victor para a sombra da selva, ensinando-o a fumar sem fumaça e a travar as lagartas de um tanque. E não deu a Dulce mais que conversa.

A minha revolução foi tão covarde quanto. Nem mais feia nem mais bonita: eu no meu sofá e longe dos lugares onde a Pátria Amada Idolatrada me salvasse. O Brasil poderia colocar a ilusão de quinta potência econômica acima dos direitos de se respirar sozinho, que eu ia ficar no meu país atrasado, lendo, me lendo e escrevendo. Me ocorria que a verdadeira Nicarágua a ser resgatada era dos filhos que deixaram as mães para lutar. Eu lutava pelo que mesmo? Não sabia, mas era por aquela Nicarágua que me sentia colonizado.

Mas Eudora já sabia como me achar no bunker. Colocaria veneno no túnel, e então eu perderia a opção de me deixar na área de serviço, bebendo o trago dos limos e morrendo de tempo. Ou, se preferisse, Eudora poderia atacar o resto da casa, infiltrar a indústria e o comércio no resto da casa, fazer prisioneiros no resto da casa, anexar o resto da casa. Já não havia mais formigas, que provavelmente hibernavam no inverno. E então talvez me fosse conveniente convidar o mofo para entrar, se sentar no sofá e comer bolachas. Mas ainda duvidava de que toda essa natureza silenciosa e firme vencesse Eudora. Como que higroscópica, a umidade com ela não tinha vez.

Mesmo porque os aviões venceram as duas guerras, e quando invadiam o espaço aéreo do meu país de estimação, era certo que o bunker não resistiria ao abismo vertical. Na área dos fundos, os limos se comprimiam às paredes ao meio-dia, e seus pelos ficavam ruivos quando o sol me atingia: primeiro era o calor do sol que me amarrava os pés, depois a cintura. E daí não subia mais. O calor era suficiente, e o conforto conhecia todas as técnicas de imobilização. Era o sol, sua cara larga querendo que o fugitivo confessasse pelas partes inferiores.

Mas tinha meus métodos de ignorar o interrogatório. Ia ao tanque, onde imaginava Eudora a lavar os pelos. Eu abaixava a calça de moletom, e ela levantava uma aba de saia. Eudora não tinha rosto, ou cabeça. Nem seio. Era uma das fotos do princípio. Não falava, portanto, mas a luz pervertida afirmava que ela queria. Era como a memória da esponja, que mais sai quanto mais se espreme. Então eu dava as minhas mãos quentes dos bolsos a essa Eudora inteiramente minha, e uma Eudora particular fazia. Ela não me tocava. A presença bastava, a necessidade era rápida, e o metal da torneira gelada, eficiente. Tirava um mundo de dentro de mim, deixava a água correr e o devolvia ao redemoinho original. Lavava as mãos e as recolocava no bolso.

Quando eram duas e meia, Eudora já me encontrava dentro de casa, desintoxicado mas ainda aborrecido.

Naquele domingo comum, mostrei a ela o *Dr. Martelo*, depois o *Seu Atilho*. Em instantes eu tinha sido um e chegava então a outro. Eudora parecia cansada e não suspeitava do que eu lhe tinha feito no tanque. Também ela não sabia quantas mãos tinha, nem que chegara a ser torneira.

Evitei que Eudora me tocasse e me emprestasse as mãos taradas. Ocupei as minhas com fazer café, com examinar as fotos e com esvaziar as sacolas que ela tivesse trazido. E foi a geladeira aberta, novamente o frio no metal, quem me deu ideias de estratégia: naquela segunda em que parecíamos diferentes, disse a ela que não tinha fósforos, não tinha açúcar, precisava de bolachas, erva-mate e aspirina. Ela teria de sair. Se ela se importava de me comprar uma garrafa de cachaça, qualquer marca. A lista funcionou e aumentei: ainda sentia dor de ouvido e pedi um medicamento que não existia. Escrevi, para ela não errar, otoxil, e entreguei dinheiro.

Eudora disse que não precisava. E, feliz, balançou as pernas, me invadiu o rosto e saiu. O mancebo não entendia que Eudora houvesse saído e menti que ela tinha contas a pagar para que ele me deixasse quieto dentro de um livro, e ele me deixou.

27. isto é: que o novo país passava a ser parecido demais com o antigo. Talvez eu escrevesse por estar acuado, e o canteiro entre as palavras fosse o único buraco seguro onde me enfiar.

Me perguntava então Por que não criava um idioma próprio? Estruturaria minha língua numa gramática sem verbos agitados, para gradualmente eliminar em mim os efeitos físicos da ação. Escolheria umas quatro palavras substantivas imprescindíveis, abrangentes, metassignificativas. Ou construísse uma sintaxe de único verbo, jazer, assim: eu jazo no sofá.

Mas era desgastante e pouco natural desmanchar o que a humanidade vinha empilhando para se constituir, tocava ao mancebo de madeira me dizer. Um idioma próprio lhe parecia inútil, pois a natureza de um idioma era sempre coletiva. Só a linguagem pode ser solitária? Claro que sim. Uma saboneteira e um sabonete faziam um jogo de linhas e cores no esforço de gerar sentido mesmo soltos: se com água podiam rimar era só para facilitar o entendimento da espuma. Diferente do idioma, a linguagem era mesmo imanente, e eu não precisava escrever sobre as pessoas, que desmoronavam na primeira revisão. Por isso só as coisas podiam ser olhadas de perto.

Isso é teu?, perguntei.
É meu. E de Beckett.

Antes de completar meu estudo, cansado e com fome, aceitei que aquele isolamento linguístico era mesmo inútil porque me dei conta de que escrevia poesia e que cada poema trazia uma revolução no sentido de já não pertencer ao idioma anterior mas a um outro que não era língua alguma. Ora, então escrever era o contrário de traduzir?

Pois sim. Eu vertia da língua materna para algum idioma que, mesmo estrangeiro, me parecia mais carinhoso. Talvez residisse aí uma estranheza umbilical, e essa me parecia ser uma definição toda própria de poesia, ou de literatura: buscar a mãe na casa dos outros. Nesses momentos eu, que não me sentia em casa em nenhuma parte, encontrava uma língua que resolvia o meu problema.

Por isso, nos meus dias pouco específicos, começava a manhã lendo e relendo. Avaliava as fotos e a intenção subjacente de Eudora e admitia que aquilo era a única herança da medula humana. Me punha, assim, em algumas imagens que Eudora vinha me mostrar. Com o mancebo, esticava o idioma sem palavras das coisas, preenchendo o decurso das semanas.

A bem da verdade, alguma leitura de mundo ia emergindo, com dedos muito firmes, talvez treinados, do poço profundo onde eu me escondia. E eu não tinha receios. Aceitava o que me escrevia como uma poética do acidente: um objeto ocasionalmente deixava de ser imagem, e algo muito potente me dizia coisas sobre a condição humana. Naqueles acidentes de poesia, sem planejamento prévio, as coisas humildes que orbitavam o mesmo mundo em que sempre estivemos vivendo testemunhavam, era isso. E num lance de olhos, meu lance de escrita encontrava o efeito mais paradoxal: é que, ao reduzir um universo a um objeto neutro, ampliavam-se seus traços mínimos, elementos de microssignificação nos quais nos reconhecíamos, brasileiros ou não, na coisa acidental. A foto do alicate, por exemplo. A imagem que Eudora tinha feito era evidentemente de mim, e me chocava. Era eu com as juntas gastas, com pele rústica e uma raiva que, de tão cansada, havia dormido com os dentes à mostra. Ainda nos últimos dias, se revisasse a imagem, me via como um crocodilo ao sol e só me alimentaria se a presa entrasse boca adentro para ordenar que eu me fechasse. Não era mais o mesmo e não sabia se era bom.

Antigamente diria que estava ficando fraco, que precisava reagir, tomar umas vitaminas e fazer aquelas terapias com agulhas. Me olhando num espelho do banheiro, aceitava ter babado muito ovo, mas que então era capaz de verdades que invocavam dizer — tinha me tornado alguém que se livrou da droga de sair de casa e sorrir e dizer bom-dia quando se tinha vontade de arrancar os dedos de quem viesse me cumprimentar com mão de estopa. Me tornava alguém que não precisava mais saber de informática só porque aquela era a senha que os americanos nos mandaram para circular pelo clube. Me verticalizava em um alicate de bico calado, patriota extremado daquela república cujo espírito fundamental era não ter qualquer resiliência:

lamentação

Sonhava ser, quando eu crescesse,
tenaz como um alicate,
capaz de apertar as folgas da máquina do estado
ou de regular a mão direita das balanças.

Tivesse sido alicate,
não me seria necessário
distintivo de estrela
ou diploma de quem sou, que fosse.

Ainda que aberto,
eu-alicate seria tão ameaçador que,
quando encontrasse com um parafuso mal-encarado,

não abriria a boca para falar merda,
apenas mostraria, assim:
que para junta com gota
não adianta melhoral.

Quando eu crescesse,
queria ser coisa pressionante.
Mas acabei sendo só gente,
gente assim, que olha e despreza,
e que, de fundo, precisa usar desodorante.

Mesmo sem querer, compreendia uma lógica em tudo aquilo que negava. Na minha República Doméstica, nos domingos em que os resquícios do tempo eram a espera de Eudora, evitava a firma humana evitando impor-me, assemelhar coisas da redondeza diária ao que era. Desencorajava o eco que me olhava. Não queria nada da casa com a minha cara, como já tinha feito ao Brasil, dizendo a ele que procurasse a sua turma. Minha técnica era a expropriação daquilo que se coagulava e tentava. Mas a desconfiança era de que já tivesse alcançado um estágio avançado no sentido de me livrar da natureza colonizadora, porque entendia que sair de casa era posse. Cansei, repetia ao clã do mancebo. E eu estava mesmo farto de olhar para a placa de trânsito e dar-lhe cabeça. Enjoado de olhar para os faróis dos carros e dar-lhes olhos; ao para-choque, boca; às coisas com duas pernas, sexo. Estava esgotado. Pernas & Braços eram histerias humanas, diria a cobra. Se já não saía, a memória era uma sensação às vezes dolorosa. Quem me trazia aquelas dores era Eudora.

Mas acho que esse retrato não é do Brasil e também penso que isso de Brasil nem existiria se não fosse pela única força coercitiva, que é a língua. Aquele país lá fora se deve a uma literatura, que lhe dá sentido, o mancebo falava.

Não concordo, reclamei. O Brasil nunca teve literatura. Ler é muito pouco brasileiro. Justamente porque as leis protegem mais a propriedade que a liberdade, o brasileiro dá seu pulo pra fora. Daí a razão deste país aqui.

Este seu país é salobro. No fundo, no fundo, Nicarágua e Lucerna avalizam uma intimidade.

Não concordo.

Com qual parte?

Com o salobro.

Salobro como um mangue. Não se trata de literatura, mas da imagem dessa tal literatura. Por exemplo: Fulano é um escritor importante porque representa a pluralidade de São Paulo; Sicrano, a violência do Rio. Você está criando o não Brasil, mas acaba sendo um esforço para que o Brasil exista. É como fazem todos os carentes. Quem o irrita de fato é o mundo, esse cara aparentemente neutro, e não o Brasil. Foi da humanidade que você fugiu, está bem colocado?

Fugi dos risos.

Mas os risos são só o sintoma típico do afogamento. Estão afogando a linguagem. Só restarão os risos. Por isso a medicina é a única coisa que tem futuro.

Mas isso é do Vila-Matas.

Mas isso é nosso, Senhor Tradutor.

Supõe então que os risos estão afogando a linguagem?

Em absoluto, senão no futuro haveria espaço também para o salva-vidas. A linguagem é que está sendo afogada em si mesma. Como uma embolia.

Isso não ocorre nos mergulhadores?

Sim, o sangue vira refrigerante, lembra? É o resultado da velocidade com que se chega à tona depois de mergulhar num livro de águas profundas, digamos *Um homem que dorme*, de Perec.

Mas eu ainda posso gritar contra alguma coisa, não posso?

Pode, mas é bom saber que essa saliva é emprestada.

Então não tem remédio?

Tem. Recorde sempre a lei da linguagem, como uma reza: uma palavra de cada vez.

Não consigo não pertencer ao mundo.

Mas o senhor não precisa de ombros. Não alimenta nenhum vínculo. Nenhuma obsessão de pertença o aflige e portanto não precisa carregar nada, não precisa usar paletó nem se esforçar para ficar no meio. Basta desenvolver uma técnica peculiar de equilíbrio.

E qual a técnica?

Contra a realidade que saturou a literatura com mais impostura e mais leviandade, ser impostor e leviano: escreva para tornar a realidade impossível e depois leia para pertencer.

Pertenço ao que escrevo e leio?

Sim, ler o que se escreve vai ser nossa última ilusão de pertença.

É bonito.

É do Vila-Matas. Mas não é bonito. Não deveria ser. Sou filho de Íris Silva, sabe? Pelo menos de criação. Eu era obrigado a assistir a muita telenovela. Se a gente não se cuida, acaba pertencendo àquela engambelação de gente bonita. Para nós, da literatura, só o feio é verdadeiro, não lhe parece?

O magrão e aquela capacidade discreta de sempre me superar nas discussões. A verdade como algo óbvio em que tropeçar: um livro me faria de algum modo pisar outro lugar onde perder tempo fosse mais importante que perder a paciência.

Todos os dias teriam um quê de igual. Duas lâmpadas queimariam. A torradeira pararia de esquentar pão velho. Também os jornais das janelas do norte pediriam, de quando em quando, renovação de contingente. Havia conserto para tudo, menos para a sensação amarela de que tudo iria se repetir, e eu não queria mover mais corpo do que o mínimo, cada vez mais mínimo. Havia me tornado um eletrodoméstico, mas de um tipo que funcionava renegando e por isso compreendia as coisas que estragavam como camaradas do partido. E penso que as lâmpadas, a torradeira e os jornais passaram a me entender e, embora não escrevessem, funcionavam, ao menos como mandava a constituição daquele país: parando. Nunca prometi, nem nunca disse que ia fazer. Não queria garrotes. Talvez por isso eu me sentisse presidente e senador, e ministro e deputado, prato de pé ou prato virado, e sobretudo parte daquela democracia que se autorregulava sem necessidades de eleição.

28. é que eu fui, eu sou mais um em quem inevitavelmente se refletem as forças nervosas da sociedade. Era eu de vez em quando inteligente. Sofri de fim de mês, das responsabilidades imputadas por alguém, da necessidade de amar aos outros, incluindo quem não quero incluir, e sobretudo de ser caridoso com os desprivilegiados. E eu sozinho já era gente demais. Porque eu fui, eu sou aquele em quem tudo isso fez e faz seu eco. Sozinho dá pra ocupar o mundo.

De mim, foi preciso apagar algumas palavras. Eu apaguei a palavra *fora*. Pus X no lugar. Usei meu único verbo sem acontecimento: eu jazo. Um verbo falso, porque *Eu jazo no sofá* já parecia ser algo agitado demais.

Esse verbo, jazer, ele se mexe?, perguntei.

Sim.

Então não me serve. Que posso fazer com um verbo assim?

Tudo. Seu verbo pode manipular passeios sem rumo, ritos de vagabundagem por X: um lugar onde as pessoas estão paradas, e as coisas é que andam.

Deitado no sofá, preferi jazer de olhos fechados.

A casa de aberturas amarelas

Imagine o Senhor Tradutor que num jardim com flores uma mulher de gesso rega a grama. Numa esquina movimentada estátuas de gente cinza preenchem o fluxo estanque dos pedestres. Um carteiro de cera confere um endereço eterno. E todas as faces duras reproduzem o mesmo. Só as coisas caminham, rápidas ou lentas, parando aqui e ali, onde o nó da conversação imprime certo afeto. O senhor conversa com a primeira casa em que entra — um sobrado novo de dois pisos, com decoração de carros esportivos. Eu faço o sobrado e o senhor faz o senhor mesmo, começando por perguntar se o senhor é o senhor mesmo.

— Eu sou eu mesmo?

— Não sei. Bebe uísque, cara?

— Não. Tem algo mais leve?

— Talvez naquela casa lá, de aberturas amarelas.

O senhor olha e vê uma casa antiga, passeando pelo parque.

Mora alguém lá?
Ninguém. A casa mora sozinha.

O senhor entra na casa de aberturas amarelas. É uma casa com pouca iluminação. Eu faço a casa e o senhor faz o senhor mesmo.

— Eu sou eu mesmo?
— Claro que sim.
— Me disseram que aqui eu podia achar uma bebida leve.
— Sirvo cerveja, mas não tenho sede. Pode ser?
— Bebo sozinho?
— Mas o senhor está sozinho.

O senhor se aborrece.

— O Senhor Tradutor não sabe rir?
— Sei, mas entorta a boca.
— Mas rindo a gente nem nota.

O senhor prova a cerveja. Ale, com tom acobreado. Bastante gelada.

— Tem alguma coisa pra comer?
— Já ia me esquecendo. Temos bolacha.
— Só tem bolacha?
— Tudo aqui é improdutivo.

— Então pode ser.

— É bolacha em formato de bichos. Qual bicho prefere?

— Ouriço.

— Ouriço não tem. Coma urso, que é parecido.

Enquanto a casa com aberturas amarelas lhe serve bolachas em forma de urso, o senhor vai escutando as novidades.

— Eudora. É um nome de nereida ou sereia este. E um bom vocativo. É invenção sua?

— Não, é o nome dela mesmo.

— Então a editora Eudora entrevistou as três mães do Senhor Tradutor?

— Não é bem isso. Ela apenas queria algumas informações sobre as minhas mães.

— Mas imagino que achou uma delas a mais bonita.

— Qual?

— Izolina.

— Izolina?

— É. Eu, eu gosto das três. Qual delas prefere?

— A que eu nunca vi.

— Mas essa é feia, senhor. Sem dentes. Sem cabelo. Sem nada.

— Sem nada?

— É só um contorno, sabe.

— Não, não sei.

— Eu, por exemplo: sou só contorno. Também não tenho móveis. O Senhor Tradutor entende uma casa grande e vazia?

— Casa, mãe? O que uma coisa tem a ver com a outra?

— Ora, a mãe é um lugar de partida. Mas, se o senhor está traduzindo, pode ser o de chegada.

— É que acho que não tenho mãe.

— Não tem problema. Mãe é uma coisa que não se precisa mais ter. É algo antigo. Quem sabe Eudora não aceita ser sua mãe. Quer mais um urso?

O senhor bebe três goles da cerveja. Come outra bolacha em forma de urso. Vê um livro aberto no soalho e nota que a casa de aberturas amarelas lê e então pergunta algo pra ela.

— Estava lendo o quê?

— Só posso ler Lucerna.

— Só Lucerna?

— É. O Senhor Tradutor não acha que está idealizando demais o Lucerna e a Nicarágua?

— Só uma casa grande e vazia para fazer essa pergunta.

A casa com aberturas amarelas fica pensativa.

— Você podia ler um poema.

— Um poema?

— É. Um poema engraçado. Não tem aí na cabeça um poema engraçado?

— Tenho sim, ó:

uma vagina

De operar cesariana nas vagens, quando menino,
aprendi que todas as coisas tinham outras por dentro
e difícil era achar o zíper.

Com mulheres ocorria o diferente:
outras mulheres habitavam dentro das mulheres,
e abrir o idioma e as unhas era impossível
sem tornear o redemoinho.

Talvez que as mulheres tenham dentro de si uma árvore
com dentro de si uma vagem e uma outra árvore
na viagem e retorno aos índices e sumários
e mil máscaras para assaltar de dia.

Quem me dera ao menos
antever as mulheres que encontrarei
no torno. Mas, se elas são viagem,
de vagem a vagem, e insuficientes,

como vagens ou brinquedos abertos,
interessa a vagina e não o que têm dentro.

— Acabou?
— Acho que sim.
— Mostre a foto.

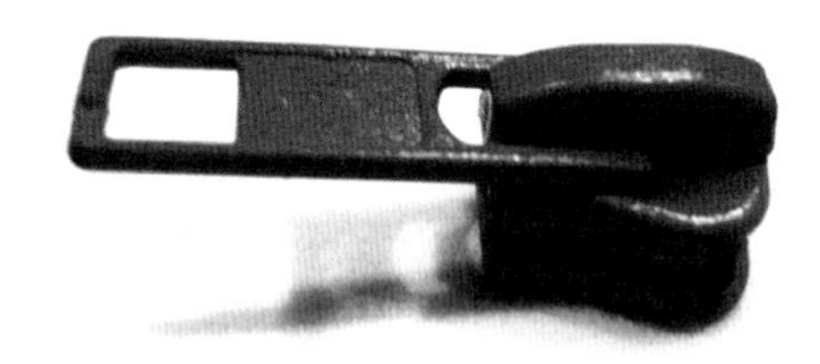

— É de Eudora?
— Sim.
— Bonita.
— E o texto?

— Rude.

— É que só escrevo com as unhas sujas.

— Mas revela muita felpa. Mata, me entende? E assim o senhor se esgota logo logo. Eudora já escutou?

— Ainda não.

— Não mostre. Tó outra bolacha.

O senhor fica pensando em Eudora lendo o poema. Come outra bolacha em forma de urso.

— Que dia é hoje?

O senhor responde que é domingo.

— Domingo.

— Então Eudora vem?

— Vem logo.

— Então eu não deveria ter saído.

— Mas, senhor, a partir de agora, tudo é certo. Mais cerveja?

— Não, preciso voltar.

— Mas para onde, se o senhor jaz no seu sofá, no mesmo sofá de um mesmo domingo?

O senhor agora abre os olhos. Como foi?

Cheguei a acreditar que não estava conversando contigo. Tu é um duplo de mim?

Não. O senhor é o Ulisses que se amarra ao mastro para resistir à sereia. Eu sou o mastro.

Posso escutar as sereias então?

O Senhor Tradutor decide.

29. confesso que muitas vezes tentei. Pensava então em Eudora como coisa elencável, um objeto redondo, um corpo liso, só massa, só matéria, que de repente estragasse. Que ela ficaria sem pilha ou sua peça quebrada não fosse mais fabricada nem houvesse similar no mercado. Mas temia que Eudora permanecesse querendo ser a frase de exceção, e então numa folhinha do ano seguinte eu a relembrasse e a transformasse em algo mais presente e inoculado. Nesses pensamentos, Eudora já tinha aparecido nua, Eudora já tinha aparecido só pele, Eudora já se tinha reduzido a apenas um seio. Era para ser assim: que um objeto, corpo, massa, matéria, o que fosse, quando não perceptível, sem artigo, não merecesse ser pensado. Mas aquele, efetivamente, não era o caso de Eudora. Ela tinha seu esquema com os domingos, quando a fronteira ficava aberta e alguém podia fazer turismo numa terra úmida. Era aquele o dia da semana em que me acordava, humano e infantil, pensando na Eudora que vinha e ia, levando lixo ou roupas sujas e trazendo fotos e bolachas. Eudora só era o objeto num campo narrativo livre — no caso, onde o Narrador, eu, não estava. E quando chegavam as tardes de domingo, Eudora abria a porta cintilante e era impossível vê-la tão somente como a moça da editora. Ora, ela já regulava as minhas roupas, o tamanho do meu passo e a minha comida. Trazia papel higiênico sem constrangimento. Era, por melhor dizer, a mulher poluindo a coisa, e era por esses excessos que ela me incomodava. Se Eudora reclamava de cansaço e eu chegava a dividir o meu sofá, ela entendia aquilo como uma necessidade desfaçada do mundo e sorria: no domingo à tarde o mundo era ela. Logo Eudora mostrava para que serviam Pernas & Braços. Sim, todos os domingos em que vinha ela inaugurava; ao sair, as coisas meio que perdiam a autodefinição — isto não era isto, e aquilo resistia em não ser aquilo. Acabava sendo a carne que fala, porque cheirava tão bem, e eu ia desenvolvendo que os sentidos, no macho, sacaneavam-se uns aos outros.

É preciso dizer que eu pensava essas coisas fazendo barulho, deixando uma torneira ligada, mexendo na gaveta dos talheres, tudo para não sofrer as intervenções do mancebo, que aproveitava brechas no ruído para começar um ensaio:

Sou também música.

É, e qual música?

A Ária na corda sol, de Bach.

E como é que toca, se não tem ombros para o violino?

Mas não ter ombros não significa que não tenho braços. É só que não se sabe de onde saem. Ou são braços que entram. Também posso ser só uma harpa, e o senhor é a antena da raça, o gênio isolado que, de costas para o mundo, a toca.

Ele insistia com aquela erudição balofa, a prosódia de depois do almoço. Eu arrastava os pés, tamborilava um livro. E esperava.

Eudora adoeceu a natureza interna da minha nação. Fez o que a gravidade tinha conseguido com a minha coluna. E ela não podia, por exemplo, ir até a área de serviço, corromper a área de serviço. Nas condições normais de temperatura e pressão, desconfiava de que Eudora pudesse se manter chassi, assim: elemento-chave, eixo-base de onde toda a realidade plausível ainda emanava. Porque era fato: Eudora chegava para realizar uma coesão desnecessária entre os objetos da casa. Então concluo que Eudora foi uma inflação das minhas necessidades. Eudora foi o contexto que me alterou. Tudo na casa passou a se reunir pela similaridade de suas propriedades. Criaram-se famílias, e então ocorreu como se a casa tivesse inchado e virado do avesso e acabasse igual ao Brasil de que eu fugia. Demorei a perceber aquilo e, quando percebi, talvez fosse domingo, levantei do sofá doente para meter a mão em alguma coisa.

Por isso, naquela tarde em que se atrasou bastante, eu fui lavar umas louças exercitando pensar nela como uma máquina. Tudo funcionava simples se imaginasse Eudora roldana, fazendo subir coisas. Ou Eudora plano inclinado, fazendo as mesmas coisas descerem de suave, ou Eudora parafuso que torce-distorce, ou alavanca que destrava no jeito. Mas esbarrava num problema conceitual — Eudora fugia de ser máquina na razão de que a máquina economiza. A lei de Eudora era o maior esforço. Era mulher e vinha de fora. Por isso cobrava um óbolo: queria saber o que eu não sabia, se tive pai, se tenho mãe. E logo que terminei a louça e terminei a ideia, vi que eu era uma máquina simples, uma máquina de não reagir, embora reconhecesse que nos domingos eu estragava.

Mas naquele domingo de muito frio, não. Eudora era quem tinha estragado. O sol havia esmorecido nas frestas da janela norte, o frio ainda rondava as paredes e o mancebo de madeira concordava comigo que Eudora não vinha mais. Mas Eudora era a coisa amputada: mandava um fantasma para causar dor. E era assim que uma Eudora restrita à frase devia ter estragado o carro, perdido o ônibus, pegado outro. Havia descido num bairro com calçadas regulares e árvores modernas, comportadas de tanta poda. E caminhando, percebeu que não chegaria a tempo ao Centro, que o domingo não era tão de confiança assim. Num café da esquina, o perfume do café, como um rapaz bonito, a convidou a sentar, e ela sentou. E então todo um domingo normal numa tarde normal de frio em Porto Alegre bebeu café normal. Um aposentado normal de fim de semana caminhava. A caixa normal do café trabalhava. Normalmente o rapaz que tinha gel nos cabelos servia, que era seu trabalho. Trabalhavam dentro da normalidade o motorista do táxi que escutava o jogo, o homem que vendia discos no chão e os três índios peruanos que tocavam flauta de taquara. Eudora bebia café apenas, sem olhar para as pessoas. Aceitava a realidade impostora daquele país que há cinco séculos acontecia por acaso. Eudora não vinha mais, e foi quando me sentei em silêncio para admitir ao mancebo de madeira que, enfim, ele tinha razão: aquilo não me deixava feliz.

Capítulo VII
Pedro Vicente

Porque também os tênis do Narrador servem, um número maior talvez. O Mickey veste-se de Narrador. Escreveu o poema do Narrador. Já leu Petrarca para entender Camões, e Neruda para entender Petrarca. Está lendo *Maresia*, os poemas de Florbela Espanca, para entender as ressonâncias internas do próximo livro, que deve ser de Cecília Meireles. O Narrador lhe deu dinheiro, tênis, jaqueta e estilo. Não apagou sua cara de rato, mas lhe deu poesia, que é um começo.

Não chega atrasado, mas Isabel e Felícia já estão sentadas numa das mesas da pizzaria. Isabel se levanta. O Mickey a cumprimenta e toca de leve a cintura dela. Isabel usa uma blusa colada. Tem os seios graúdos, bonitos. E irresistíveis ombros gordinhos. A Felícia bebe refrigerante. Não é parecida com a mãe. É uma menina dentuça, de dentes serrilhados, que só olha de lado. A tiara segura os cabelos agitados.

Que idade tu tem?, ele pergunta.
Não tenho mais idade para isso, ela diz.

O Mickey acaricia a cabeça da menina, que o encara na diagonal. Rato, ela diz. O Mickey sorri sem jeito e pergunta se ela tem fome.

Tenho. Mas a pizza não devia ser redonda.

Isabel comenta que a menina lê muito, e isso se vê. Mickey não tem coragem de perguntar por que a pizza não deveria ser redonda. Sempre se convenceu de que as pizzas são redondas porque são assadas em fôrmas redondas.

Dá pena, a menina diz.

Isabel olha o Mickey atentamente. Parece impressionada com aquela jaqueta. Para ela pode ser de qualquer sabor, só não gosta de pizza doce.

Dá mais pena ainda, a Felícia diz.

A menina quer calabresa, a preferida dela. O Mickey pede uma grande, toda de calabresa. Bebe refrigerante também.

Não falam sobre os incidentes da tarde. Pouco falam, na verdade. Na pizzaria o Mickey não lembra o poema do Narrador. Sente faltar coragem, mas também não sabe para que lhe serviria coragem naquele momento. Por isso, em vez de falar, pergunta: há quanto tempo Isabel trabalha na farmácia, uns três anos, foi casada, é viúva, não mora com os pais, quase não sai, trabalha o dia inteiro e depois busca a Felícia na creche municipal. A Felícia olhando de lado.

Então tu gosta de livros?

Por que diz isso?, a Felícia diz.

Porque tua mãe está dizendo que tu lê bastante, ele diz.

Mas gostar de ler não tem nada a ver com gostar de livros.

Então por que lê tanto?

Me preparava para conhecer você.

Sabia que eu estava vindo?

Claro que você viria. A televisão vive anunciando.

Sabe quem eu sou?

Sim. Você é o Imperador. As mães falharam, então você veio de barco.

É? E qual é o meu império?

O Quinto, o único possível depois do holocausto, o da conquista sem horror. Antes houve os persas e os assírios. E houve os gregos e os romanos. Há uma lei com seu nome.

Ela lê demais, Isabel diz.

Leio. Posso perguntar uma coisa? A Felícia: Você usa luvas brancas com um calor desses e ainda ri. Tem doença?

O Mickey se perde. Isabel pergunta quanto anos ele tem. Ele aumenta de 20 para 25 e pensa que não conferiu ainda a idade do Narrador na identidade. Ela tem 26.

Mickey é o teu nome mesmo?, a Isabel pergunta.

Não. É por causa que eu sou baixinho, e o pessoal diz que eu tenho cara de rato.

Por que você não se esconde?, a Felícia diz.

E qual é o nome verdadeiro do ratinho?, a Isabel pergunta.

Pedro, ele passa a dizer.

Depois de comerem, levam a Felícia para ver o aquário. É Isabel quem se aproxima e, enquanto a filha olha os peixes, enlaça a própria cintura com o braço do Mickey. Ele se precipita e lhe dá um beijo que não encaixa direito. Isabel corrige o beijo curto. A Felícia volta.

No caixa, o Mickey olha o talão de cheques e a identidade do Narrador: o rosto redondo parece transformar-se naquele rosto. Não quero mais ser chamado assim, ele pensa. Sou Pedro. E ele tem razão. O Narrador e o Mickey já são idênticos. Sabe que o tio poderá desmenti-lo perguntando Pedro, que Pedro? Mas na pizzaria não querem saber quem ele é, quantos anos, qual a verdade. Querem saber se ele funciona.

Vou pagar em dinheiro.

Pedro Vicente espera o troco. Parece mais novo, mas tem 34 anos na identidade.

A mãe queria pedir uma coisa, mas tem vergonha, a Felícia diz.

Que é?

Que conseguisse pra ela outro livro com coisas safadas que nem aquelas que você copiou.

30. mas a ausência de Eudora não evitou que eu escrevesse. Pelo contrário, funcionei melhor, preenchendo as fotos acumuladas com toda a ressonância que eu trocava com aquela triste figura de verniz. O que escrevia era eu de costas. O que rabiscava era eu fugindo. Qualquer poema se metia a perguntar. Mas jamais gostei de me montar, nem de encontrar coerência literária para o que não funciona. O que me vinha pela leitura era um corpo estranho, espinho cravado ou coisa arruinada. Sabia que minha vida útil poderia ser curta, por isso creio que escrevia como quem se desparasita.

Nada comigo jamais aconteceu de uma hora para outra. Estar no apartamento, encará-lo como uma nação avulsa cuja bandeira fosse qualquer pano, tudo isso vinha me acontecendo desde as primeiras vergonhas com Izolina. Posso dizer o mesmo do que escrevia. Aqueles poemas vinham sendo escritos desde uns quinze anos antes. Mesmo que eu não me lembrasse, todos os versos tiveram gestação arrastada e memória eficaz. Foram uma devolução. Esperavam apenas que eu fizesse análise com Lucerna, era isso.

Escrevia naqueles dias de sofá e olhava o mancebo compenetrado a escrever o outro lado do que eu escrevia. Ele parecia encontrar, enfim, bom uso para a minha memória, aquela memória que eu queria evitar por reconhecê-la como uma brotoeja. Por isso eu reciclava e talvez para entender que nunca iria corrigir o rosto de Izolina nem me arrancar do Brasil. Que passava a assimilar: aquele era um país congênito como minha bronquite alérgica. Por mais que tossisse não me livraria dele.

Foram seis os poemas que se acumularam enquanto Eudora não vinha. Quanto ao primeiro, os versos têm para mim sabor de coisa antiga, como se percebe pelo uso do imperfeito. O poema está na casa onde vivi: meus pais adotivos, seja lá o que isso signifique, não tinham livros senão cinco números de uma enciclopédia suja. E entretanto havia duas mãos-francesas a sustentar o abismo. Não sabiam ler. Todos os vidros de Izolina eram identificados com desenhos. Jornal era papel para fazer fogo ou forrar alguma coisa na casa da madrinha.

Do que primeiro me lembro já morava com eles, e a escola me levou a chamá-los de pai e de mãe, por necessidades de referência. Mas nunca diretamente, que a minha intimidade familiar era sempre forasteira. Eles eram pais de não responder a bilhetes, de assinar com riscos uma autorização para que eu mesmo pegasse meu boletim. Foram os últimos parentes que o Brasil me deu. Por mais que eu repetisse aos colegas de aula que era só minha madrinha, não adiantava: Izolina era a mãe mais feia do bairro. Da cidade, até, eu imaginava. Uma índia de cabelos escorridos, pontudos e ruços. Riscadas de sangue, as olheiras imensas pareciam segurar os olhos encurralados no amarelo. E no verão os eczemas. O rosto enrugado e baço tinha berrugas onde protuberavam pelos triplos. Havia pessoas que tomavam sustos dela, até mesmo nós, os de casa. Talvez por isso ela caminhasse batendo com os pés as chinelas de pano.

Izolina me levou pra casa depois que a irmã Berenice, a primeira mulher que me criou, foi comida por um câncer, eu nunca soube onde. O câncer da mãe das duas, da minha avó por dois empréstimos, esse era no pulmão, e a velha Tereza ficou dois meses no hospital. Morria depois da Berenice, pouco tempo depois, é o que parece. Jacinto era o único filho homem da Tereza. Era um bugre calado, de dentes quebrados e que aceitava o mundo reduzido da casa sem precisar de emoções além do futebol. Vestia aquela camisa de pavão e usava um rádio de pilha para chamar de macacos os negros do Internacional, que andavam ganhando muito do seu Grêmio. Jacinto e Izolina talvez confiassem demais na casa onde viviam. Ficavam olhando a telenovela. Ao menos Izolina olhava. Jacinto atravessava o televisor piscando muito os olhos. Li os cinco volumes da enciclopédia, uma coleção incompleta de História da qual só recordo a Revolução Francesa. Mas cada vez que eu lia, encolhido e quieto, Izolina parava sua novela de quando em quando, para testar a temperatura da minha testa e perguntar se eu passava bem. Jacinto me olhava durante a leitura, tentando entender por que eu estava triste. Para eles, ler era sinal de algum sarampo. Eu tinha medo de que Izolina e Jacinto me achassem estranho e me dessem a outras pessoas e por isso eu dizia que estava rezando e eles até faziam silêncio. Quando preguei o assento de plástico laranja no alto de um dos cinamomos do lado esquerdo da casa, só aí pude ler sossegado, parando para simplesmente observar as pessoas. Às vezes Jacinto caminhava pelos canteiros de couve sem fazer nada, com cara dura, numa vida que, desde aquela época, parecia ter pouco propósito. Ele vomitava muito, e eu me perguntava se o estômago é que não gostava dele. Meus pais adotivos tinham uma espécie de obrigação de viver. Abaixo da árvore, corriam sob um rio repetido. Creio que o último verso deste poema fala disso:

Canto às armas da mão-francesa

Canto as armas da mão-francesa
segurando seus mortos.

Ninguém lia na casa,
ninguém renascia na casca,
e todos habitavam o contorno das coisas.

Isto é: ninguém rexistia na casa,
e eu fazendo do cinamomo aposento
pra rezar com Robinson Crusoé.

E lá de cima,
na clareira das cabeças,
eu tinha fé que o tempo era mesmo aquele cara teimoso.

Canto as armas da mão-francesa
e a certeza de que as pessoas,
como as pedras,
se alisam como coisa desconsciente,
na massa corrida
do fundo de um rio
que é sempre o mesmo rio.

Aprendi com Lucerna a técnica de mesclar termos arcaicos ao deboche contemporâneo. Quando queria destituir os inimigos intelectuais que tinha, Lucerna buscava termos pegajosos, de mãos gordas como sujeitos gordos que usavam suspensórios e repartiam gavetas secretas onde guardavam o dinheiro da educação e da saúde. Foi assim que Lucerna encarou seus torturadores numa transmissão televisiva. Perguntou a cada um deles como o haviam torturado e, ao final, como tinham sido torturados de vingança. Nenhum deles sofrera tortura alguma. E Lucerna lhes pedia desculpa exatamente pelo modo correto como foram tratados. Sei que Lucerna bebia com José Mendoza, chileno de origem, que tinha a revolução na medula. Seguiam o espírito revolucionário da América Latina, que não era fazer revoluções, mas vivê-las. Era o modo único de um revolucionário não virar tirano. É algo que essa minha esquerda desbotada, nascida nos anos oitenta, inveja. Impossível repetir Lucerna e Mendoza no Brasil, onde toda razão está com quem a compra. Na carta-poema de Mendoza, o lírico ganha potência de soco,

fazendo conto de fada virar manifesto com um pé em cima.
Bem, a carta é esta:

Pequeña carta a mi hija Carla
Carla: ayer, 22 de Diciembre, recebí tus dibujos
me los trajo Gregory Taylor Down,
el jefe de retaguardia de la 3002 de Mulukukú.
El Arco Iris y el árbol de Navidad están bonitos.
Pero los retratos de Sandino y el niño, tu hermanito,
me gustan más. Están lindísimos.

No necesito imaginar para verte con qué esmero
los pintaste, echada de pecho sobre la mesa
y el pelo cayéndote en la cara pegada a la hoja de papel,
mientras apretá la lengua entre los labios
y los lápices se vuelven un carrusel de colores revueltos.

¡Me hiciste feliz!
¡Fui feliz por un minuto en esta guerra!

A mí me gustaría estar con vos, con tu mamá y el tierno,
enseñarte los números,
repetirte en voz alta las vocales,
convertirme en el mejor mago del universo
o en un payaso capaz de sostener de una mano a otra
un arco de números y letras en el aire:

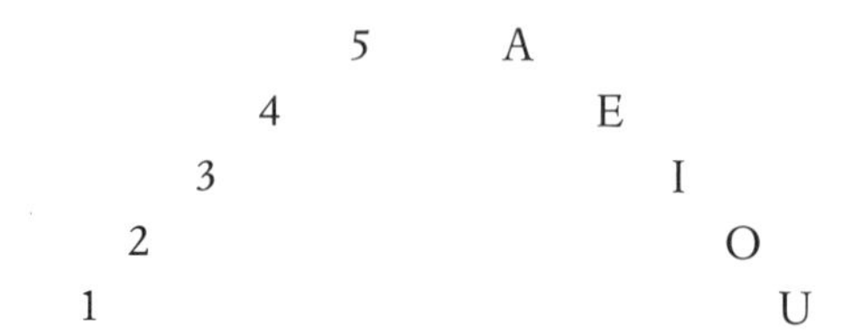

Estoy privado de verte crecer, de atestiguar tus correrías.
Cómo quisiera jugar con vos y el venadito que te llevé de Mancotal,
Llevarte al parque y a la rueda de Chicago.
Por eso vos y yo, quizá sin saberlo, también somos lisiados de guerra.

Ustedes me hacen tanta falta y eso es como si me faltara la vida.

Yo no sé si tus 5 años puedan entenderme.
Un día ya no estaremos lejos... Lo que pasa
es que un mago malo hijo de una bruja helada y feísima,
el viejo genio del Mal que se llama Reagan
— a quien ya identificás en la televisión —
nos ha encerrado en los campos de la guerra.
Estamos como que encantados víctimas de su hechizo.
Su enorme nariz nos apunta,
y pela los dientes y enseña las uñas negras.
Es el Lobo Feroz seguido de un montón de lobos feroces
detrás de Caperucita Rojinegra.
Y hay que defender el jardín de Caperucita
y por eso los papás
estamos vestidos con el verde de la primavera
y armados de palos y hachas y machetes.

Pero un día, hija, en la pizarra que tenés en el patio
yo le enseñaré números y letras del cielo y la tierra
y al contemplar tu dicha, tu sonrisa, se tenderá
entre nosotros dos el arco iris, como un camino hacia el sol.

A tradução me divertiu por dois dias. O mancebo esperava, ansioso por cada verso. Palavra por palavra, é um poema de fácil reconstrução. Mas o que jamais encontrei foi uma atmosfera revolucionária que traduzisse o sentido de carta, de família e de uma primavera verde-militar. O nosso verde de milicos foi farda de opressor, e por isso omiti a cor da nossa revolução, sob o risco de inventá-la. Talvez que eu estivesse anulando meu ofício, se considerava que, para traduzir um poema, precisasse traduzir junto um país. E o pior era que aquilo se alastrava para algo devastador: dali a pouco eu precisaria, para traduzir Mendoza, não só conhecer Mendoza e sua obra, como também a sua mãe. Na minha teoria, o tradutor teria o compromisso de não perder a mãe original, porque necessitaria dela para parir o mesmo filho e dá-lo a outra mãe, que o criaria de modo distinto, em outro lugar. Nunca aceitei tradução com notas de rodapé. Por isso preferia ser torpe a gago:

Pequena carta à minha filha Carla
Carla: ontem, 22 de dezembro, recebi teus desenhos.
Quem os trouxe foi Franklin Martins,
o jornalista-guerrilheiro do MR-8.
O arco-íris e a árvore de Natal estão bonitos.
Mas gostei mais dos retratos de Marighella e do menino,
teu maninho.
Estão lindíssimos.

Não preciso imaginar para ver com quanto esmero
os pintaste, debruçada sobre a mesa
e com os cabelos cobrindo a cara grudada na folha de papel,
enquanto apertas a língua entre os lábios
e os lápis giram num carrossel de cores revoltas.

Me fizeste feliz!
Fui feliz por um minuto nesta luta armada!

Gostaria de estar contigo, com tua mãe e o caçula,
para te ensinar os números,
repetir em voz alta as vogais,

me transformando no maior mago do universo
ou num palhaço capaz de sustentar de uma mão a outra
um arco de números e letras no ar:

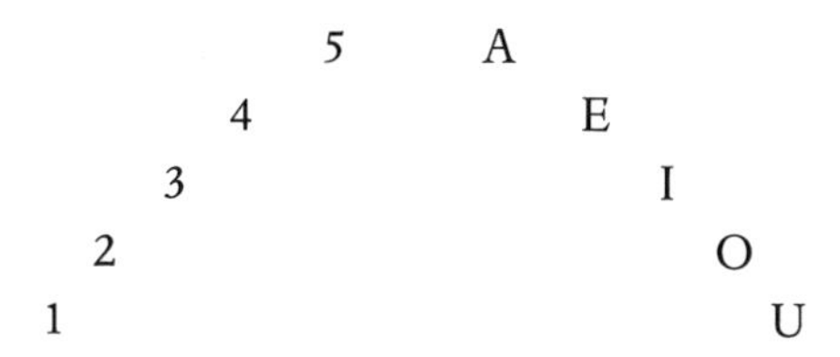

Mas estou privado de te ver crescer, de testemunhar tuas correrias.
Como eu gostaria de brincar contigo e com a vaquinha que te
[trouxe de Caparaó,
te levar ao parque e à roda-gigante de Juiz de Fora.
Por isso eu e tu, sem sabermos talvez, também somos mutilados
[de guerra.

Vocês me fazem tanta falta e isso é como se me faltasse a vida.

Não sei se teus 5 anos podem me entender.
Um dia já não estaremos distantes... Acontece que
um mago mau, filho de uma bruxa gelada e feiíssima,
o velho gênio do Mal que se chama Médici
— a quem já identificas na televisão —
nos deixou presos nos campos da guerrilha.
Estamos como que encantados, vítimas de seu feitiço.
Seu enorme nariz aponta para nós,
e ele mostra os dentes e expõe as garras negras.
É o Lobo Mau seguido de um montão de lobos maus
atrás da Chapeuzinho à Paisana.
E é preciso defender o jardim da Chapeuzinho
e por isso nós, os papais,
estamos vestidos de primavera
e armados de paus, machados e facões.

Mas um dia, filha, no quadro que tens no pátio,
te ensinarei números e letras do céu e da terra
e, ao contemplar tua felicidade, teu sorriso, se abrirá
entre nós dois o arco-íris, como um caminho até o sol.

Por que não escrevíamos uma carta assim?, o mancebo perguntava. E eu não podia coescrever uma carta como aquela não porque me confessasse sem talento ou porque não tivesse filha, mas porque no quadro-negro das infâncias nunca me ensinaram a gritar por algo que não fosse apenas meu. Também no meu país nunca houve uma chapeuzinho sandinista nem sequer uma boneca de pano ruiva que defendesse os professores em greve. E não havia como considerar Jacintos e Izolinas temas que interessassem a tanta gente. É que Mendoza deixou a filha em casa para ensinar algo de vivo a um mundo bruto e com bigodes. Se eu tinha saído de casa, tinha sido por mim, por aquela diária revolução brasileira de salvar a própria pele renunciando ao trabalho de grupo.

Num outro poema usei verde. Nele há algo de estranho, que é uma saudade do pai ausente. Já havia dito ao mancebo que não sentia aquela falta. Apenas me comparava aos colegas de escola e me achava sem aquela palavra. Mas outros meninos também não tinham pai. Sem pai se podia viver, que pai funciona na distância. Nessa lacuna caberia qualquer um, que ninguém resolveria a dificuldade de entender quem fui, se original ou cópia. O poema se fez assim: inventei um pai de linguagem que acabou sendo preenchido por Jacinto. Ele bebe sua cachaça nas antigas garrafas de vidro verde.

Ele é um homem mais feliz quando embriagado, embora desconfie de graxains que se tornam gente para lhe roubar alguma comida. Bebe, e é teimoso. Bate nas portas que não consegue abrir. Morde a boca, e sempre imaginei que era por não conseguir falar senão se machucando. Reencontro o pai literário, claro que pode ser Jacinto, numa garrafa de vidro verde, cujo odor intestino é o mesmo que, impregnado nos pelos do meu nariz, lhe subia do estômago quando a cara horrenda de Izolina me pedia ajuda para arrastá-lo do canteiro das couves à cama de tijolos. Algumas vezes, Jacinto teimava em cambalear de volta e ir soluçar com os caramujos, e então Izolina ia cobri-lo com um lençol sobre as couves para evitar sereno.

não te pranteio, verde garrafa de cachaça

Não te pranteio,
verde garrafa de cachaça,
por seres a concha ruda
dentro da qual soluça meu pai.

Teu caleidoscópio ao sol
reflete os retratos do homem que habitaste
até a urina:
— quando são: era mister achar rivais
nas sombras.
— se bêbado: tratar formigas como amigos
de violão

(que o álcool que lascou tua boca também lascou a dele).

E hoje, guardada na despensa,
numa pilha de cascos,
ainda resistes, ó esmeraldina,
teimosa como só ele.

O teu suor é que pranteio,
pois que de teu calabouço ainda sinto
meu pai, que está bebendo
seu último sono
de sereno.

O terceiro texto falava da entrega humana e espontânea de uma pessoa a outra. Falava, sobretudo, daquela misteriosa escravidão para que somos vocacionados: escravidão que nos alisa a cabeça e às vezes o rosto, insistindo em nos moldar em coisa reta. Mas também no poema há cabelos que arrastam consigo todas as metáforas de uma história de amor. Tive mãe no poema, e Berenice é quem prepara o leite de arroz. Nunca a recordo feia, como a madrinha. Talvez porque a tabuada da feiura tenha vindo intempestiva como o gesto de Izolina. Mãe Berenice trabalhava no salão de beleza e gostava de me pentear. Molhava em água uma escova, água morna quando era inverno, para alisar meus cabelos, irregulares como brejo, e mandar-me à escola com a cara de índio igual à dos pais emprestados. Executou o ritual durante todo o tempo em que viveu, mesmo depois que as químicas lhe tiraram até as sobrancelhas. E sempre: um lenço de cigana cobrindo a cabeça pelada, tirando um por um os meus cabelos grossos da escova contra a lâmpada, molhando e alisando. Quando encontrava lêndeas, passava azeite num pente fino e combatia as pragas. Depois, cobria meu rosto com uma toalha e aplicava inseticida com uma bomba laranja. Minha cabeça pegava fogo. Lavava então meus cabelos com calma, delicadeza e babosa. Por seis meses, com garantias, minha cabeça estava livre de piolhos. Olho a foto que Eudora me trouxe e vejo, na escova, Berenice. Não consigo aceitar minha saudade como adotiva.

as escovas, os cabelos

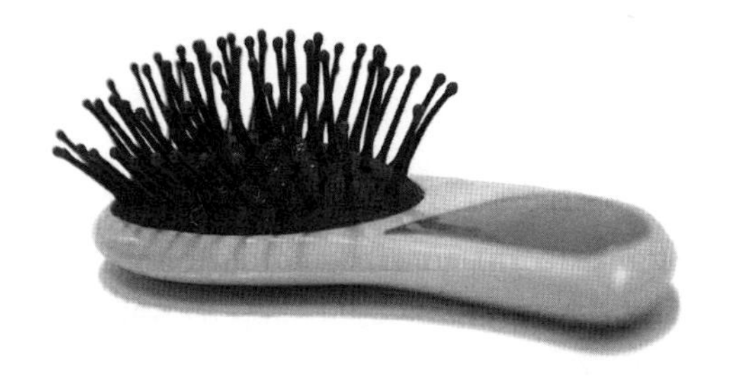

Arrancar os cabelos
era uma metáfora de Mãe.
Outra era a comida
impossibilitada de fugir do prato.

Escovar as gadelhas
contudo
não tinha metáfora nenhuma dentro
a não ser que as gadelhas
eram meus cabelos ainda com sono.

Hoje meus cabelos são uma trilha
que não consegue contar sua história
e que não sabe se está voltando
ou se é suficiente.
Por isso cada fio segura na mão da escova
quando quer atravessar a rua.

Penteia meus cabelos com força,
sem metáfora de autoescola
ou nova pedagogia,
e ensina o que fiz doer,
arrancando a lêndea daninha.

Minha mãe fez pós-graduação com escova:
me fazia filho
(de fora pra dentro)
entregando os próprios cabelos.

De todos eles, prefiro o quarto — *das coisas que vazam*. É um texto que surgiu quase acabado. Traz a memória que eu não queria ter — a da primeira vez que, sem suportar integralmente o mundo, deixei que se esvaísse. Meu vazamento não foi Berenice, a segunda mãe que me deram e que, ao morrer, pediu à irmã que me cuidasse. Senti sua falta no sal que sempre faltava à comida, no modo como me convencia a comer, nos meus cabelos que, de teimosia, continuavam a crescer depois de consumirem os dela. Vazei, sim, pela terceira mãe.

Izolina teria sido avisada de que eu e outros colegas desafiávamos o Guaíba, e houve aquela chuva tanta, quando remei no mesmo lugar e cheguei a descansar, de olhos fechados, esperando o fim dos relâmpagos. A chuva não pararia cedo. Voltei tarde para casa, e Izolina me esperava junto ao portão, encharcada e sem dizer uma palavra. Jacinto comia um pão com sardinha sob a luz de uma vela e fez que não me viu. Olhou fundo para Izolina, que foi deitar calada, com dores pelo corpo. De madrugada Jacinto montou na bicicleta e foi buscar um táxi para levá-la ao pronto-socorro. Um mês depois, Izolina me contou, sentada no bidê, que tinha abortado uma criança no hospital. Jamais pude imaginar Izolina com um homem. Quase não era mulher. Parecia assexuada. Também nunca perguntei quem era o pai. Ela tinha toxoplasmose, a doença do gato, foi o que o médico havia dito ao Jacinto. Os olhos já tinham sido afetados. A chuva apenas lhe tinha baixado as defesas.

Chorei escondido por várias noites, me sentindo malvado, assassino. Penso que, como sabia ler, fui o único que chorou naquela casa. Jurei que nunca teria filho. É o motivo nobre por que fiz vasectomia.

No poema que cometi, não evitei a sensação vivida, vazando coisas malsãs, como assim:

das coisas que vazam

Apesar de humano,
torneira alguma esquece
a primeira vez que vazou.

Dizem que o homem-homem
nasce sem chorar,
mas passa por estágios de corrupção:
— lavar numa torneira ou mulher
suas duas mãos.

Entender de torneiras
ajuda com entender mulheres:
ambas trabalham com água
e nenhuma delas nada
no que chora.
Cada qual
tem o mesmo trabalho:
represar uma corrida de cavalos
de outros rios
e tudo o que deságua no umbigo.

E eu, que não sou mulher,
lembro quando vazei pela primeira vez:
era minha mãe, sentada no bidê,
chorando que havia abortado
um irmão meu com mãos de sapo.

Meu vazamento não inundou cidades,
nem jogou xadrez com os bombeiros
ou extraiu o siso das pontes.

Mas foi tão digno.

Já a foto do vidro de esmalte para unhas vinha chorada. A tampa feria, e a cor queria furar o contorno. Mas Eudora não se limitava ao objeto, e aquilo me agradou. Tinha um quê de aquarela, de mancha, de inconcluso. Ela punha histeria nas cores, cutucava-as com agulha até o grito. Na foto, como no poema, o vidro de esmalte não posava calado, como Izolina: feia, mesmo de unhas pintadas e roupa de missa, e tivera talvez um homem, talvez único, uma única relação. Sempre que recordo Izolina fazendo as mãos, sinto sua garganta apertada e interpreto os gestos rudes a enfrentar tampas emperradas como uma reação normal à espera de um homem que provavelmente tivesse cometido um erro e nem se lembrasse dele. Mas Izolina pintava as unhas, devolvia-se mulher, sempre aos sábados. Cumpria seu nervosismo até domingo. Na segunda, muito cedo, deixava algodões rosados, que ainda pareciam esperar alguma coisa, na lixeira do banheiro. Entendia Izolina como um mar de feiura onde restos de uma mulher temiam morrer afogados. O esmalte, um brinco, um batom, uma roupa alinhada, tudo eram pedidos de socorro. Talvez o retrato brutal que a natureza lhe tinha dado não eliminava certa pulsão feminina, o mancebo interpretou. Sim, toda mulher tinha uma vingadora por dentro. Por isso Izolina usava esmalte vermelho, uma denúncia, seu modo de fazer a mulher secreta sair do escafandro e respirar naturalmente uma vez por semana, o mancebo insistia. Como sempre, ele tinha razão.

os vidros de esmalte

Calar não é para os vidros de esmalte.
Dentro deles cabe toda a caliça dos sentidos.
Civilizar unhas mortas, seu ofício,
pôr cor na terra abatida
como quem ensina, num idioma,
a demão dos gestos.

Lembro minha madrinha, forçando
as tampas travadas dos vidros de esmalte
com alicate,
como se apertasse na morsa a genitália de um homem invisível.

Desde então,
os vidros de esmalte estão sempre a dizer algo
como que calar não lhes combina:
guardam os vestidos das mulheres sem vestidos
nas curvas silenciosas do vermelho.
Com eles é feminino pousar
suas unhas
nas auroras de algodão e acetona.

O último me surpreende. Duas lixas de unha, como uma mulher e sua sombra. As duas têm dentes que se completam na memória de que tanto me aproprio. É a minha definição de mulher. Não digo o nome, e o mancebo de madeira o guarda em segredo. Uso clichês que qualquer um pode contar. E digo apenas que era negra, de uma negrura uniforme, a pálpebra de um olho menor que a outra, e fazia sem olhar para mim. Arranhava a carne com força, me chamando de filho da puta. Encontrei aquela mulher que dançava sozinha num ensaio de carnaval, 1988, e ri, porque parecia que ela me esperava. Fomos para a casa dela a pé. Ela tinha bebido e resolveu que precisava fazer aquilo no pátio, numa perna só. Tinha um cheiro forte de material de limpeza e o sexo áspero. Era mulher de um dono de armazém, um homem sardento, meio polaco, e manco. (Diziam que ela o havia atirado de uma janela do sobrado de onde vieram.) Era bastante feia, mas disponível, e desde então passou a me receber num quartinho dos fundos da casa. (Também contavam que era o marido quem arrumava o quartinho.) Quando tinha vontade, ela deixava acesa a lâmpada fraca da porta. Fui umas cinco ou seis vezes dormir com ela. Até que um dia fugiu com um carteiro. Uma noite antes a visitei, e ela me tratou como criança, me deu uns discos de vinil que eu não tinha onde rodar e me mandou embora. Esperei na esquina e vi quando o carteiro chegou num passat branco e ela saiu pela porta da frente.

Nise, Nise

Nise, Nise,
por que só me ficou
teu gesto de lixa,
se sei, melhor do que tu,
que as unhas têm vocabulário pobre
mas preciso?

Não, Nise, teu talhe de lixa
não te devolve ao pó
de onde nascemos.

É apenas que,
como ensinam as fendas, ó Nise,
teu rastro de lixa
mostra o eco dos dedos:
existe onde já não fica.

Contudo, negra Nise,
teu corpo de lixa
é tu mesma: atrito,
se deixa tocar
colecionando pedaços.

O mancebo perguntou se a negra sabia o meu nome, e penso que não. Ele sugeriu que o poema era também o medo de que Eudora tivesse para mim intenções de propriedade que não dominasse, advindas de sua natureza fêmea — *existe onde já não fica*. E parecia que sim.

31. no que estive doente por três ou quatro dias, talvez mais. A garganta inchada e a febre pareciam me tornar enorme. Usei o que tinha em casa, de aspirina a um remédio sem bula que eu suspeitava ser para dor de ouvido. Queria evitar chegar doente àquele domingo. Queria evitar uma nova submissão a Eudora. Reagi lendo. Reagi me comparando a quem nunca adoeceu de cama. E aproveitei a febre para rastrear tudo o que tinha escrito.

De onde vem o que escrevo?
Debaixo das tuas unhas.
O que escrevo é sempre a dobra da dobra, o que desaparece enquanto leitura e reaparece sob o nervo do lápis?
Pode ser.

Temia que estivesse copiando demasiadamente Lucerna. E meu temor vinha do deslocamento. Reconhecia que tudo na poética do autor de *Sublimes* era deslocado. Otro habla al lado, ele tinha dito no poema *Río Coco*. Por isso, ultrapassando a alegoria, foi ele quem ensinou a máscara, aquela poética de ventriloquismo a que o mancebo de madeira tanto recorria. Lucerna foi original ao impor que o mundo externo falasse por ele, porque dominava o recurso da transferência, talvez por habitar um pequeno país da América de transição, a central:

> El centro no es un lugar.
> Un puente nunca será un lugar.
> Dibujo el mundo desde Nicaragua,
> corazón de América.
>
> Mi lugar me enriquece
> porque no enseña como llegar.

Por isso eu via o país que não conheço como miniatura, recurso semântico, fosse tinta, que alterasse o universo. Nos versos do Professor, tudo acontecia na Nicarágua, um lugar apenas escala, uma medida universal, um país entre dois oceanos e dois mundos, com uma capital entre duas capitais e dois lagos imensos de água doce. De fato, Lucerna vivia num país transitório, um corredor Norte-Sul, Oriente-Ocidente, Pacífico-Atlântico, Primeiro-Terceiro Mundo, Tirania-Revolução. A Nicarágua me servia de música para chacoalhar uma palavra ora para o agressivo ora para a calmaria. E é dessa forma indireta que Lucerna discutiu o domínio estadunidense — el patrón es todo lo que tenemos. E o fazia de Somoto, escondido na casa do Dr. Carlos Herrera e Vera Nay, comendo chilote e tortilla com muito jalapeño.

Quando retornou ferido à casa de Don Carlos, perguntou por que o relógio central havia travado às 9h12min. O médico lhe disse o que só os somotenhos poderiam dizer: que los guardias le dieron un balazo y se murió. Sim, qualquer leitor de Lucerna é capaz de reconhecer a cidade de Lucerna, porque em Somoto não existe cenário; lá são personagens todas as coisas.

Mas então me perguntava, mas então me perguntava: o relógio, as ruas, a bola de basquete, a carroça que vende rosquillas, as pedras da via, o ciclotáxi e as ervas que alugam os fios de luz, tudo tinha alma em Somoto?

Son siempre las nueve y doce
en el reloj central.
El tiempo se equivoca
sin números en las casas.
Las barbas del viento
crecen en los alambres de luz
y compran plátanos
un peso cada.

A las dieciséis empieza el básquet:
nadie gana, nadie pierde
hasta el fin del partido
a las nueve y doce
en el reloj central.

Somoto es un pérdido jocote
entre las montañas de agua.

A las dieciocho el cielo se pone azul,
después se hace gris,
y ya será carbón,
como se una india se peinara.

Pájaros discuten
no sé si política
si religión
o amores que se mantienen
detenidos casi por completo
hasta la noche
a las nueve y doce
en el reloj central.

O poema é de Javier Lucerna e não me sinto à vontade com traduzi-lo. Se chama simplesmente *El reloj central de Somoto.* O que me contamina é o tempo concentrado no relógio morto da cidade, regulando as sensações do mundo. Somoto é, nesse caso, centro, de onde o tempo se alarga e, distante, apenas distante, acontece.

E se eu preferia viver em Somoto, não era porque na distância eu me envelhecia sem escolher sentido justo. Também não me sentia aplastado só porque a poesia de Lucerna me atravessava e me preenchia como as montanhas de água de Somoto, mas porque nunca tive um país que não fosse inventado. Segundo o Professor, os países pequenos da América ensinariam os gigantes a fazer revolução. Mas isso não ocorreu. Nas primeiras semanas após a derrubada de Somoza, coube a Lucerna agradecer aos revolucionários estrangeiros: argentinos, chilenos, cubanos, paraguaios, salvadorenhos. Havia três brasileiros. Perguntou a todos os irmãos qual seria o próximo ditador a ser derrubado na América. Ouviu Videla, ouviu Pinochet, ouviu Stroessner. Quando se despedia, convenceu os brasileiros a voltar para sua guerrilha. Mas qual guerrilha? Então o Brasil, um país tão grande, não tinha sua guerrilha? Imagino a resposta, que se tornava o problema — o Brasil tinha guerrilhas demais, pulverizadas em inúmeras siglas, algumas adversárias entre si. Então no Brasil havia uma guerrilha para cada um?, Lucerna teria perguntado, se realmente não o fez. Nunca mais se teve notícia daqueles brasileiros, incorporados, segundo alguns, na construção da Frente Farabundo Martí pela Libertação Nacional, em El Salvador.

Pois naqueles dias doentes, eu me sentia um país pequeno e vingador como um livro. Era mais um sertanejo renunciando ao gigante, alguém que legitimava a continuidade de todas as guerrilhas. Daí os jornais na minha janela como uma trincheira de palavras que iam perdendo a cor.

Pensava no redemoinho inevitável a que os textos de Lucerna me puxavam enquanto escrevia poemas sobre trabalho. Vinham-me as mesmas ideias do Professor contra a tecnologia que substituía trabalhadores, e eu reclamava da febre, e o mancebo respondia que morrer de febre era mais honesto que morrer de tédio. O fato era que os dois poemas sobre trabalho me assustavam. Eram exemplos da minha carência de revolução. Pareciam traduções livres de um Lucerna perdido no país errado.

trabalho informal

A profissão do abre-latas
não é regulamentada:
haverá sempre a faca canhota de mamãe
a libertar sardinhas e atuns,
e ele ficará no subemprego
de abrir garrafas.

Também o índio Jacinto,
que curava correias de bicicleta,
anunciando assobios,
trabalhava sem ter trabalho,
como um homem sem bainha.

Havendo o dia
em que latas se abram
e bicicletas mancas ganhem fisioterapia,
homem e ferramenta,
encostados por invalidez,
hão de se anular
sem indenização alguma.

electric company

Apesar da obviedade,
as lâmpadas elétricas não percebem
mas trabalham de turno,
sem adicional diurno.

É igual com o menino novo
que trabalha com couro:
o seu.

Assim também trabalham
as mulheres encalacradas de casa:
o suor que escorre já lava.

E quanto trabalho não têm as lâmpadas
com restituir tudo à mesma cor
forma
linha
(incluindo a si próprias)
no mesmo mesmo lugar.

As lâmpadas elétricas mereceriam mais
do que 110 ou 220 volts.
Mas, preocupadas com trabalhar,
a classe só tem mais direitos
que o barbeador e sua enxada.

Ainda assim,
quando acesas, as lâmpadas elétricas se iludem
e, pelo próprio brilho nos móveis da sala,
entregam a vida
com trabalhar pela firma.

Então naquela tarde de domingo em que a garganta continuava me apertando, eu lia Lucerna, porque Lucerna era meu grito possível, quando Eudora entrou. Não tive tempo de me levantar do sofá sem que me denunciasse abalado, e ela me ajudou a deitar. Perguntou coisas, colocou a palma da mão sobre a minha testa, olhou minhas pálpebras e confirmou que eu andava anêmico. Mas aquilo pouco tinha a ver com a garganta. Mostrando onde doía, permiti a Eudora que diagnosticasse amidalite e ultrapassasse alguns últimos limites que eu vinha protegendo. Queria me levar a um médico, mas fui relutante. Então pediu que eu esperasse, ia buscar algum remédio. Gemi que não precisava, sempre melhorava sozinho. Mas Eudora me encarou com uma cara feia de Izolina, pegou a bolsa e saiu.

Tentei cochilar com dificuldade, tendo alguma tosse e frio. Lembranças se misturavam:

Quando eu ainda vivia no Brasil, parei para ver uma montagem espalhada pelo calçadão em frente ao Chalé da Praça XV. Eram assentos de privadas de três cores — brancos, amarelos e verdes —, com tampas, algumas abertas, algumas semiabertas, algumas fechadas. Eu pensava algo sobre o Brasil quando desviei o olhar para um morador de rua, um bicho muito peludo, muito sujo e insuportavelmente fedorento, que olhava com curiosidade aqueles objetos. Quando eu ia fugir, escutei o mendigo dizer a frase Que saudade! Depois arrastou-se embora. Não pude sair dali. Eu estava diante de um fenômeno chamado transferência, porque o artista jamais poderia imaginar que tivesse concebido conteúdo lírico numa instalação à primeira vista satírica. Queria entender o quanto um objeto — um assento de privada — podia dizer de mais essencial e humano sobre a ausência e o abandono. Era aquela a saudade que ele sentia em relação ao Brasil — a dignidade de uma privada. Perdi as horas. Compreendi que Lucerna havia me emprestado Somoto para estragar os relógios daquela praça.

Eudora retornou com uma sacola. Trazia termômetro e conferia febre alta. Insistiu que eu tomasse antibiótico. Fez chá e uma sopa instantânea que tomei sem dificuldade, enquanto ela se postou ao meu lado, diligente e capaz de me perturbar com saudades estranhas. Mostrou vitoriosa a foto para *Saudação à memória dos valos*:

Sim, ela tinha conseguido uma foto do valo com traje de gala. Conversamos sobre reescritos naquela tarde, e creio que os medicamentos me adormeceram. Acordei um pouco melhor da garganta e abalado pela sensação de agradecimento e insegurança, porque eu ainda tinha fome e era incapaz do silêncio e por isso julguei que o mancebo também estava doente comigo.

32. quando me senti sozinho pela primeira vez. O professor Coivara não tinha um braço, que substituía por um terceiro olho. De História eu sabia mais que os outros. Mas, para que os melhores do time jogassem, não podiam ter notas vermelhas. Pois a minha função tática no time era justamente trocar a prova de História com alguém que sabia jogar.

Tínhamos perdido só de um a zero para os filhinhos de papai do único colégio particular da cidade. Jogaríamos a revanche na quadra do nosso colégio. Troquei as provas do professor sem braço: resolvi a minha, sem nome, e passei ao Galochinha, que não sabia nada do Padre Feijó mas era filho do Sérgio Galocha, que jogou no Inter, e driblava meio time. E o Galochinha me passou a dele, em branco. Simples como um a zero, e eu de titular.

Mas se fui descoberto, se Galochinha não pôde jogar, Izolina foi chamada ao colégio. Pegou o bilhete e perguntou o que estava escrito. Não consegui mentir. Izolina ficou parada enquanto eu traduzia. Eu não tinha nota azul? Disse a ela que tinha, sim, mas contei da necessidade do Galochinha no jogo. Aquilo tinha ocorrido justamente porque eu era bom aluno. Mas o aluno bom tem que dar o exemplo, foi o que ela disse, e me deixou comendo a janta sozinho, com Jacinto.

Na manhã seguinte, caminhei pelo pátio e fui curar angústias em cima da minha árvore. Não li. Me sentia vazio, burro ao que os livros diziam. O aluno bom tinha que dar o exemplo. Só que exemplo nunca tinha me proporcionado fazer parte de nada.

Almocei depois, embolando a comida no estômago à espera do castigo de Izolina. E seu castigo foi não lavar a louça, pôr um lenço velho na cabeça, calçar um sapato de pano e ir comigo à escola. A máscara feia caminhava ao meu lado, mas eu não olhava: fincava os olhos no chão, imaginando a entrada triunfal no colégio como num picadeiro de circo de bairro. Diminuía o passo, que Izolina apressava. E quando achei que não haveria jeito, Izolina parou a uma quadra do portão da escola. Disse que ia na frente. Que eu esperasse e fosse depois.

Imaginei Izolina a bater os pés pelo pátio, causando pavores, até a direção, onde assustaria a recepcionista para depois dizer Sou a responsável pelo Pedro e ouvir uma voz contrafeita dizer Se sente, por favor. Só então, buscando recuperar-se do impacto, a vice-diretora contaria tudo.

Depois eu surgiria no pátio do colégio, carregando a sombra medrosa.

Lembro que alguém veio me falar: uma mulher horrível, monstro, tinha entrado na sala da direção. Precisava ver. Contei que a tinha visto e então ouvi comentários de que tive de rir, como todos. Que ela era a mãe do professor sem braço, por exemplo. Estavam à espera do retorno da múmia e ali ficaram. E quando Izolina saiu, indiscretamente houve quem se cutucasse. Eu inclusive. Imaginávamos como uma mulher poderia ser tão feia. Eu já sentia como.

Izolina também. Ela me olhou de longe, com um olhar disperso e cúmplice. Tinha me visto e sabia de que se tratava o riso. Todos se olharam, cogitando para quem seria o olho de vidro, e voltaram a rir. Antevi o passo torto que a traria até mim e engoli qualquer coisa que estivesse dizendo. Mas Izolina levou o corpo medonho de volta pra casa. E eu nem calado me pude. A minha boca tinha de recuperar a fala e falar e falar o que se falava na roda. Me preenchendo com a linguagem, disfarçava o vínculo ruim. Foi a primeira vez que me senti sozinho. Lembrava Izolina a dizer que aluno bom tinha que dar o exemplo e não conseguia imaginar como uma frase repetida fizesse tanto estrago.

Capítulo VIII
A criança afogada

Como a Felícia dormiu no ônibus, Pedro a leva no colo. Isabel abre o portão, e ele entra. Deixa Felícia no sofá. Isabel abre o quarto da Felícia, arruma coisas e vem buscá-la.

Não gosto que a Felícia durma sem escovar os dentes, diz.
É, o Pedro diz.

Está apavorado. Vê a foto do falecido num porta-retratos. Sujeito musculoso, com a farda de militar. Parece olhar para Pedro com interesse em revistá-lo. Mas Pedro imaginou as dificuldades para chegar onde está. Chegou. Agora precisa mostrar como se bebe a água depois da reza. Como se esquenta o umbigo. É Pedro, não é um rato.

Isabel age com naturalidade. Está de chinelos. Vem até o sofá e o olha com atenção. Pedro é apressado e uma das mãos pega com força nos seios. Isabel se levanta, pega-lhe a mão, diz Vem, e o leva até o quarto.

Está escuro. Ela arruma a cama e deita. Pedro vai tirar as luvas, e ela diz Não sei, não tira as luvas, e então ele começa a lhe tirar a roupa aos atropelos. Sutiã e calcinha, aquelas coisas deliciosas de mulher, com cheiro de mulher. O ombro gordinho que ele adora. Os seios grandes, mulher de pelos, as pernas curtas e grossas. E na penumbra só vê os elementos que interessam: o rosto de mulher, sobrancelha de mulher, e o quadril. Pedro vai beijando e babando Isabel. Isabel diz para ele tirar a roupa e ele tira e se deita ao lado dela. Ela pega no sexo duro dele. Ele quer logo penetrar Isabel, mas ela pergunta por camisinha, que Pedro não tem. Sem camisinha não dá, ela diz. Pedro insiste e então Isabel chega ao ouvido de Pedro e, levando a cara dele para onde ela quer, diz Me faz dormir. E Pedro nina o sexo molhado de Isabel, pensando que vale a pena no escuro imaginar uma porção de coisas, como por exemplo uma senhora que, depois da morte, com um maiô listrado, vermelho e branco, envolve numa toalha seca aquela criança que se afogou.

33. visto que uma pessoa enguiça também. Uma pessoa para de falar, ou para de andar, ou de fazer qualquer coisa. No meu caso o enguiço era justamente avesso, porque eu me enguiçava só quando vencia a inércia e o sofá, e a poesia não me parecia suficiente para conter uma circunstância.

Perguntava ao mancebo o que estávamos escrevendo.

Poesia.

Sim, mas no conjunto, o que é isso afinal?

Simples. Estamos escrevendo o livro.

O de Mallarmé, aquele livro que nunca vem?

Também, ele respondeu.

Por que não escrevemos prosa?

Porque a prosa é só uma tentativa inútil da História de organizar nosso tempo — esse tempo pastoso do que lemos e escrevemos. E é por isso que a poesia não está no tempo. Percebe?

Não.

Então precisamos escrever mais poesia.

Seja mais claro.

Para nos vingarmos do tempo, escoá-lo nos domingos. Assim é a poesia, não é?

Anulação do tempo?

Não. Totalidade no tempo. Tempo absoluto e constante, desapiedado e quase imperceptível por isso.

Não tem lá muito sentido um tempo sozinho.

O verdadeiro herói é o que se diverte sozinho.

Acho que isso é de Baudelaire.

Acho que é nosso, Senhor Tradutor.

Mas há de concordar que o que escrevemos é difuso.

É óbvio. Nosso heroísmo é de fuga, não é de enfrentamento; se fosse, teríamos de acatar as mesmas regras, jogar na mesma linguagem. Mas acho que não precisamos de mediação, afinal não somos jornalistas nem publicitários.

Não posso simplesmente fugir do meio. Meu rosto é uma mídia inevitável, até porque nunca fui suficientemente feio. Precisaria tomar doses e doses de izolina para aprender como me esconder com eficiência. De alguma maneira bastante inevitável, todos os dias, quando acordo, o mundo me inscreve, exigindo que eu preste atenção ao que está dizendo. Eu luto para me esvaziar.

Não entendo esse problema. Não se trata de se esvaziar, mas manter intacta uma moral. Eu, por exemplo, sou maciço.

Ainda estamos falando de literatura?

Também. Falamos da derrota do estilo, da invalidez da linguagem, da perda dessas coisas verticais. Se eu fosse presidente, assinaria uma lei emergencial obrigando a leitura de João Cabral de Melo Neto numa tentativa de fazer as pessoas se deterem em algo. Os poemas do João não acontecem antecipadamente. É preciso molho e decantação.

Só acho que podemos escrever um romance e fazer mais eco com isso.

Me nego. Já disse que sou maciço. Bate aqui.

Queira ou não, acho que acabaremos, tudo isso acabará, assim, numa narrativa longa.

Não se renda, por favor. Que romance? Se o romance só pode ser escrito em linguagem de jornalista, é sinal de que a crônica há muito tempo já comeu o romance. O romance, que só tem importância se virar filme; a crônica, que interessa porque dá lugar ao espetáculo. Sempre uma coisa representando outra. Anota aí: só a poesia é ela mesma.

Mas o jornal é ainda um dos únicos lugares onde a literatura encontra abrigo.

É, é onde tudo encontra abrigo. Eles o querem em todos os lugares, é uma questão de logística. Mas o herói é o que consegue fugir, não compra o que eles vendem, não vê o que eles mostram, não lê o que indicam na lista dos mais vendidos. Se o herói tem razão? Nem sempre, mas ele especula. O correto, Senhor Tradutor, era que nenhum escritor escrevesse para a imprensa, para o cinema ou para fazer alguém emagrecer. O correto seria escrever literatura nem que acabemos sendo nosso único leitor. Escrever para ter o que ler. Mas a maioria dos escritores gosta de festa.

Não é meu caso, mas foi justamente a minha solidão que acabou em prosa, uma prosa com a qual engano o leitor, porque o conduzo à poesia. Estou escrevendo para a poesia.

Imaginava tudo isso. Não se escreve para a poesia, a não ser que se tenha vergonha dela. O Senhor Tradutor andava mesmo muito barulhento, como se estivesse de malas prontas.

Malas prontas?

É, Capitão Nemo, de volta pra casa, que seu navio está a pique. Vai, termina de arrumar a mala e me deixa escrever um pouco sozinho.

Um bloco de barulho vindo da escada.

Talvez que a inteligência seja impraticável na solidão, eu provocava.

Pessoas conversavam próximo ao apartamento. Os ecos se misturavam e nenhuma palavra se salvava.

O que está escrevendo então, sozinho?, perguntei.

Um silêncio firme se instalou e então repeti a pergunta e pareceu inevitável que ele respondesse.

Anticrônica, antirromance. Algo que não pode mais ser publicado. Poesia com febre, poesia cariada, parasitando a prosa de alguém que está fundando um país para fugir de um país.

E o que ele faz?

Para fugir do país está lendo.

Lendo o quê?

O necessário para que o novo país pare de pé e o antigo nunca mais o afete.

Bloco grande de barulho. Automóveis que buzinavam para um caminhão de lixo.

O que acha que isto é?, referia-me ao apartamento.
Um útero, ele respondeu.

Pequeno bloco de barulho. Alguém que chamava alguém. Alguém que respondia. Duas pessoas rindo. Num silêncio que retornava, perguntei se o personagem já tinha conseguido fundar o país.

Nunca chegará a isso. Começo a desconfiar de que não cessará sua leitura.

Só isso?

É fantástico por isso mesmo. Porque não será publicado. A leitura, o livro que estiver produzindo, esta será a grande fuga e este será seu país.

Achei que seria um país em outro sentido.

Qual sentido?

Histórico.

A poesia não acredita na História. História se faz com enxada. Acredita sinceramente que as coisas mudaram, que cada um fará seu país? Ah, então o Senhor Tradutor acredita na História?

Infelizmente sim. E foi por isso que comecei a escrever prosa, sozinho, embora desconfiasse, desde o primeiro capítulo, de que a prosa me devolvia ao mundo provocando alguma novidade. Mas o mancebo era aquele que não tinha mais nada para ver:

Teu nome é Tirésias, provoquei.

Hoje, sim.

Eudora voltou, devia ser domingo, e pressenti os sinais pelo vestido de alças bobas, um baile de círculos em cores doces, vermelhos e rosas e cremes, alguns vazados, alguns sólidos, e os sapatos de salto. Trazia uma coisa especial, ela disse, e me mostrou uma garrafa de rum.

Bebíamos, e era impossível não olhar para Eudora e pensar em algo pouco justo, com juntas não muito bem apertadas. Sentava à mesa uma Eudora desmontável, como um manequim. Seis partes: o módulo da cabeça e pescoço, o tronco, as duas pernas, os dois sapatos, os dois braços e os dois seios. Tudo montado ainda como o mundo razoável ordenava. Eudora vinha do manual, dirigindo o próprio carro e depois caminhando nas ruas e mais depois subindo as escadas. E a prosa era aquela atualização que Eudora trazia. Mas os braços de Eudora. Mas as pernas de Eudora. Porque havia uma claridade redonda em tudo, me chamando a atenção para as linhas de Eudora, um croqui mostrando rios para lá e para cá. Os rios de Eudora: linhas invadindo as plantações, afogando, arrastando e fertilizando. Seios matando a fome das crianças do mundo. Montado à risca, o boneco de Eudora era um capricho de acabamentos desde os ângulos suavizados até as extremidades, de uma propriedade fofa, à exceção do rosto bicudo e assim também o beijo no meu rosto, e sentou à mesa da cozinha.

Não trazia o de sempre nas sacolas. E agíamos diferente. A começar pelo rum. Depois vinha o estojo da máquina fotográfica. Eram visitas, e de mexer comigo. Serviu dois copos, enquanto tentava achar mais gelo. Não havia. Então encheu as duas fôrmas e as levou, como a garrafa, ao congelador.

Brindamos a mudez da cozinha, o calor daquela hora e o cheiro do Caribe invadido com o de duas bananas em agonia. Eudora falava do editor, que não teria se interessado pelo livro.

Mas ela garantia que seria publicado. Falei que andava cansado de escrever sobre aquelas coisas sem história, que era cada vez mais difícil imaginar palavras sobre objetos definitivos. Mas Eudora disse que já não tinha volta. Acreditava no livro, era fato. Eu, se insistia com o texto, era também por querer enfrentar minha dificuldade de finalizar as coisas. E no fundo eu estava gostando de escrever, mas resignado à sombra de Lucerna, de quem eu era inquilino. Naquele momento em que bebia o rum, por exemplo, Lucerna me colonizava a língua. E já me irritava imaginar que todo aquele silêncio do mancebo era uma forma sutilíssima de riso.

Depois de estabelecida a Revolução na Nicarágua, sandinistas vasculharam o país em busca de *Imagen y semejanza*, livro de Lucerna destruído, ao que parece, por Tachito Somoza quando da prisão do poeta, em 78. Mago afirmava que Lucerna tinha todos os poemas na cabeça, e, com uma garrafa de Flor de Caña Oro, recitava-os inclusive. José Mendoza já escrevera, de ouvido, dezenas de versos esparsos de Lucerna, mas confessava confundi-los com os seus próprios. Havia outras testemunhas, em Esteli, Matagalpa, Leon, Porto Corinto. Com a Revolução, Lucerna não achava sentido em publicá-los. Poesía cobarde, segundo ele. Nenhum verso falava, diretamente, como a Revolução havia ensinado a todo nicaraguense livre. Mas em verdade, os poemas do livro eram agudos: transferiam a estupidez de Somoza às coisas simples e visíveis da Nicarágua. Jogavam o jogo do ditador, que desviava para uma banalidade de mundo onde se esconder. E os poemas de Lucerna o achavam. Eram versos, contudo, muito universais e talvez aí residisse a covardia apontada pelo Professor. Hoje não se sabe se o livro existiu realmente ou se Lucerna o estava escrevendo a cada improviso. Lucerna abandonou temporariamente a Revolução quando a junta sandinista que assumiu a reconstrução preferiu o Padre Ernesto Cardenal para comandar a cultura. Lucerna sumiu do país, deixando filhos em Somoto, Chinandega e Esteli. Dedicou-se ao álcool. Somente Reagan o faria voltar. E bem, se eu e o mancebo de madeira copiávamos o Professor, era porque talvez eu muito imaginasse *Imagen y semejanza*, e a triste figura estaria sugerindo poemas que invadiam a sintaxe de Lucerna. Temia aceitar isso não no momento da escrita, quando eu apenas desconfiava, mas depois que folhas impressas o consumassem. Eudora olhava o papel com atenção. Parecia não se importar com interferências de Lucerna. Encheu os dois copos. Pediu que eu segurasse outra foto, já diagramada com o texto, e leu, desrespeitando o ritmo:

os frascos de colírio

Faz sempre frio
dentro dos frascos de colírio.

Daqui se vê meu pai chorando
um dente seu da frente
enquanto lavava a boca com malva
escutando o jogo no rádio de pilha.

Aqui começa minha mãe chorando
a costurar as roupas, suas ribanas,
da santa roxa da novena
enquanto a vó baixava o hospital
com meio pulmão de reza.

Dentro dos frascos de colírio
é preciso vedar janelas,
pôr álcool em panela
de fazer fogo pra aquecer o banho.

Os frascos de colírio e eu
somos meio que irmãos.

Moro na curva da torneira.

Eudora dizia que aquelas histórias de família eram muito bonitas, e ficava me olhando. Queria saber de mim, evidentemente. Tinha o rosto vermelho. Revi Izolina, que já tinha perdido a irmã, preparar-se para perder a mãe, costurando aquelas coisas, enquanto Jacinto punha leite e açúcar na polenta para comer com dor de dentes e ruídos. Eudora esperava, mas eu disse que não havia família senão de personagens. Eram todos ficcionais, eu disse. Eu, só o que queria era escrever como um cigano na própria nação. Que parasse com aquilo, portanto. Para que buscar nomes, se eu não encontraria além-texto uma biografia extraordinária? Olhasse para mim e me aceitasse como um sabonete. Queria os poemas, estavam ali. Depois lavasse as mãos, enxugasse-as, e era isso.

Ela pensou, e antecipei os incômodos: Não quero falar a respeito de família, está bem? Estava. Então Eudora releu o poema, agora sob a expectativa neutra que eu lhe apresentava. E coisas estranhas tinham acontecido aos versos. Talvez fosse a boca de Eudora, a flora dos dentes. Ou o rum. Porque uma necessidade me enguiçava. Eudora era um objeto. Eudora era da marca Eudora. Do modelo Eudora. E já não tinha os olhos verdes. Usava lentes, claro, e perguntei Os olhos verdes eram lentes?, e ela respondeu que não se perguntavam aquelas coisas a uma mulher. Sim, do mesmo modo como não se perguntava a alguém vindo do acaso os detalhes do leite que havia tomado. Escondíamos nossas verdades, como Jacinto escondia a feiura de Izolina das visitas. Sabe o que são coisas de mulher, não sabe?, Eudora perguntava, voltando a experimentar o poema. A palavra mulher. Queria tocar Eudora sem que nada do instante em que lia se alterasse. Mas aqueles eram costumes do país que me expatriou, contrários às leis da minha física. O que se resolveria de maneira simples: bastava que eu trocasse a constituição do meu país, ao menos a daquele dia, e depois revogasse a troca, e o toque voltasse a ser proibido. Era Eudora trazendo outra atmosfera com reações conhecidas. Ela parava a leitura, por exemplo. Bebia rum, por exemplo. Mas insistia em perguntar coisas sem fundo sobre a figura paterna do poema, a figura materna do poema, o eu do poema. Eu bebia devagar, desviando daquela memória que, eu já não havia explicado?, era inventada. Escutei por último o *conto do copo d'água*, junto a uma imagem magnífica que casava com a vista inebriada da bebida:

o conto do copo d’água

Aquele copo d’água tinha vida.
Conheceu todos os segredos da casa:
viu Jacinto sair com a barra-forte,
mãe Berenice voltar sem o cabelo
e a velha Tereza sempre buscando mortadela.
Ninguém bebia sua água,
e ele não dizia uma palavra.

Com o passar dos anos,
aquele copo d’água já não via
nem Berenice, nem Tereza.
Via a mãe feia com as mãos de deserto
e ele-copo sem assobiar uma palavra,
retendo apenas.

Na noite em que remei pra longe de casa,
o copo d’água ainda estava lá,
e eu cheguei a pensar que ele fosse a Santa Rita:
suportava uma chaga
silenciosamente.

Mas quando retornei àquela casa,
e a casa já não era minha,
ele não era de beber.
Era a única coisa que eu merecia
em casa:

um copo d'água
inteiro no que era
(não sei se covarde não sei se pacífico)
— um rio domado.

, e o rio domado não se retinha no curso, mexendo os limites no corpo de Eudora. O rio de Eudora dava avisos, um rio que tinha sede e não sabia fazer como eu — beber a própria água, usar as próprias mãos: com rum transbordaria amarelo como uma tarde.

Bebíamos muito quando Eudora puxou a máquina, rindo. Disse que iria tirar uma foto minha. Falei firme que não fizesse aquilo. Por quê? E então falei como nunca tinha falado. Sei que o álcool me levava, macio e bobo, àquilo tudo, mas o rio já corria — era um canal aberto e ruidoso, porque eu respirava pesado. Ela vinha até mim com a máquina, e eu disse Quero que tire fotos daquele cara ali, e apontei pro mancebo. Eudora olhou para a parede. Que mancebo? O chapeleiro, ali, apontei. Eudora ria. Eudora estava tão bêbada que não via o mancebo ou ele simplesmente não se deixava fotografar. Insistiu em tirar fotos de mim e acabou sentando comigo no sofá.

Disse a Eudora que a feiura de Izolina não era mentira não. Minha última mãe de criação era devota de Santa Rita, a santa que sofrera de uma chaga por querer compartilhar as dores do Cristo. Parece que um espinho, saído da coroa, a teria atingido enquanto freira. Descobri em catequese que outros santos também tiveram suas chagas, como São Francisco e Santa Gema. Mas só Izolina era ela toda uma chaga, sem o prêmio da santidade. E rezava, trocando rosas de um copo d'água que mantinha ao lado da imagem, ou recolhendo as moscas do mel que oferecia à Rita, e sem que se pudesse ouvir um murmúrio. Izolina quase não falava também. Me tirava da cama, me levava a escovar os dentes, arrumava o quarto ao mesmo tempo em que me vestia. Depois me levava à cozinha, fazia café com leite e cortava o pão. Deixava potes de geleia e doce de leite na mesa e já começava a lavar a louça. E sem dizer palavra, antes que eu terminasse, ela trocava a rosa, quando havia rosa, e sempre o copo d'água da santa. Com a água, lavava o rosto. Eu compreendia do meu jeito: que ela queria fazer pela Rita o que a santa fizera por Cristo.

Falei que tinha medo de sair feio na foto, e Eudora ficou em silêncio. Estava com o copo d'água de Izolina na mão. Se quer tirar fotos, tira dos teus sapatos, eu disse. Depois eu escrevo sobre ti, fingindo que é sobre eles. Subitamente Eudora me beijou o rosto, arrumou a mesa, tirando toalha e papéis. Repôs os copos mais uma vez e os deixou próximos, sobre a pia. Em seguida colocou os sapatos sobre a mesa, preparando a máquina e me pedindo ajuda com ângulos e poses. Eu mal ajudava, meu corpo todo bambo. Com modos naturais, arrumou o calçado, dando caras de acaso, de coisa atirada. Pediu que eu saísse da mesa e começou a tirar as fotos. Na máquina digital, imagens mais coloridas que a realidade iam se enganando. Tudo falso. Da fotógrafa à pose do calçado, comportadinho demais, era tudo literatura. Eu inclusive: menti que as fotos já estavam boas e cometi o erro de beijar Eudora, eu com os olhos abertos e me arrependendo simultaneamente. Eudora não recuou. Fugi para a pia.

Já tínhamos bebido mais de meia garrafa de rum, e a casa se havia estreitado, tonta e enjoada. Tudo na cozinha estava pasmo. A cozinha não tinha bebido. Só a torneira suspendia uma baba que, vencida pela natureza invicta, caía. Eu dizia que tínhamos de parar de beber, mas comungava com a boca amarga do copo e me sentia muitíssimo bem mimado. Até que Eudora, que se buscava nas paredes moles, tentou falar alguma coisa, mas foi ao banheiro e vomitou.

Eudora estava sem casca, branca como uma banana sem casca, linhas nuas na coluna, leito para conduzir o rio e reinventar o mapa. Lavei o rosto de Eudora na pia. E as mãos. E cheirei o pescoço gelado. Ela dizia coisas, me beijava, eu não iria fugir, por que fazia aquilo?, me beijava, ela era feia, não era?, e me segurava o rosto e me beijava, mas ela se preparava para cada domingo, me beijava, filho da puta, me beijava, me beijava, me tocava, ai que vontade de fazer xixi, vou fazer xixi, me falava na orelha. Cambaleamos até a privada. Eu ainda conseguia me manter de pé, com as mãos muletas, uma à caixa de descarga, outra nas mãos de Eudora. Ela segurava o vestido, se apertava e urinava quase desmaiada, a cabeça procurando uma parede no escuro. Fui beijando a boca de Eudora, e me espantaram os seios muito pequenos, anestesiados e tristes sob um sutiã de enchimentos. Eu mexia nos cabelos dela, levantava-lhe o rosto quase morto para beijar a boca azeda e gelada. Me vingava do banho recebido, daquele domingo limpo. Devolvia para Eudora uma tarde suja, toda gosma, toda objeto que não resiste à temperatura ambiente. E mordia suave a curva do ombro enquanto, com as mãos, lhe riscava as costas. Eudora poderia ser embrulhada, travada, destravada. Poderia manchá-la e lavá-la com um paninho, sabão e água morna. Era de morder, quase de comer, com garantia de troca. Por vezes tinha braços, por vezes pernas. E eu beijava o que restava da boca.

Quando a percebi desmontada, tive dificuldade de levantá-la. Ela havia urinado toda a água que o rum precisava. Mas, para enguiçar completo, peguei papel higiênico e sequei a tarde de Eudora. Depois a coloquei na cama, deixei as roupas e os sapatos de guarda, não olhei pro mancebo e fui ao banheiro, cujas paredes bêbadas pareciam troçar do dono. Sozinho, na mesma privada onde Eudora fez seu rio, fiz sexo com ela.

34. enquanto comia bolachas, apenas bolachas. À exceção do rum, Eudora não havia trazido nada na semana anterior àquela. Como dormi no sofá, sei que ela tinha deixado a casa durante a noite, escondida e provavelmente envergonhada. Certo que não viria na semana seguinte. Foram se acabando as coisas da geladeira e dos armários. Inclusive o café. Sobraram bolachas e então eu comia bolachas e era perfeito mesmo pois era um resumo de todo o meu sentimento e assim não me traía. Me ilustrava e me entendia melhor nas bolachas, bebendo água em intervalos.

As bolachas: uma igual à outra, cada qual uma repetição e um original da outra. Já tinha comido tantos pacotes delas de modo funcionário, que os imaginava preenchendo os espaços livres da casa. Eram bolachas de leite aymoré — assim dizia o pacote. Na constituição que eu nunca escreveria, toda criança teria direito a bolachas, o alimento perfeito, não porque simplificavam as coisas sendo ao mesmo tempo seara, canavial e vaca leiteira em pacotes de celofane, nem porque as podia chamar de síntese de alimento industrial — a esteira e a engrenagem nos dando de comer. Eram mais que trigo de máquina: quando eu abria pacotes, nenhuma bolacha me olhava dizendo Eu sou eu e aquela é aquela. Não reclamavam de serem iguais. Eram plural e como plural perfeito dispensavam singularidades. Aquém do peito varonil e seus impostos nos obrigando a renegar quem somos, apenas comia bolachas. Minimizava para sofrer menos.

Imaginava países diversos onde viver, lugares que não me obrigassem a comprar um carro ou uma moto para ou me matar ou matar alguém tão atrasado quanto eu. Antevia as pessoas desses lugares, preocupadas com o transporte coletivo seguro e de qualidade, sinceramente atentas com evitar que pegar um ônibus se transformasse numa batalha campal. Sempre soube que existiam ruas onde o telefone era público e os guardas usavam luvas brancas para informar melhor. E nesses lugares devia haver hospitais onde a fila matasse menos que o mal que nos aflige. Devia haver, claro, uma porção de lugares assim. Mas eu não encontrava constituição alguma capaz de me deixar livre, nem ministério que me considerasse devassável a ponto de me excluir das estatísticas. Não havia mesmo país onde eu pudesse não existir na prática. Em todos os lugares, até mesmo nos imaginários, haveria uma Eudora que me achasse, que me propusesse, que me acordasse. Viria talvez mansa; depois, já teria voz e mãos, e então voz e mãos executariam uma vontade. E o pior era que também em todos os lugares haveria a síndica a bater na porta insistente para me cobrar atrasos do condomínio.

Depois que superou o diabo e a baba sinistra, Íris Silva veio cinco vezes ao terceiro piso. Batia e ficava à espera, quando era possível escutar sua respiração ofegante. Um dia empurrou um envelope por baixo da porta — valores de condomínio e aluguel atrasados.

Poucas vezes eu escutava o movimento dos outros moradores. O universitário do segundo piso e seus discos dos anos oitenta. O casal sem filhos já não tinha mais cachorro e então os dois andavam na ponta dos pés. Certamente arrasados pela perda prematura. Pelo que se podia ouvir, a impressão era de que não falavam desde a volta do hospital. Até o gesto das coisas do meu apartamento era abafado. Por isso, qualquer aproximação à minha porta, fora dos domingos, era um índice de Íris Silva e suas cobranças.

A síndica me esperava, eu sabia. Depois descobriu Eudora, e Eudora descobriu como evitar que a mulher subisse com ela as escadas e manchasse os domingos. Eudora, a meu ver, pagava o que eu devia. O que não evitava que a síndica me aparecesse em sonho para dizer que eu estava sonhando (tal qual alguém que me multasse porque sonhar ia contra o regulamento interno). Dizia também que eu devia a Eudora, e quanto devia, e que eu teria de dormir com Eudora, e quantas vezes dormiria. Tudo rabiscado num papel pautado com uma bic cristal sem tampa. E Íris trazia Eudora pelas mãos. Uma Eudora com escova permanente nos cabelos desfilava, e Íris lhe ia tirando as roupas com unhas compridas — umas lingeries de mulher velha. A síndica emprestava toalete a Eudora para desnudá-la diante de mim. Depois me dizia Deita. Eu deitava, e ela levava Eudora pelada para a minha cama. Vai, dizia a velha, e sentava numa cadeira de vime pra fumar e assistir. Um riso tomava o prédio, e eu dizia A vizinha, ela perdeu o filho e agora está rindo, ó.

E isso me indicava que eu sentia falta de Eudora. Já não suportava fazer sexo com a linguagem só para depois dormir sem ter que conversar. Não sei se era a prosa, mas me sentia fraco, sim, e gritava em silêncio ao mancebo. Ele parecia de costas. E foi por essa fraqueza estranha que permiti uma invasão minúscula, desprezível até. Coincidência do domingo em que Eudora não veio. Lia Ricardo Reis quando ouvi batidas à porta, e não parecia Íris Silva. Fui surpreendido, permitindo uma fresta apenas, pelo universitário do segundo piso. Tá sozinho? Fiquei olhando pra ele. Estuda o quê?, perguntei. Arqueologia. Ah. Tem gelo? Fiquei um instante sem entender, chocado um tanto pela realidade externa outro tanto por imaginar que aquele garoto com cara de alemão era arqueólogo e por certo toda semana cavava no apartamento, de baixo pra cima, e o ato de vir buscar gelo era seu trabalho de campo. Como assim se eu estava sozinho? Como assim se eu tinha gelo? Uma garota de cabelos curtos apareceu ao pé da escada. Parecia esperar. O rapaz queria gelo. Disse a ele que tinha gelo sim. E que trocava por bolachas. Como ele ficou sem entender, expliquei: Bolacha, qualquer bolacha. Fechei a porta e fui ver a geladeira, praticamente vazia. Sentei no sofá e recomecei Ricardo Reis quando o sujeito bateu. Levei o gelo num saquinho e vi o pacote de bolachas-d'água na mão, marca zezé, e uma bisnaga de patê na outra. Aceitei o patê lebon de fígado. A garota espiava da escada, meio aborrecida. Ele desceu, falaram alguma coisa sobre mim e a porta foi fechada. Foi a única vez que tive a tentação de descer, sentar no tapetinho daquela porta com meu pacote de bolachas para escutar o gelo gemer durante a tarde. Mas optei pelo meu sofá, uma posição confortável para comer o patê de colher sem esquecer de estalar a língua. Reli aquele poema no qual Ricardo Reis odeia aos cristãos e não a Cristo.

Talvez eu tivesse sido bruto com Eudora. Mas quem foi bruto? No país fechado onde as notícias mofavam a figurinha repetida do mundo, a brutalidade era tão normal que não existia. E Eudora era quem tinha de se acostumar. Eu não tinha identidade e CPF e portanto era sempre bruto na semana anterior e nas anteriores, e também aquilo de semana anterior parecia não ter lá muito sentido sem o sol ou a folha de um calendário. O sentido era Eudora, que vinha arrastando noções básicas de tempo. Mas, no meu país de cultura diversa, de nada valiam as leis do Brasil. Tínhamos relações diplomáticas, poucas, como o ar e o clima. E embora fôssemos membros da comunidade dos países de língua portuguesa, mantínhamos uma simpatia pouco estreita. Por exemplo: eu acolhia o lixo sonoro dos brasis e nada ganhava por isso, senão que os mesmos brasis recolhessem meus resíduos sólidos.

Desde o assalto os domingos se repetiram. Eudora, suas fotos, os poemas do mancebo de madeira, quer eu estivesse no quarto, na cozinha ou no sofá. A síndica acabaria desviando de Eudora, eu pressentia. Me cobraria condomínios que eu não saberia se foram pagos. Inventaria multa por fazer silêncio de dia. E ficaria cada vez mais claro que eu tinha fundado um país provisório. Acreditava mesmo que seria despejado dele e não achava aquilo nem um pouco absurdo. Ainda hoje penso a mesma coisa: que a novíssima ordem global vai anular todas as singularidades. Teremos rostos iguais, repartiremos a mesma poluição e riremos da mesma desgraça. Não haverá países. Primeiro, as noções de estado, bandeira e religião ficarão diluídas. Depois, desaparecerão os nomes das terras. Uma mesma rua passará por Somoto e por Guaíba. Serei vizinho de todos. Então, do borralho, cada um arrancará o seu país, declarando independência dos lotes vicinais, e talvez seremos até felizes. Haverá concorrência para que o caminhão de lixo recolha o entulho da nossa casa antes que do vizinho. Eu era do futuro, pois. E não iria pagar aluguel algum, condomínio nenhum. Havia decidido assim. Se a velha me mandasse embora, fundaria um outro país com a sola dos sapatos.

E ia resistindo solitário, por um tempo já confuso, naqueles meus dias de país particular. Mas, acima dos outros inquilinos e daquela mudez residual do mancebo, Berenices e Izolinas pareciam visitas sem aviso. Começaram pelas cabeças, mas se tornaram apenas mãos. Quatro mãos de mães sem a mãe a que se ligar. Quatro mãos de unhas curtas, sem tinta, mãos saponáceas a lavar louça, a esfregar móveis, a varrer chão, a dobrar roupas, a ordenar familiarmente meu mundo. Foi quando cogitei reforçar o forro das janelas para que a síndica não as visse e quisesse cobrar excedentes.

O que escrevia não me salvava da losna da derrota. Me sentia sem forças para continuar com aquela renúncia moral, embora fosse essa a vontade. Talvez eu não imaginasse que não pertencer a um mundo fosse tão difícil quanto pertencer. Digo o mesmo da sentença Não tenho mãe: é uma frase matriz: traduz tanto vínculo como se tivesse. Pois não ter mãe não havia podado as mãos ágeis daquela nostalgia.

Já escrevia cada vez menos. Mas traduzia poemas de Lucerna como se os tivesse escrito. No fundo repetia que nós os tradutores éramos mediadores de cultura, acusados no passado de termos alma dúplice, seres anfíbios entre um ecótipo e outro. Mas acrescentava que também tínhamos ego. Alterei palavras de Lucerna e as transpassei de angústia, uma angústia que não queria confessar que era meio medo, meio vergonha:

En una parte de mí seguirá el mundo
En una parte de mí seguirá el mundo.
Ahí seguirá para que uno entienda su proprio retrato
con el mapa de la selva hace veinte años sin actualizar.
Seguirá el mundo donde yo no lo mantengo,
donde desperdicio gestos,
donde me duermo para aliviar el dolor.

Conmigo seguirá una parte del mundo
donde la sed es un paño
y el hambre una figura de cartulina.
Reconozco que el mundo va a flotar, porque es de poroplás,
pero seguirá un suelo donde destruyo a la bandera,
donde rasguño al himno
y se crecen las uñas de la mano en señal de saludo.

Seguirá el mundo en el oído de los cortadores de lenguas,
en la brisa sucia de aceite.
Y donde reman insectos en círculos, recordando la agonía de
[las cosas extintas,
seguirá una cosa cualquiera del mundo triste,
del mundo que muerde igual que un perro atropellado
en mí en alguna parte.

Claro que o poema é de Lucerna. O meu, bastante diferente, é assim:

Em alguma parte de mim ficará o mundo
Em alguma parte de mim ficará o mundo.
Ficará com alguém a entender o próprio retrato,
com o mapa da selva há vinte anos sem atualizar.
Ficará o mundo onde não o guardo,
onde desperdiço gestos,
onde durmo para aliviar a dor.

Em mim ficará uma parte do mundo
onde a sede é um pano
e a fome um recorte de cartolina.
Sei que o mundo boiará porque é de isopor,
mas ficará um chão onde destruo a bandeira,
onde arranho o hino
e crescem as unhas da mão em continência.

Ficará o mundo no ouvido de quem cortou línguas,
na brisa suja de óleo.
E onde insetos remam em círculos, lembrando a agonia das
[coisas extintas,
ficará qualquer coisa do mundo triste,
do mundo que morde como um cão atropelado
em mim, em alguma parte.

Terminava de ler, e as palavras me estalavam na boca com vontades de café. E ia me parecendo impossível não me render e aceitar aquele domingo como algo marcado no tempo, num tempo cuja unidade seria feita de domingos, e que eu ia desfiando e irresistivelmente lembrando.

O escritor, alguém que brinca com o corpo da mãe.

Isso é teu?, perguntei.

Provavelmente não.

E o mancebo fingia novamente ser de madeira, na posição de um cristo redentor. Entendi que não queria se dividir com meu mundo: então eu me diluiria no mundo de Lucerna enquanto fosse possível.

35. claro que sim: errava como estado totalitário, se tinha pena de matar a crítica. É que Eudora rasgou o domingo seguinte, raspou a tarde, sacudiu as coisas todas, quebrando as certezas de estarem onde poderiam estar. Veio com a bolsa de pano pesada, atirando livros. Eu bebia imaginariamente uma cerveja toña com uma pele de neve sedutora. Traduzia algo de *Arena viva* justamente quando o poeta trabalhava nos poemas de *Imagen y semejanza*. Ele estava na casa de Carlos Herrera, invadida por militares de Tachito. E então Eudora sentava à mesa, a minha, para atrapalhar o inquérito da Guarda Nacional. Estava irritada demais. Queria a verdade, e eu respondi Qual verdade? Que eu a tinha ajudado a mijar e a tinha secado e colocado para dormir?

Traduzia que Don Carlos teria sido levado para trabalhar pela GN — ele, que já fora preso por um lado e pelo outro, como matéria preciosa que era, porque era médico. Os homens de Somoza teriam derrubado Lucerna no chão. Era um domingo. Um soldado lhe teria enfiado o cano de um galil na orelha, e acrescentei Lucerna pensando num verso seu de *Lección de América* que diz Para dejar de ser indio/ hay que pisar en indios. O outro soldado estaria revirando a casa, abrindo gavetas, derrubando livros, enquanto o Major Henrique Mundia franzia a testa lendo dois ou três poemas. E um diálogo bizarro aconteceria:

MAJOR HENRIQUE MUNDIA (de pé, examinando livros e depois dirigindo o olhar para um soldado armado com um galil) — Pergunta o nome dele.
SOLDADO DO GALIL (para Lucerna, empurrando-o com a arma) — Nome.
LUCERNA (para o soldado do galil) — Javier Lucerna.
SOLDADO DO GALIL (para Mundia) — Javier Lucerna.
MAJOR MUNDIA (para o soldado do galil) — Diz para ele que Javier Lucerna está ferido em Esteli.
SOLDADO DO GALIL (para Lucerna) — Javier Lucerna está ferido em Esteli.
LUCERNA (para o soldado do galil) — Sou mais um ferido que se chama Lucerna, então.
SOLDADO DO GALIL (para Mundia) — É mais um ferido que se chama Javier Lucerna.
MAJOR MUNDIA (para o soldado do galil) — Pergunta o que ele faz.
SOLDADO DO GALIL (para Lucerna) — Faz o quê?
LUCERNA (para o soldado do galil) — Escrevo.
SOLDADO DO GALIL (para Mundia) — Ele diz que escreve.
MAJOR MUNDIA (para o soldado do galil) — Escreve o quê?
SOLDADO DO GALIL (para Lucerna) — Escreve o quê?
LUCERNA (para o soldado do galil) — Poemas.
SOLDADO DO GALIL (para Mundia) — Poemas.
MAJOR MUNDIA (para os soldados) — Que maravilha! Prendemos Rubén Darío!

Todos riram, inclusive Lucerna.

MAJOR MUNDIA (para o soldado do galil) — Poemas sobre o quê?
SOLDADO DO GALIL (para Lucerna) — Poemas sobre o quê?
LUCERNA (para o soldado do galil) — Poemas sobre a condição humana.
SOLDADO DO GALIL (para Mundia) — Poemas sobre a condição humana.
MAJOR MUNDIA — Condição humana o caralho. (Para o outro soldado) Achou alguma coisa?
OUTRO SOLDADO (para Mundia) — Não, senhor. Na casa só tem papel e livros. Mas a geladeira está cheia de tortilla. E tem umas quantas cervejas também.
MAJOR MUNDIA (para o soldado do galil) — Pergunta se ele esperava alguém com tanta cerveja gelada.
SOLDADO DO GALIL (para Lucerna) — Esperava alguém com tanta cerveja gelada?
LUCERNA (para o soldado do galil) — Não. Bebo só com o dono da casa.
SOLDADO DO GALIL (para Mundia) — Não. Ele bebe só com o dono da casa.
MAJOR MUNDIA (para o soldado do galil) — Como Don Carlos não pode beber hoje, nós vamos beber com este aí. (E para o outro soldado) Traz as cervejas e uns copos.

Sentaram em círculo, em cadeiras de palha. Fizeram Lucerna sentar também e o serviram.

MAJOR MUNDIA (olhando para Lucerna e depois para as cervejas) — São todas Toñas?
LUCERNA (para Mundia) — Só bebemos Toña.
MAJOR MUNDIA (para os soldados) — Achei que os poetas de esquerda bebessem o rum dos muchachos.

Riram todos, menos Lucerna. Abriram mais três garrafas. Os papagaios de Don Carlos faziam barulho, e então Mundia mandou matar os papagaios.

MAJOR MUNDIA (entregando os escritos para Lucerna) — Lê.

Lucerna ficou sem entender, com os papéis na mão, e recebeu um tapa na cabeça.

SOLDADO DO GALIL (para Lucerna) — Lê.

Lucerna se dispôs a ler. Bebiam. Ao final de cada poema perguntavam o que queria dizer. Que temos que derrubar o regime de Somoza, dizia Lucerna. Os militares riam. E Lucerna continuava: este poema compara baionetas às nadadeiras dorsais dos tubarões do Cocibolca e, nesse caso, os tubarões tigrones são de fato os revolucionários. Este é uma alusão das duas capitais a um sujeito indeciso entre dois homens que podem ser seu pai. Este fala de vocês, os sapos, comendo moscas. Este traduz a voz do vulcão Momotombo, dizendo que a Guarda lhe dá azia. Este é sobre a impotência humana.

MAJOR MUNDIA (rindo) — Impotência humana? Que merda é essa, Don Darío?

Riam. Os fuzis estavam atirados ao chão, rolando com as garrafas vazias e o cheiro de alguma cerveja derramada. E então Henrique Mundia ordenou que partissem, já tinham acabado com toda a cerveja. Lucerna se levantou olhando fixamente o oficial.

LUCERNA (para Mundia) — Não vão me levar?
MAJOR MUNDIA (para Lucerna) — Não levamos flores.

Todos os soldados riram.

LUCERNA (para Mundia) — Mas levam médicos.
MAJOR MUNDIA (para os soldados) — Ele não sabe ainda que os médicos são gente útil.

Nova risada geral.

LUCERNA (para Mundia) — Olha, eu sei o que procuram. Eu digo quem sou e vocês soltam o Dr. Herrera. O Major não quer escutar mais um poema? Ainda falta uma cerveja.

Os militares se olharam, o major abriu a cerveja e repartiu entre eles. Lucerna buscou um livro, de dentro do qual trouxe uma folha manuscrita e leu:

Dulcéanos
El país
tenía dos mares de agua dulce
como dos ojos,
dos espejos.

El primero mar se llamaba Nicaragua.
Desde allí la gente podía ver
las venas del toro rojo
que había matado a patazos
a los niños que jugaban a morir de sed.

El segundo mar se llamaba Managua.
Desde allí la gente podía ver
la cabeza del toro rojo
que borraba los nombres
de los niños que jugaban a morir de sed.

Sin identificación en los mapas
hay un tercero mar, llamado el Mar de Lucerna,
tan inmenso, tan océano de agua dulce, que es dulcéano,
y es secretamente así que lo conocen.
No es más que un espejo de papel donde se ve
el toro rojo
vértigo con lo que no entiende
y que, frente al miedo de beber un lago de sangre,
no juega a morir de sed.[2]

---

[2]Minha tradução, assim:

Doceanos

O país
tinha dois mares de água doce
como dois olhos,
dois espelhos.

O primeiro mar se chamava Nicarágua.
dali se podiam ver
as veias do touro vermelho
que matara a pataços
as crianças que brincavam de morrer de sede.

O segundo mar se chamava Manágua.
dali se podia ver
a cabeça do touro vermelho
que apagava os nomes
das crianças que brincavam de morrer de sede.

Não registrado nos mapas,
existe um terceiro mar, chamado Mar de Lucerna,
tão imenso, tão oceano de água doce, que é doceano,
e assim o conhecem em segredo.
Não é mais que um espelho de papel onde se vê
o touro vermelho
tonto com o que não compreende
e que, diante do medo de beber um lago de sangue,
não brinca de morrer de sede.

MAJOR MUNDIA (para Lucerna) — Acabou? Que significa?
LUCERNA (rindo-se) — Pode significar tanta coisa.
MAJOR MUNDIA (para Lucerna) — Para mim significa que o senhor é só um sandinista de merda.
LUCERNA (mostrando para Mundia) — Este poema escrevi para Lucerna. Sou José Mendoza, o chileno que veio treinar os homens que matarão Tachito.
MAJOR MUNDIA (levantando-se de súbito e terminando a cerveja de um só gole) — Aí está. Achamos alguma coisa. Este merda não é Lucerna, mas ao menos valeu as cervejas.

E bêbados, os três militares algemaram e levaram Javier Lucerna como José Mendoza. Lucerna era herói, se sofreria na prisão pelo colega Mendoza; bandido, se mais tarde Mendoza fosse preso como Javier Lucerna. A Guarda não soltou Carlos Herrera. Javier Lucerna nunca publicaria *Imagen y semejanza*, livro que levou o médico à prisão. Mesmo com a vitória dos revolucionários, quando foi solto continuou a considerar o livro algo pisoteado.

(E confesso que no original nem os soldados nem Mundia dão uma só risada. E fazem apenas Lucerna beber as cervejas. Mas são elementos que incluí na minha tradução brasileira, por questões de fidelidade.)

E ali estava Eudora me olhando fixamente. Eu com os cadernos de tradução à mesa, e ela queria uma verdade sobre meus escritos. Eu perdido: Qual verdade? E porque ligava a leitura com a sua chegada, entendia que as coisas podiam ser mesmo muito parecidas com tudo o que lemos. Eudora pediu apoio à toalha suja e largou o seguinte poema em cima do meu trabalho:

Jardinas teus sapatos

Jardinas teus sapatos.
Com o jornal, forras cada um deles.
Não colocas nenhuma
sandália ou caixa fora.
Nossas cômodas
escorrem cordas
e formigas ruivas.

Teus sapatos tomam o quarto.
Teus sapatos são as paredes do quarto,
como os livros
eram as paredes do meu pai,
como as varas de pescar
eram as paredes do teu pai.
Teus sapatos abafam a rebelião
da minoria dos meus.

Teus pares, meus ímpares.

Para o poema, Eudora teria tirado esta foto, tamanho A4:

Recordava a foto com uma vontade de rir. Uma bela foto, foi o que eu disse. Eudora confessou que o poema a tinha impressionado. Era o único, segundo ela, que se dirigia a alguém usando o "tu". Entendi que ela tinha voltado para casa pensando naquele "tu" só por causa do poema. Olhei para Eudora antecipando tudo. Ela tinha bebido demais naquele domingo. Tinha feito coisas demais. Então voltava para casa e lia um poema e, se ali havia um "tu", Eudora tinha o direito de se colocar no pronome. Estava irritada agora, muito menina e muito apressada. Não queria saber com quem o poema falava, mas quem falava no poema. Fiquei com cara de desentendido, porque aquilo de autor e eu-lírico me parecia bobagem. Eudora foi direta: perguntou de quem era o poema.

— Por que isso agora?

— Porque me aconselharam um avalista para o nosso trabalho. Pedi um prefácio, e ele disse Tudo bem. Só que ele leu o esboço do livro e disse que este poema era dele. Passei vergonha na frente do editor.

— Dele quem?

— Um poeta chamado Carpinejar. Conhece?

— Conheço só como cronista. Escreve poesia então?

— Escreve. O poema até já foi publicado pela Fabulare neste livro aqui.

O livro: *Velejar na gaita*. Carpinejar, Fabulare. Li o poema e parecia o mesmo, sem dúvida, com alguma diferença no tom das anáforas. Expliquei a Eudora que o poema era do

Carpinejar e não era, porque tinha antecedentes provavelmente em um outro, muito semelhante, *Hamaca para tus pies*, de Lucerna, que parodiava um de Alfonso Cortés, el Loco, que era uma espécie de diálogo com Ovídio. No de Lucerna, o eu-lírico perdia-se ao recordar os sapatos de uma mulher que, ao balançá-los, parecia balançar-lhe a rede do quarto. Via a mulher de pernas cruzadas e dizia Balanças em teus sapatos / a rede do meu quarto.[3] E que o recurso daquelas semelhanças, a meu ver, era mais rico que um poema parado, moirão de pasto, coisas assim.

Mas e os direitos?, ela gritava, Trabalho com direitos. E Que direitos?, pensei na hora.

— Sobre ideias não se pode ter controle, disse. Por mais que eu queira falar bonitinho, palavra é a casa da Mãe Joana.

---

[3]**Hamaca para tus pies**
Balancea en tus zapatos
la hamaca de mi habitación.
Con tus zapatos me pone anteojeras.
No se permiten el viento ni el abanico
y encima sabemos que el mar vendrá.

Balancea en tus zapatos
la hamaca de mi habitación.
La casa empieza a bailar
con el silencio y el deseo.

Hace dormir a tus zapatos
en la hamaca mía.
Sólo dos de nosotros no dormimos.
Los zapatos tuyos, la hamaca mía
atraicionan la memoria de la guerra.
(*Sublimes*, 1968)

Lucerna preconizou o copyleft, o retorno da palavra à esfera pública, à esfera coletiva. Ninguém é dono da linguagem, Eudora, como ninguém também não é dono da impressão que o próprio rosto causa nas pessoas. Tenho que cobrar direitos agora por mostrar a minha cara? Se escrevi algo semelhante ao poema do Carpinejar, que veio do Lucerna, que veio do Loco Cortés, que veio do Ovídio, que veio não imagino de onde, os autores não podem me injuriar por isso.

— Mas as coisas têm dono no mundo, ela parecia explicar a uma criança. Isso não é paródia, é roubo.

— Roubo é quando privamos alguém. Nessas coisas de escrita, sempre se trata de raptar uma ideia. Tudo é rapsódia. Multiplicar não é natureza da linguagem?

— Não é disso que estamos falando. É um poema de outra pessoa.

— E de quem é o verso hacemos hogueras con gritos?

— Do Lucerna.

— Não, Eudora, do autor. Já faz um tempo que eu sento neste sofá e penso assim: que é o texto que escreve uma pessoa. O Carpinejar é uma invenção dos poemas dele. Todo autor é, assim, moldado pela própria linguagem

Eudora parecia confusa. Eu também: olhava o mancebo duro, e a minha mão coçava de vontade de escrever aquela teoria que provavelmente ele me soprava. Ela mexia em papéis de novo. Com uma cara equina, olhar lateral porque desconfiado, me mostrou o poema *quando eu for um tubo de mostarda*, impresso em papel-cartão onde brilhava uma foto fantasmagórica. Perguntou se era meu. Afirmei que sim.

Mostrou o outro — *o gentio*. Depois me olhou assustada.

— Não parece teu. Fala de irmão mais velho, irmão do meio, irmã. Ou tu está mentindo sobre ti ou sobre os poemas. Falo de fidelidade.

— Fidelidade a quê?

— Entre a pessoa e o que ela escreve.

— Mas isso é antigo, minha editora. Um autor não é uma biografia. É o rastro deixado pelo que ele escreve. Javier Lucerna é o sujeito que escreveu *Sublimes* e, para saber quem é o sujeito que escreveu *Sublimes*, tenho que ler *Sublimes* para descobrir. Estética, ora, é memória coletiva, não individual. É a ela que devo fidelidade.

Era a opinião, triunfante ao menos para mim, do Professor Javier Lucerna. Nas poucas coisas que vieram a público com o nome dele havia uma nota vertical, minúscula, mas legível — Desde Nicaragua libre, DERECHO DE COPIA. Eudora ficou resmungando e perguntou ainda de que vivia o Lucerna. Eu disse a ela que o Professor acreditava que o estado deveria ser responsável pelo artista. Ela riu, de maneira a contrariar não sei se o que eu dizia ou as ideias de Lucerna. Pela segunda hipótese, falei grosso, e alto, e contei o episódio em que Lucerna foi convidado a negociar com os americanos de Reagan. Um coronel ianque foi a Somoto. Lucerna aceitou conversar, desde que falasse em espanhol. Mas um intérprete acabou vindo junto. A certa altura, o intérprete errou a tradução do que Lucerna dizia. O Professor falou com ele em inglês e pediu, em inglês, que corrigisse a frase e a repetisse ao americano. O comandante americano perguntou por que Lucerna não falava diretamente com ele. Como se o Professor não entendesse, esperou o intérprete traduzir e respondeu, em espanhol, que havia estudado inglês justamente para não precisar falar. Si quieres hablar, ¡que venga!. Para Lucerna isso sim era autoria.

— Essa história me parece do Che Guevara.
— Todas as histórias se parecem, Eudora.

Eudora ficou pensativa, o tom agressivo murchava.

— Apesar das desconfianças, o Carpinejar disse que os poemas são bons. Precisam ainda ser trabalhados. Liguei para algumas pessoas que podem ajudar.
— Pra quê?
— Pra publicarmos o livro.
— Publica com o teu nome.
— Não. Nós vamos publicar com nossos dois nomes.
— Por que não fazemos algo inédito e publicamos sem nome?
— Por que não fazemos algo inédito e publicamos com o teu nome e o meu, os verdadeiros?
— Por que não fazemos algo inédito e publicamos como Escobar Nogueira e Leonardo Braziliense?
— São outras invenções tuas?
— Não, os caras existem. Esse Escobar Nogueira eu o conheci quando ainda era um sujeito cabeludo e com uma cara de Ernesto Cardenal num cursinho em Santa Maria, quando

tentei dar aulas de Espanhol e fui demitido duas semanas depois a pedido dos alunos. Tem três livros muito bons, ilustrados por fotos do Leonardo Braziliense, que, além de fotógrafo, é contista. Nosso trabalho está bom, e então acho que seremos bastante fiéis a eles.

Eudora bebeu um copo d'água e disse que não aguentava mais aquela conversa. Para ela, tudo tinha filiação. Ia embora, quando parou na porta.

— Tu é um cara estranho. De onde veio teu nome, teu sobrenome? Vicente não é tão comum assim. Procurei na internet e não achei nada sobre ti. Pode ser que tu seja filho da Izolina mesmo. Só acho que tu tem que parar com isso.

— Isso o quê?

— Tu não é Javier Lucerna.

Senti aquilo como um soco.

— E quem é Javier Lucerna então?

Ela respondeu com tudo o que sabia, e não sabia pouco.

— Mas isso também não é Javier Lucerna. Isso é Eudora.

E fiquei parado. Por um instante me senti deliciosamente confortável, como se eu fosse feito de madeira.

36. anexos do capítulo 35

quando eu for um tubo de mostarda

Quando eu for um tubo de mostarda
no fim,
doem a minha tampa:
ela servirá de clarineta
a uma garrafa que lamenta
a falta tanta que a bebida faz.

Do meu corpo
recortem remendos
e doem às bicicletas
com que os meninos se fingem de moto.

Do meu rótulo
anotem recado:
quando eu for gente no fim,
me tratem como um tubo findo de mostarda:
matéria sem orgulho,
reciclável.

o gentio

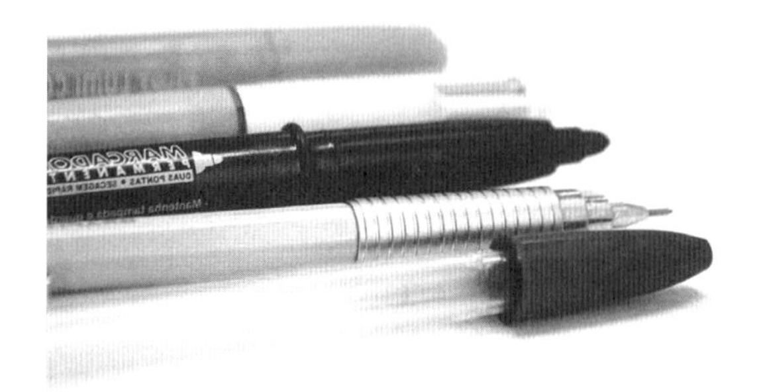

A lapiseira do irmão do meio
tinha nome
como tinham nome
a borracha do mais velho
e os talheres plásticos da irmã
quando ela veio.

Todas as coisas da casa
vinham catequizadas
do evangelho esferográfico
e a missa da fita durex.

(Da liberdade sem pé nem cabeça
trazemos as coisas ao batismo da lógica,
que é o esquecimento da barbárie
de ser coisa sem dono
nem língua.)

Só quando comecei a trabalhar
é que comprei meu inventário
de coisas anônimas.

Era o meu gentio.

Mas então vieram os automóveis
e a documentação dos funcionários.

Ainda que tarde,
aceitamos que, com nomes,
não é preciso aprender:
obedecer, apenas.

Bom exemplo é a borracha,
que não apaga a tatuagem do dono.

Capítulo IX
Discurso contra o imperador

O tio, que questiona. Ora, o que o sobrinho pretende? A pergunta é prematura, embora Pedro pensasse nela desde que tinha visto Isabel pela primeira vez. Então Pedro volta a ser o Mickey. O que pretende?, o tio quase grita. E desenrola os defeitos do rapaz. Preguiçoso. Cabeçudo. Igual à mãe.

O Mickey tenta recomeçar a leitura. Acha melhor se concentrar nos poemas de Henri Micheaux, mantendo a cabeça baixa.

A moça já foi casada, tem filho. O que ele pensava? Vieram avisar ao tio, sim. Guri de merda com mulher feita.

Ora, ora. Não sabe nem limpar a bunda.

A voz do tio parece vencer a lírica francesa. Rato engole tudo.

Tua mãe. Eu avisei: foi se meter com um sujeito sem paradeiro e ainda por cima cheio de filhos. Intentou que queria ir pro Recife atrás dele. Que ele tinha emprego lá. Cadê ela, me diz? Ano passado fui ver se ela tinha votado, pra saber se é viva ou morta. Não votou. Teu tio Jorge acha que ela foi parar em cabaré. Não sei nem que idade ela deve ter hoje, ele diz. Uma vergonha.

O Mickey não quer pensar na mãe. A mãe ele só conhece de retrato. E agora que o tio quer ouvir, agora que o Mickey precisa de palavras, só lhe vêm aquelas que dobraram Isabel ou as que o poeta belga lhe sopra. Mas não se trata daquilo.

Não sou a minha mãe. Eu me viro, tio, ele diz.

Então vai virando, então vai virando. Esse tipo de mulher só quer alguém para trazer o leite pros filhos, o tio diz.

O senhor não conhece a Isabel, tio, que ele diz.

Conheço: é essa aí que deve um nego e um cachimbo no meu caderninho. Aprende enquanto eu sou vivo: mulher com uma vida já feita não pode querer nada com guri, a não ser trocar a roupa de cama. Tu vai tirar dinheiro daonde? Podia ter tido carreira no exército, mas me fez ir lá lamber as botas do sargento para te liberarem. Menti que dependia do teu serviço no armazém. Como foi? Me libera, tio, que eu quero estudar. Tu tinha que meter nessa tua cabeça-de-osso-pra-sopa que o que tu tem que fazer agora é estudar mesmo, o tio diz.

Vou voltar pro colégio, tio, o Mickey grita. Estou estudando, ó, e mostra o livro.

O tio pega os poemas. Abre. Impossivelmente, Erni começa a ler. Senta-se numa cadeira e para de incomodar.

O mais inteligente dos ratos descasca uma banana, olhando as contas de Isabel no caderninho. Relembra Felícia: Meu Império, até onde ele vai? Seu império é eficiente. Todos vêm até ele.

E o Mickey pega enfim a calculadora para resolver quanto Isabel deve.

37. eu morava na casa, mas quase nada me pertencia. Jacinto insistia em reforçar que as coisas que eu pegasse, uma vara de pescar, por exemplo, eram dele. O que fazia sem palavra, em arrancando o que fosse seu das minhas mãos. Jacinto demarcava propriedade sem escrever o nome. Era um coitado que se repetia desde que foi demitido da Olvebra e não trazia mais o leite em pó roubado. Não passava de um índio escondido e engasgado com o próprio angu: quando no prato de Jacinto, frio ou quente, era angu de Jacinto, e nem os bichos teriam chance. Jacinto não deixava restos.

Jacinto na oficina, trocando coroas, catracas, correias. Depois o barulho de alívio da roda traseira: ti ti ti.

Nunca tive uma bicicleta. A de Jacinto, com selim encapado, apara-barro, limpa-raios e franjinhas nos punhos do guidão, vivia acorrentada com um cadeado de segredo. A minha bicicleta foi a dos outros, que eu pedalava uma quadra depois de casa, domando a estranheza, até devolver ao dono.

Sentado no sofá, vez em quando eu pedalava uma bicicleta de literatura, como a que os meninos usaram no filme *E.T.* Era uma bicicleta mágica aquela, porque levantou voo para uma lua em segundo plano. Recordava aquela cena até ser assombrado por Jacinto, que surgia do cheiro da graxa para reclamar que aquela bicicleta voadora também era sua.

Eu ligava a televisão para assistir a algum super-herói japonês que salvasse a Terra. Spectreman enfrentava um monstro que aumentava de tamanho comendo lixo. O monstro ainda recordava quem era. Sou um ser humano, dizia. Seu filho chorava: não queria que o Spectreman usasse o spectreflash no pai, o chofer de caminhão cruelmente transformado no monstro. Mas os Dominantes obrigavam o herói a destruí-lo antes que se tornasse grande demais. Na parte mais triste, o monstro pedia que Spectreman o matasse — Quero morrer como um homem, implorava. Mas Jacinto vinha com um pão imenso num prato e sentava para comer. E simplesmente mudava de canal.

Construíam Itaipu, a maior hidrelétrica do mundo. Esqueci Jacinto e fiquei ao seu lado para ver. Spectreman já devia ter liquidado o monstro de lixo, e me ia impressionando no jornal nacional a imagem dos bichos que fugiam para as áreas mais altas, porque haviam inundado tudo ao redor. Pois Jacinto terminou o pão, se levantou e desligou a televisão justo quando filmavam os moradores que deixavam as moradias.

A lei da casa: tudo era de Jacinto, que me olhava feio. Spectreman e Itaipu, todas as histórias, Jacinto não via nenhuma delas. Comia-as com pão e café preto tentando não se engasgar.

38. se nas minhas mãos as coisas sempre caíam. Assim que fui perdendo meus companheiros sem farda, os muchachos de louça e vidro.

Nos anos 80 eu me perguntava De que lado vou estar quando vier a Revolução? Falávamos de direita e de esquerda enquanto comíamos ovos cozidos na merenda. Sentado no sofá, mastigando minha relutância, eu entenderia depois que, viesse ou não a tal Revolução, meu lado seria o de dentro. Acontecesse o que acontecesse, eu deveria ficar onde estava, participando de um etos político de tamanha liberdade, que era vazio. Se um sertão era apenas um espaço incivilizado, aquele lugar de couro e espuma com os sulcos do meu corpo já era o meu.

Mas sabia que a minha blindagem não seria o suficiente. Que os Estados Unidos municiariam o Brasil, e eu acabaria estrangulado, sem munição ou forças. Reagan havia tentado coisa semelhante na Nicarágua, mas lá nem as crianças se esconderam. E quando os sinais na janela norte ficaram evidentes — e eu ouvia uma música muito animada, destinada à hipnose dos epitélios —, percebi que eu não tinha mais fronteiras. Os barulhos da manhã me disseram para largar as armas e me render.

Os brasileiros sabiam o meu nome. Todos os brasileiros sabiam ganhar com meu nome, entregando o meu nome. Por mais que mudasse de identidade, eu já estava fichado, e me cobrariam impostos por tudo. Minha república tinha sido aquilo mesmo: inevitavelmente porosa. Mas eu não tinha medo. Eu tinha perdido todos os documentos, eu tinha perdido dinheiro e trabalho, e a minha espinha continuava torta. Mas naquele momento eu estava entre amigos, objetos simples, que se entreolhavam. Semanas antes éramos muitos. Alguns foram capturados em silêncio, mandados ao lixo, à incineração ou à lavanderia. Mas os que ficaram não tinham medo. Se eu decidisse continuar lutando, sei que permaneceriam resistindo junto à coluna de bolores e seu riso verde e desafiador. E, se meus companheiros me olhavam, eu sabia que a decisão era unicamente minha. Também a Nicarágua era minha amiga, e eu combatia com o que acumulava embaixo das unhas. Mas o mancebo de madeira teve a língua cortada pelo barulho, e a prosa lhe interditou o ouvido. O último diálogo que tivemos foi uma esgrima:

O senhor, aonde vai?

Lugar nenhum. Não escapo de ficar no meio do caminho.

Bonita frase. Realmente você é melhor quando repete os outros. Então pensa que está em fuga e no entanto não consegue ver que no fundo está retornando?

Eu arrumava algumas coisas, buscando barulho.

Porque você tem um probleminha: é doente.

É médico agora?

Sim, e o probleminha do senhor é que é humano e portanto afetável. Receito redes sociais, telefones inteligentes, videogame para adultos retardados. Compre um carro para se defender e um GPS com voz feminina para lhe ordenar que vire à direita. Vá correndo assistir ao filme que ganhou o Oscar. Depois, tome dois comprimidos para dormir e para cagar, compre uma bola pra pilates, uma guitarra que toque sozinha e suplementos para aumentar o pau.

Filho da puta.

Filho da puta, é? E o Senhor Tradutor, diz aí, é filho de quem?

Fiquei sentado no sofá, olhando-o, simplesmente. Ele perdia a força, e pela última vez perguntei quem ele era afinal.

Não lhe parece óbvio?

Subitamente, sim. Nenhuma imagem mais evidente que a da árvore e seus múltiplos braços me permitindo dialogar comigo mesmo. O mancebo era a própria leitura pedindo que eu resgatasse aquela antiga função: reter o tempo, incorporar com as unhas a pele imprevisível dos livros.

Por que isso agora?

Se nada mais pode ser vivido diretamente, resta-nos a ilusão ou a leviandade. Só na literatura podemos ser levianos. A literatura como corrosão da vida, fornecendo o substrato moral. Enquanto mentem para nos fazer acreditar, produzimos moedas falsas para que nada funcione. Olhe, já não há outro modo: para alcançar a verdade é preciso perder a fé. Por isso ser leviano é a única maneira que resta de nos aproximarmos disso. O povo daqui lhe ensinou como manter uma natureza intacta, mas o senhor não conseguiu. Há algo aí que insiste seriamente em pertencer.

Mas também venho preferindo a leviandade há muito tempo.

Que pena então. O senhor quase conseguiu sua revolução.

E foi a última coisa que ele me disse. Também não precisaria mais. Só a leitura para moldar num sofá a recusa ao instantâneo e convencer de que marchava romanticamente para um lugar que não importava qual fosse senão pelo panorama que proporcionasse. Só a leitura para me levar a Rousseau — o encontrei diante daquele lago, na ilha de Saint-Pierre. Ali ele fundaria a si mesmo. Ali ele se tornaria o primeiro herói moderno, embora uma tentação canalha me fizesse propor que lhe faltavam um sofá e um mancebo para suspender os livros. Uma covardia, sim: Rousseau não poderia ler o que ele ainda não tinha escrito.

Era mais uma tarde de domingo, ou o que a presença de Eudora, a sensação evidente de que ela chegaria, determinava como domingo. E eu não tinha mais tempo. Na província rebelde já não cabiam mais nem o tempo nem as ordenações com números. Ou porque o tempo era uma unidade particular. Ou porque o espaço era uma limitação física que uma hora ou outra nos aperta. Não tive uma Nicarágua por que lutar, e quem nasce no Brasil ou funda um país ou vive da revolução dos outros. Foi assim que fundei um sertão doméstico. Foi a primeira coisa que me pertenceu desde que havia deixado a casa de Izolina.

Guardava as coisas quando me deparei com veja, um pastor de uma nova religião, e aí eu me perguntava Ora, veja o quê? Veja, veja, ele dizia. Aleluia, estou vendo, eu me respondi, mas já não tinha mais fé e por isso o recolhi para baixo da pia.

Talvez tudo tivesse começado com o assalto mesmo, quando perdi aquele último botão da minha camisa. No fundo, secretamente o admirava: um botão sem camisa me dava lições de soberania. Um país havia surgido inspirado nele.

Até aquele último domingo a janela norte ainda me ameaçava. Tinha sisos de me dizer para abandonar quaisquer esperanças quando eu ainda fugia olhares por suas frestas. E me tentava como uma comida recém-saída do fogo. Forçava para que minha república fosse esmagada pelo mundo. Era a ponte que, se tomada, cederia à marcha da invasão. Mas depois já nem me cansavam as notícias sempre as mesmas de sua capa de jornal. Seu lusco-fusco não me enganava mais. Se eu não tinha poderes sobre o tempo, não era mesmo capaz de regular os espaços, essas duas ilusões essencialmente humanas. Mal conseguia delimitar a mim mesmo. Passei a amassar, a estrangular e redistribuir o necessário. Mas nada me obedeceu. Minha república foi tão frágil quanto um bibelô de louça esmaltada a suportar poeira, tão pacífica quanto uma isleta no lago Xolotlán ou no Guaíba.

Aquele domingo não se repetiria. Era dever, para o bem da história, apagar os outros domingos do calendário, fazendo um novo círculo de dias e dias que só seriam diferentes quando o sol vencesse a escuridão particular. Pois eram os domingos o meu desassossego. Os domingos seguintes não iriam mudar o gosto de azedo na língua, o mal-estar de lutar e lutar sem nunca fugir do que me permitissem. Então, continuaria usando a relutância como uma faca sem gume num punho caduco. Enquanto estive em disposição de sentido, as pessoas todas do mundo, da Nicarágua de Lucerna ao Brasil das telenovelas, todas elas, não importando cores e religiões, lutaram tanto para me moldar à bitola do homem útil. E, quando realmente quis, quando a vontade de ser coisa passou a vir de mim, ninguém me deixou ser original. Quiseram todos-todos interditar meu direito de ser um tapete de corda. E durante aqueles instantes nos quais invadiam o meu país, ameaçavam com anexar uma coisa mais legítima que uma carteira de identidade.

Eudora viria? Já não era eu quem perguntava. Era um grunhido. Olhei para a triste figura do mancebo com saudade. Ele fez que nem me viu. Se pudesse, peidaria na minha cara.

Entrava então num carro que me apresentaria o Centro de Porto Alegre e seu rosto derrotado. Eu já desconfiava daquela cidade cinza e gaga, que parecia ter alergia do rio. Mas depois de tanto dialogar sozinho, passei a absolvê-la de uma ilegibilidade de que não tinha culpa.

Me mantive quieto, de uma quietude de mutilado, amordaçado pelos olhos. Estaria orgulhoso se estivesse num jipe verde, e um comandante qualquer de dentes de vidro valorizasse minha captura como a de alguém influente, alguém que desce da tortura de cabeça baixa para, quando levantar os olhos, inquietar até os mais pragmáticos. E quando o carro parou, um motorista buzinou e disse alguma estupidez, me devolvendo à minha bunda no assento do carona, até que Eudora retrucasse o grito e a buzina.

O carro contornaria o parque onde macacos certamente foram mais competentes do que fui em ficar na minha. Outros carros vinham se acotovelar, e uma manhã tola convidava a continuar gastando os dentes. Voltei o olhar para dentro do carro, mas era difícil pensar que não revia.

Sim, Eudora me tirou do apartamento. Pedi a ela que ao menos me adiasse até um feriado. Mas não. Era preciso ter um monstro. O sol, ainda mais no centro úmido da cidade, era o monstro, e, ao pisar à rua, evitei reconhecê-lo e hesitante e tímido. Mas não com medo, se usei óculos escuros. Não. O dia solar devia mesmo cumprir seu papel de besta, devia mostrar-esconder, ensinar o suspense.

— Que dia é hoje?
— Segunda, ela me disse.

Eudora chegou de manhã, umas onze horas, com ideias de traição, e eu pensei, ora veja, traição de quê? Traição, sim, porque uma amiga de Eudora me havia visto na rua, tinha certeza de que era eu por me conhecer bem. Perguntei o nome da amiga. Eudora não disse. Falei que devia haver muita gente brasileira com o meu rosto. Mas Eudora ficou séria e perguntou se eu tinha saído. Eu repetia que não, e ela afirmava que eu tinha saído à noite para beber por aí. Madrugada alta de quarta-feira, uma moça gordinha num ka dourado me teria deixado à porta do edifício, depois de beijos que alardaram os cachorros. Eu teria feito ruídos na grade da entrada até a síndica me reconhecer e, com pouca palavra, abrir a cancela e exigir silêncio nas escadas. A porta do apartamento já aberta, escorada com alguma coisa por eu não ter as chaves. Ou eu tinha outras chaves? Não, escorada com um chinelo. E faltava dizer que a gordinha se chamava Tatiana, que não era tão gordinha, que pagou as cervejas e que tive de despistá-la para que não subisse ao terceiro andar comigo. Tudo isso não era literatura, e entendi que a amiga de Eudora era Íris Silva.

Mas por que aquela preocupação? Se eu havia saído, aquilo era um sinal de que eu poderia voltar a usar meu nome, a rir com as pessoas que pegavam o ônibus às sete da noite. Mas Eudora me olhava com decisão, e disse Acabou a brincadeira de forte apache, vamos sair juntos dessa casa, hoje. Tu me deve isso.

Não havia dúvida: a patroa me ordenava. Toda ajuda era enfim um princípio de invasão. Fiquei em silêncio, pensando em como dobrar minha natureza submissa, assim: eu era o operário do macacão e terminaria recuando. Respondi a Eudora que eu já sabia: mais cedo ou mais tarde ela viria me cobrar. Pois então estou cobrando, respondeu. Gente como tu precisa ser mandada mesmo.

E tudo começava, porque eu mentia não estar entendendo o golpe antigo e elementar. Suspeitava, é verdade, que o que quer que fizesse com Eudora me devolveria à sociedade. Mas não imaginava que seria tão fácil pisar fora da minha realidade reduzida. Simplesmente deixei minha república doméstica sem olhar para o barco que me trouxe e voltei àquela nação que não me viu nascer nem me reclama. Pois pisei os degraus que deixavam o prédio Batalha do Riachuelo sem olhar para trás. A síndica mexia no jardim e, quando passei, cruzou os braços numa demonstração vitoriosa. Tratava-se, sim, de uma rendição incondicional. Posso mentir que Íris Silva aplaudiu.

Mas pude sentir por outro lado que era bem aceito pelo povo, a brava gente que pegava no braço dos outros para perguntar as horas sem nem dizer bom-dia. Não chovia há pelo menos um mês, e os sinais de uma pequena devastação solar começavam pelos canteiros, repletos de fezes de cachorro e baganas de cigarro. Tudo muito aberto, tudo muito horizontal e visível. Tudo escancarado, e ninguém mais mandando na firma. Nas ruas, pessoas faziam coisas comuns a pessoas, e eu fazia as vezes do mancebo de madeira, gostando de ser o ventríloquo dele, e em silêncio escrevia: os nativos desta terra eram aquele mesmo clichê ou eu tinha desaprendido a ser tolerante — esperar a mesma coisa. Porque desde a calçada em frente ao prédio deparei com pessoas que passavam sorrindo ou praguejavam aos carros ou corriam com celulares à mão. A começar pela síndica, nenhuma delas, nem mesmo o cara de bicicleta, de braços muito fortes e que buscava mulher, ninguém escondia a apatia de viver numa sociedade treinada para o riso e que não escapava de ser sem graça. Foi quando me dei conta: se aquele sempre foi um país desabitado, não havia de quem fugir.

39. Izolina nome de remédio. Já menti para mim mesmo que não gostaria que ela fosse a minha mãe de sangue. A bugra abria o portão para ir ao armazém do bairro. Do assento de leitura da minha árvore, eu a via tornar-se enorme na rua de terra. Cães latiam. E tive uma única vez a sensação de que Izolina não voltaria. Que ela não estava indo a armazém algum, buscar margarina alguma. Izolina descobria que estava morta e buscava um lugar seguro para se enterrar.

Jacinto vinha até a horta. Ao redor dele a escolta das galinhas. Desenterrava a garrafa, lavava a garrafa na torneira.

Desfazia com dificuldade a rosca da tampa e bebia. Depois, mijava na horta, escarrava na horta. As galinhas disputavam o catarro. Jacinto sentava junto às couves e bebia mais. Até que o corpo não se aguentava. Pois ele deitava. Tivesse forças, se enterraria também. Mas me parecia que mesmo o Jacinto coveiro encontraria a garrafa e depois morreria bêbado sem enterrar o Jacinto morto.

Costumava pensar — enquanto estiver no alto, e lendo, menos raiz eu crio. Mas eu não podia mais ler. Se Izolina se tinha sepultado, eu também poderia desviar do cadáver verde de Jacinto e do portão. Ganharia outra condição de vida, e o trem fantasma continuaria ali, a enterrar garrafas de cachaça e fechar vidros de compota. Mas quando abri o portão, Izolina surgiu antes que eu tivesse tempo de fechar os olhos. Não perguntou aonde eu ia. (Gostaria de ter respondido à queima-roupa Velha Bruxa, tu não é minha mãe!) Mostrou a dentadura amarela e então me colocou um mil-folhas na mão. Eu já não era a criança na qual aquilo causaria felicidade. Mas menti que sim. Estava acostumado, e sem remorsos, a mentir pra Izolina.

Capítulo X
Umbigo emprestado

Não que o trabalho seja pouco. No armazém agora também se vendem livros. Mas é que Pedro não está no balcão do armazém. O tio lhe chama a atenção para alguma coisa que o rato responde por Pedro.

Sabe quando o mundo finalmente diz Chega?
Não, tio.
Depois de cada poema de Brecht.

E o tio Erni volta para um livro amarelo. Mickey, fazendo-se de Pedro, vai à saca e mede um quilo e meio de milho pra galinhas e mostra para as pessoas onde ficam os romances policiais. Mickey, não Pedro, responde que o tomate só está em promoção se levar junto *Contos com patas*, de Horacio Quiroga. Mickey, para dar folga ao Pedro, pesa guisado, cebolas e poesia romântica. Com uma letra igual à de Pedro, anota quantias no caderno e o pedido de um *Admirável mundo novo*.

Pedro, o Pedro de jaqueta de brim e tênis novinho, com talão de cheques e identidade de cara mais velho, bom de poema, esse Pedro está na cama com Isabel.

Felícia vai escovar os dentes e Pedro vai atrás, perguntando segredos:

O Império, como faço para vê-lo?
Olhe-se no espelho. Abane com as luvas brancas. E ria.

Depois de dizer Rato e depois de perguntar Não tem outra opção?, Felícia vai dormir. Os olhos do falecido estão atentos às paredes da sala. Esse Pedro agora tem camisinha. Isabel tira a roupa em pé. Isabel olha: Coisa mais estranha, tu perdeu o umbigo. Pedro diz que nunca teve. Tu não nasceu?, ela pergunta. E realmente Pedro não recorda a mãe. Não fica assim, Isabel diz, Eu te empresto o meu. E Isabel lhe acaricia o pau, põe camisinha com facilidade e deita. Pedro tenta, mas não consegue fodê-la. Então Isabel o ajuda, guiando o pau duro até o fundo quente. Depois, ela apaga a luz do abajur e Pedro fode sem jeito. Isabel está de olhos fechados, e Pedro aproveita para ver, na penumbra, o pau que entra e sai. Pedro acha bonito o rosto de Isabel balançando com os corpos e olhando para ele, e de vez em quando ele mesmo olha para o que faz e vem beijá-la, na boca, no nariz, na testa. É uma criança gostando cada vez mais de se afogar. Pedro não aguenta tanto tempo e goza. Isabel olha no rosto dele, muito séria, com cara de mulher que sabe. Isabel tem filha, teve homem da polícia, Isabel sabe. E então ela sorri para ele, não como ele gostava que ela sorrisse, mas como ele descobre. Depois, Pedro desmorona sobre o corpo de Isabel, que diz que ele tem de tirar a camisinha. Pedro tira e Isabel fica lhe fazendo carinho no pau mole até que endureça de novo. Então ela pergunta Quer de novo? e coloca uma nova camisinha, abre as pernas e Pedro volta a fodê-la já com um pouco mais de jeito. Mas logo se empolga e fode Isabel com força e rápido. Muito rápido: goza. Isabel repete o sorriso.

O tio Erni deixa o Mickey sozinho junto ao balcão. O velho realmente está lendo Brecht.

Sabe o que acontece depois de um livro de Brecht?

Não.

É disso que tenho medo. Estou com a sensação de um parto. Já teve a sensação de um parto?

Não.

Um parto pra dentro.

E sem tirar os olhos do livro, franze a testa.

Enquanto isso, o Mickey finge que lê García Lorca para pedir a Pedro que, em segredo, lembre as outras noites.

Pedro sempre levando alguma coisa de comer, como leite e pão, como bolachas e frutas. Isabel sempre colocando a camisinha. Ele parece durar mais na cama, mas não sente que Isabel tenha prazer. Se concentra em fodê-la, fodê-la, fodê-la. Isabel vem por cima, e Pedro goza. Isabel fica de quatro na cama, e Pedro goza. Sempre dorme antes de Isabel.

E uma noite, quando Pedro não quer mais foder, fala que não se sente homem suficiente para Isabel. Como? Confessa que a identidade secreta do Mickey não é Pedro. O líder dos ratos se chama Ademar. Que não foi macho para dizer antes.

Isabel fica em silêncio, olhando para o teto. Depois se vira para ele. Macho é quem traz o litro de leite para casa, diz, e começa a lhe acariciar o pau.

Agora Ademar assume o balcão. Precisa se concentrar. O tio grita de novo. Os livros não podem ficar perto da câmara, tem muita umidade.

Descobri por que tua mãe foi embora. Ela buscava impaciência, o tio diz.

Mas outra vez Ademar recorda Isabel, a noite anterior.

Tinha notado as dificuldades de Isabel com a casa. Entendia a sua macheza de trazer pão e frios. Por isso, pegou a kombi do tio e levou para ela e a filha um rancho. Lembra a Felícia e Isabel guardando os produtos. Estão animadas. E, quando a menina vai dormir, Isabel leva Ademar para o quarto e deita sobre ele. É Isabel quem o fode. É Isabel quem goza.

Deitados, em silêncio. Ademar se vira para ela e pergunta se era por causa do poema que ele estava ali. Isabel diz que não. Que foram aquelas balas que ele enviou para Felícia. Ademar pensa. Vai perguntar outra coisa, mas percebe que ela dorme. Ademar ri sozinho: poesia é um rancho para trinta dias, tem vontade de escrever. Depois pensa: pena não ser o Narrador pra escrever aquilo.

A impaciência, tio, a mãe achou?

Deve ter achado. Parece que a gente nasce com ela.

40. pois a linguagem é a primeira que sangra. Vivi no meu país, um território menor que o Vaticano, bem menos canalha também. Um país de 55 metros quadrados de área construída, cujas paredes eram opacas e do tempo dos tijolos duplos. Um país honesto onde só eu, o monarca em terreno de napa, sofria prejuízo. Pois deixei aquele país onde fui governo e onde fui povo, onde fui história e geografia, e onde fui o único escritor, e onde fiz voltas e voltas entre o piso do banheiro e a porta do quarto pensando que era situação e logo logo oposição e que onde quer que eu estivesse sempre teria o apoio dos Estados Unidos. Pois deixei o país todo renúncia e retornei à terra chamada Brasil como asilado. E se olhei como um cronista do séc. XVI, pude analisar melhor o lado da barbárie e da autofagia. E vi que a terra do Cristo sobre um morro tem braços e pernas demais.

E mãos grudentas demais. E por toda parte gente morena que ri à toa, bebe cerveja como água e briga pelo direito de tocar a fumaça do cigarro no nariz de quem não fuma. Porque o que torna esta gente irmã é falar alto, mentindo que, como latinos, os homens são os melhores na cama. Sim, retornava a este país — todo nudez, sem castigo; todo moral, sem leitura. Troquei os avanços deste Novo Brasil, que privilegia idiotas midiáticos, por um verso de Lucerna que diz que Sonreír es la peor de las cobardías. E se pisei forte às ruas, foi porque estava armado de um teorema todo meu, o de ser chato, que era a minha alternativa — quase inócua, é verdade — à perspectiva de rir por nada. Ora, podia comprar um Brasil pra mim, como fizeram todos os imigrantes. Há bastantes terras e pessoas e aqui parece razoável barganhar. Por exemplo: vou ao Mato Grosso e compro três mil colonos e planto soja e me torno mais um gaúcho esperto que desmata e planta, que planta e ganha dinheiro e, se achando rico, passa a mandar no trânsito, encarando o que seja Brasil como um miserável que lhe vem pedir moeda. Este é um país loteado, cada um faz o que quer com seu pedaço.

Na rua. Eu não achava necessário cortar o cabelo, mas ela me levou a um rapaz asiático que mudou o meu rosto. Eu era um bicho que sentava à espera da estupidez dele. Mas ele me devolveu como quem faz um carinho, segurando com respeito meu queixo, minha nuca, minhas orelhas. Fazia a coisa mais importante do mundo com precisão — barba e cabelo. Fechei os olhos e me lembrei de um filme japonês em que um agente funerário prepara um cadáver como se escrevesse um haicai. Foi uma das poucas vezes que tive vontade de abraçar alguém.

Cortávamos a calçada, e depois a via, e depois a praça ao lado da Escola Diego Carvalho. Um carro, depois outro. E me chateou parecer o indivíduo indigno da nação. Mas quanto a isso, guardava a saliva espessa, me mantendo um cara econômico e consciente de que a linguagem não desperdiça o guspe.

41. E Eudora ainda perguntou se eu tinha fome. Eu já usava as roupas que ela havia me dado e, então com um rosto, respondi que tinha fome sim. Caminhamos sob aquele dia de sol lindo e perigoso. E passamos pela frente do supermercado, sua porta automática, pessoas e pessoas, sacolas e sacolas, palavras em português mascado, dois funcionários a arrumar carrinhos, cinco táxis à espera. De dentro do prédio vazava o ronco da vida e do dinheiro, o jeito que aquela gente encontrava de ser avançada. Quero te levar num lugar, Eudora disse. Lá a gente come alguma coisa. Então me fez entrar num carro muito bonito, parado no estacionamento do supermercado. Disse a ela que eu não tinha dinheiro, e ela falou que não tinha problema, e compreendi que o Novo Brasil, além de enviar militares ao Haiti, era agora credor e me concedia empréstimo.

O carro seguiu pela Oswaldo Aranha, onde as palmeiras em fila imitavam qualquer retrato de cidade tropical. O asfalto era irregular, como antes dos dias de exílio, mas os carros brilhavam, atravessando-se um na raiva do outro. O que era revelador: não interessava a ninguém que o asfalto fosse ruim, mas que o carro, o seu, brilhasse mais que o do lado. Também os ônibus passavam lotados, e eu tinha inveja de não reclamar e, como todo mundo, calar a boca e comprar meu carro novo para o progresso buzinante das seis da tarde.

No meu relato de descobridor, apontamentos: o segredo desta gente é negar-se inteiramente brasileira, renunciar até ao nome, assinando com apelidos quando não se tem o sobrenome italiano, por exemplo. O segredo é nunca achar o Brasil, e fingir, por isso, que se é parte de outra coisa menos exótica. Porque inventaram o país quando amarraram uma corda e puseram esta gente alegre e de todas as cores dentro. Essa corda fala português e fez sexo com os índios, curou sífilis nas negras, sonhando com uma gringa com problemas para falar o ão. Cada brasileiro já nasce sabido: o Brasil só atrapalha, é o problema de todos os que nascem aqui. O coletivo é de ninguém como uma derrota.

E voltava ao Brasil, sim, depois do meu exílio mais glorioso que o exílio bonitinho dos músicos bacanas. Minha fuga foi ficar, uma antievasão que nunca engoliu degredo em Paris ou Londres. Meu primeiro exílio foi morar na casa de Izolina, atravessando a ponte de madeira renga com medo de cair no esgoto. Tive exílios diários almoçando o angu do Jacinto, sempre assustado com seu desespero de enfiar nacos de pão na boca sem deixar de olhar para o prato de comida. Depois, vivi o exílio do colégio público, suas frestas no teto e no soalho, o mingau de aveia para enganar a merenda e o livro didático de terceira mão, que sempre me chegava todo recortado. No exílio da leitura, a viagem cósmica do Surfista Prateado. Nas brincadeiras, a guerra de homens de plástico. Na universidade, o exílio do xerox e da falta de professores.

E o último degredo aconteceu naquele apartamento pálido dos anos 50, num fevereiro em Porto Alegre. É que o Brasil não manda ninguém embora. É que este país desterra pra dentro. Estudei Letras numa universidade federal brasileira, fui quase vendedor e quase mecânico de bicicletas, não aprendi a fazer um doce convincente, mas transei com uma dúzia de mulheres que cuidavam bastante do corpo. Ah, também tentei dar aulas de Espanhol para vestibulandos e crianças de nove a doze anos. Sou tradutor do espanhol para o português.

Assumo que sou incompetente para o Brasil e sua modernidade postiça. Aqui funciona o fácil. Aqui funciona o confortável. Tudo aqui se resolve na diagonal. Mas esta gente não é má. A certos aspectos, é uma gente capaz de enviar roupas e alimentos aos desabrigados de uma enchente. O que a faz selvagem é apenas medo, ou uma necessidade colonial de sobrevivência. Então, se cogito que os nativos deste continente são ferozes por defesa, a brutalidade no trânsito parece ter lá o seu sentido. Mas nem todas as portas têm acesso livre. A orelha direita parece avisar à esquerda que ser idiota com os carros não é mania brasileira. Se quer sobreviver aqui, se quer ser rico e frequentar o clube, se pareça o máximo possível com o patrão e aprenda a rir quando não tem vontade. Um dia será preciso ensinar a esta gente que nem todos são humoristas, que humor é coisa refinada e não um bandeide para quem quer ser agradável e não consegue. Submeto os risonhos a psicanálise e entendo esta espécie de humor como recurso eficiente para enrustir os preconceitos. É a máscara preferida de quem é incapaz de encarar a responsabilidade da convivência.

Inevitável voltar. E voltava contrafeito, sem conceder anistia mínima ao Brasil, mas voltava. Eudora guiava o carro, e o triste é que, depois de perder barba e cabelo, eu voltava atrás da mesma cara.

42. só assim, o carro vencia as ruas, movimentadas àquela hora. Já havia circulado o parque e rodava pela avenida. É aqui perto, ela disse. Perto, longe — que sentido tinha aquilo? Preferi o silêncio bom e concentrado, que quase evitava o barulho lá fora. E era o filtro possível num carro, numa manhã de capital brasileira. Eudora disse que o editor tinha lido o livro. E tinha gostado. Que Reginaldo ficara relutante, mas publicaria. Com as fotos e tudo, acrescentou. Ele só achava que os textos mereciam mais tratamento. Ela me olhou e me pareceu que era uma imposição para que eu dissesse qualquer coisa. Eu disse Que cidade suja, e ela ficou esperando que eu completasse alguma coisa.

Depois de umas sete quadras, Eudora estacionou perto de um café e disse que podíamos comer alguma coisa por ali mesmo. Pessoas compravam seus pães num outro balcão, sem tempo para a vida alheia mais que um olhar perdido. Olhei para uma mesa no pátio, com exatas duas cadeiras vagas, e julguei por isso que eu podia suportar aquilo. Eudora pediu café, pedi também. Pediu pão de queijo e, como fiquei em silêncio, me perguntou se eu não ia comer nada, e eu ia repetir que não tinha dinheiro quando gritou Dois pães de queijo.

Adoçávamos os cafés, eu comia o meu pão, quando revelou que o editor queria me conhecer. Eudora me tirava do meu país e queria me publicar no estrangeiro. Mas eu já adivinhava que a anistia brasileira cobraria cartilha de como me comportar. Bebi o café, já sem vontade de falar. Entendia que Eudora esperava que eu dissesse algo, mas eu olhava para o chão, um chão montado com pedras em mosaico, e simplesmente só queria mastigar e mastigar o pão de queijo. Depois olhei para o outro lado da rua reconhecendo o erro de retornar a ser coisa que participa. Fazia novamente parte do azul, do verde, do marrom. Dali a pouco poderia voltar a ser cobrado por aquilo de estar sentado num café sem ânimo de responder a pergunta alguma. Olhava para Eudora e me reconhecia. Inevitavelmente me achava em cada coisa que, não sem intuir a rendição, voltava a compreender.

— Vamos publicar, e não quero ouvir nada em contrário.

Eudora me pegava nas mãos como se aquilo de publicar fosse uma amputação necessária. Publicar, público, povo, pueblo, populus. Eu entre as pessoas. Eu, mancebo de madeira envernizado. Eu, poemas sobre um alicate, sobre um tapete, uma tampa de garrafa, e sob uma saraivada de olhares quando respondesse É, só escrevo sobre isso. Eu sem música de telenovela, sem opinião sobre o campeonato brasileiro. Eu achando o Chico Buarque chato. Eu sertão numa terra de fartura.

— Tuas unhas estão grandes, hein?
— Tenho lido muito.
— Não sabia que ler fazia crescer as unhas.
— Olha só: estão grandes as unhas só da mão direita. É que não tenho um cortador.

— Quer que eu corte pra ti?

— Não. Só quero outro café. Quero com leite.

Como o garçom demorasse em conversar com uma senhora, Eudora foi até o balcão e pediu a um sujeito de avental. Conversava com ele, quando um homem careca apareceu e a cumprimentou. E desde o momento em que vieram à mesa eu sabia quem ele era, ainda que nunca o tivesse visto.

Apertamos as mãos, falamos nossos nomes, e Reginaldo foi chamando o garçom, que já trazia uma cadeira, e pediu um café e mais algumas coisas cheias de detalhes que sua figura imensa, demasiado perfumada, ia borrando. O editor: um homem de mãos muito brancas, como que lavadas a cada instante. Comentava impressões sobre o livro. Fiquei olhando a pasta que ele colocava sobre a mesa. Abria uma boca de lábios salientes, inflados e descamados. Lembrava um peixe em asfixia.

— Vou ser bem direto: até gostei dos textos e das fotos. Sobretudo da ideia de um livro dinâmico, que sai da mesmice. Na verdade eu tinha decidido nunca mais publicar poesia, porque não vende. Poeta só me dá prejuízo. Vou publicar porque ainda devo muito a Eudora. Mas vou precisar encaixar o livro numa coleção.

Ele me explicava. Era estranho: eu comia um pão de queijo e bebia o café com leite que me tinham sido pagos, tinha os olhos baixos e vestia uma calça jeans e uma camisa polo compradas por Eudora, e o editor me explicava. Via-se que devia mais que roupas novas e três ranchos a ela.

E Eudora puxou os poemas da pasta. Foi então que Reginaldo disse que precisavam de alguns ajustes, para ficarem mais claros. Prático, ele: procurou pela imagem e mostrou, com uma voz demasiado doce:

— Este aqui, por exemplo, pode ler?

Eu li:

manual de futilização

A pomada antirrugas
se acha a mais bela do armarinho.
Imperando sobre botões de camisa,
tubos de creme dental
ou tabletes de veneno pra mosquito,
é ela, com sua cútis de prata,
a preferida dos espelhos.

Mas não fala a pomada
sem que se derrame
ou se ria
e se encha de ruas
que só levam a um lugar comum da velhice.

Com sete dias fúteis por semana,
a pomada mal conhece que,
em nome da beleza,
sua carne se esvaza,
sua pele se murcha
na mesma agonia das frutas com calor.

Até que um dia
uma misse de plástico a transforma
primeiro em memória
e depois em mais nada.

Ele pegou o texto:

— O título não dá. A palavra *futilização* não funciona, entende? Parece que não encaixa no ouvido. Pensei algo do tipo *Miss Plástico*. Também *frutas com calor* é ruim. E *misse*?, pra que este "e"? O leitor presta mais atenção no "e" que no resto. É um "e" com pinça, não é?

Ele riu, e a risada me pareceu pavorosa. Era uma risada publicitária, doente.

— Também a foto não diz nada. Não fiquem pensando que o autor deixa o texto e eu publico sem ler. Sou que nem editor americano: quando estudei no Texas entendi que, nos Estados Unidos, editor que se leva a sério contribui, é coautor de tudo o que publica. Li poesia a minha vida inteira e sei do que estou falando. Já arrumei até os versos da Lorena Martins, que parecem surgir naturalmente inteiros. O que acontece é que ninguém mais lê poesia. Então a coisa tem que ficar mais ou menos clara. Fiz várias considerações no texto e quero que vocês vejam. Este do ralador é ruim. Pensei no ralador, depois olhei a foto:

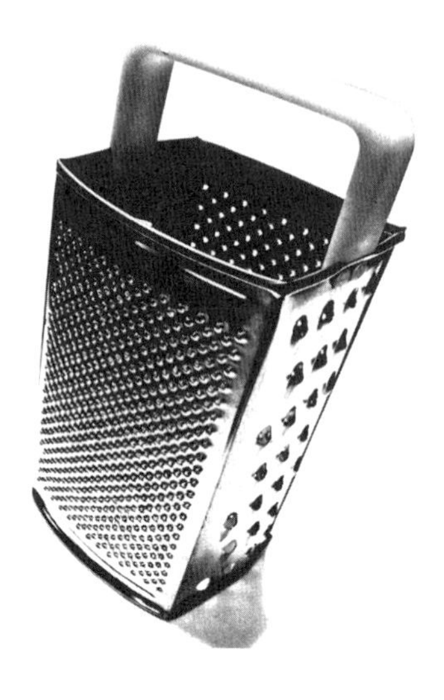

— Um troço com tanto potencial. Acabei achando o texto, sinceramente, raso. Pode ler?

Eu li:

um ralador e meus dentes
O fim de um ralador
vem pelos dentes,
arado sem sede ou fome.

Ele me interrompeu:

— Essa primeira estrofe, tudo bem. É sutil, e a falta de sede e fome funciona como um sinal de velhice, de esgotamento. A coisa estoicista do tempo fica bem marcada. Mas depois parece que falta alguma coisa. O leitor fica desamparado.

Pensei numa estrofe que mostro depois. Lê primeiro a sua segunda estrofe pra nós.

Eu li:

Caídos meus dentes,
escolho morrer a restar
velho ralador que se horta de ferrugem,
ocupando o posto de um inox
sem fatiota de cromo ou prata.

— Veja, falta algo antes. Eu aconselho não ir direto à sua segunda estrofe, que tem algo muito bom — este *se horta de ferrugem*, que cai bem no ouvido. Também nessa estrofe eu inverteria o *cromo* e a *prata* e acrescentaria um último *de*, por questões de paralelismo. Ó: *de prata ou de cromo* soa melhor, e evita o eco *prata* com *fatiota*. Mas depois, falta algo novamente. E aí você atira o leitor numa estrofe final que, certamente, ele não vai entender. A leitura fica uma tarefa aborrecedora. Leia o fim, de supetão.

Me passou o texto, e eu li:

Prefiro morrer nos elefantes:
meus dentes que ensinem o caminho.

— Agora escutem só o poema inteiro, com os acréscimos que eu pensei. São duas estrofes novas, mas que fazem toda a diferença:

Ele leu:

um ralador e meus dentes
O fim de um ralador
vem pelos dentes,
arado sem sede ou fome.

Morrer pela boca, no entanto,
é anterior à legislação
das dentaduras e pontes.

Caídos meus dentes,
escolho morrer a restar
velho ralador que se horta de ferrugem,
ocupando o posto de um inox
sem fatiota de prata ou de cromo.

Não nos jogam fora
por obrigação da história.
Mas acabar é um passo atrás.

Prefiro morrer nos elefantes:
meus dentes que ensinem o caminho.

— Ficou melhor, não ficou?

Não sei se tinha ficado. Ele falava coisas sobre o poema, sobre os efeitos que propunha. Parecia humorado, colocando o riso onde o riso não cabia. Me interessava era saber se ele tinha razão pelo modo impositivo como ria ou porque eu tinha fome.

— Este, dos prendedores, é bom, tem enredo. E, porque é narrativo, facilita para o leitor, que quer história. E a foto é magnífica. Aqui vocês acertaram. Leia pra nós:

Eu li pra eles:

Prendedores

Não gostar dos prendedores
pelo que eles se esfingem
é um motivo.

Os prendedores no varal
têm a simplicidade dos chapéus de palha:
nada de plástico colorido
— apenas madeira e metal.

Sei do vento a roer seu corpo de pau
sob a inflação da chuva
ou recessão do sol.
Defumado enfim por mormaços
até o metal descaramuja.

Mas não com esses:
eles são de uma época
em que ela veio amamentar a casa
e punha nossas roupas para secar.

Até que ela saiu
e levou todas as peças de roupa,
inclusive dos varais.

— Mas eu acrescentaria um verso, depois de *mas não com esses*, ó: *parecem segurar o que não esqueço*. Veja bem, esse verso prepara o leitor para a simbologia do varal, dos prendedores "de mãos vazias". Aliás, *mãos vazias* parece melhor título que simplesmente *prendedores*.

Eu não olhava para Eudora. Apenas fixava os textos impressos, os riscos vermelhos, a plástica e os recortes. Reginaldo mostrava outro.

— Mas tem este aqui, dos clips. A foto não funciona e de novo me aparece esse "e" onde não precisa. *ClipE* pra quê? Mas o poema é um tapa na cara dos professores. Tudo funciona neste texto. O título é de efeito. O leitor pega o poema e já no título pensa Puta, este escritor me fodeu!, e tem que ler o resto. Olhem, é bom, muito bom mesmo, de se colocar na contracapa. É tão bom que eu não tenho nada a acrescentar. É simplesmente um poema que eu queria ter escrito. Leia.

Eu li:

aula aos clipes de papel

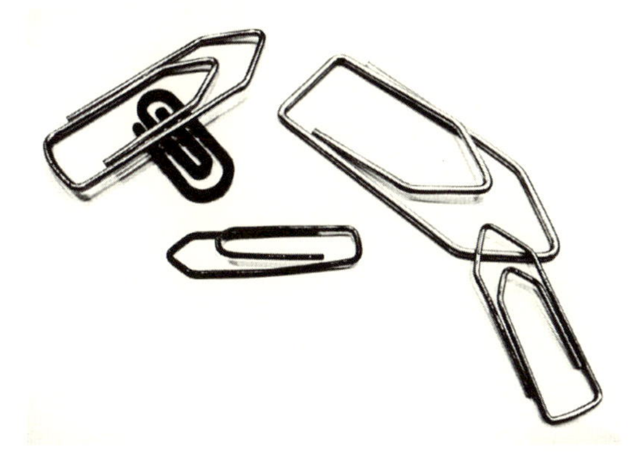

Dou aula aos clipes de papel
para que toquem trombone,
para que matem o minotauro
no fim do arame.

Para que aprendam impassibilidade,
no intercâmbio com anzóis.
E para que expliquem às fotografias
o que elas andaram perdendo em cumprindo um papel,
pois é — dou aula sem distinção de série,
altura ou metal.

Dou aula sob o risco
de que os clipes escrevam sobre si mesmos
ou sobre quem os descreve.

Só não dou aula como me deram:
para que eu não fosse além
de um sujeito que se dobra
e apenas ordena matéria alheia.

Desviei de Eudora. Olhava silenciosamente a cara sem brilho de Reginaldo. Ele ainda sorria de alguma coisa. Não sei se encontraria o riso quando rir fosse realmente indispensável.

Capítulo XI
Uma mãe

No armazém, e acabou um livro de Maiakóvski. Identidade na mão, Ademar olha o rosto do Narrador. Tem vontade de se despedir de um sujeito tão bom.

Mas Ademar também é um sujeito bom. Por que saiu com o Steve para roubar é assunto complicado demais para uma ficção curta. Digamos que foi por causa de uma propaganda em que o sujeito em vias de desaparecer volta a ser notado quando compra o carro novo da fiat.

Ademar não consegue se livrar da identidade do Narrador. Há quatro folhas no talão de cheques de Pedro Vicente: usou uma e não conseguiu mais, temendo que o cheque retornasse à conta do tio. Precisava comprar uma lavadora de roupas nova para Isabel e a boneca que faz xixi para a Felícia. Aquele dinheiro se foi quando comprou óculos escuros e um relógio. Alivia que o nome de Isabel já não apareça no caderninho do armazém, que agora também é livraria. Queimar os cheques na churrasqueira, sim. Mas prefere a identidade guardada na carteira.

São sete horas. Baixa a grade de ferro. Vai à pia e lava as mãos. Pega pão, leite, queijo e mortadela. Um pacote de salgadinhos e uma coca-cola dois litros. Cheira-se embaixo dos braços. Não está tão fedorento que precise banho. Por isso vai direto para a casa de Isabel. Ela quer ler Adélia Prado. Antes, ele vai até o baleiro e faz um sortido de agradar criança.

Jantam sanduíches de mortadela e queijo. Isabel come dois e bebe café com leite. Ademar e Felícia bebem coca-cola.

A coca é preta porque se esconde. É que nem o teu rabo fininho, que eu já vi, a menina diz, de lado. Você veio de uma revista, onde deixou um buraco, que é seu fundo. Foi o Narrador que o recortou pra mim.

E ele me recortou com tesoura?

Mas olha como te recortou tão bem!

Bebem muita coca-cola.

E o que tu quer ser quando crescer?, Ademar pergunta.

Qualquer coisa. Só não quero que me recortem. Gosto de ser inteira, com fundo e figura.

Por que tu lia tanto e agora não lê mais?

Porque sabia que você viria. Só não sabia que chegaria já avariado.

Avariado?

É. Versos são avarias. Você vinha inteiro, mas alguém o assaltou no caminho. Não sabia disso, Seu Mickey?

Durante o tempo em que está à mesa, Isabel mantém os olhos nele. Depois Isabel lhe pergunta pelos pais. Mas essa não é uma conversa que rende muito: Ademar diz que a mãe, irmã do tio, foi embora com um caminhoneiro pro Recife. Marcelina, o nome dela. Mas ninguém recebeu mais notícia dela. Tem também avô materno. O pai ele jamais soube se era o tal pernambucano. Ademar foi criado no armazém com o tio. Aprendeu quase tudo por lá.

A Felícia:

Por que você não é fiscal de trânsito?

Eu?

Não sabe soprar o apito?

Isabel mexe o café com leite. Tira nata com um garfo.

Tua história parece sem graça. É infeliz demais, a Isabel diz.

Eu sei. Mas quando alguma coisa que eu lembro parece feliz eu penso que é um livro ruim, ele diz.

Por que não escreve?, ela diz.

Porque ele é rato, a Felícia diz. Por isso ele só pode ser fiscal de trânsito se aprender a soprar o apito.

Ademar pensa que poderia ter escrito todos aqueles poemas que leu, não fosse o fato de já os terem escrito. Cada vez que lia, encontrava o que queria escrever. E cada vez que lia, descobria tudo o que já não poderia escrever.

Que acontece depois que o mundo acabar?, a Felícia diz.

O mundo começa de novo, ele diz.

Terminei, a Felícia diz, sempre de lado.

E salta da cadeira para assistir à televisão. É um desenho animado, pela gritaria dos personagens. Isabel pede que a filha diminua o volume — e isso sem tirar os olhos de Ademar.

Depois, ela deixa a mesa e vai levando a louça para a pia. A cabeça dele ainda transparece lembrança e mistura. O tio o leva ao dentista: três obturações e muito choro: quando chegam em casa, o tio abre uma melancia para o sobrinho comer só com o lado direito da boca. Ou Ademar no banheiro: termina o que tinha que fazer: Deu, tio, ele grita: e o homem entra: Ademar apoia as mãos no chão para que o tio Erni o limpe e dê descarga.

Agora o tio não o incomoda mais. O homem só o olha com uma cara renovada e desafiadora, dizendo que não sossega enquanto não ler toda a poesia do mundo. Mal Ademar acorda e lhe pergunta se já leu isso, já leu aquilo? O tio Erni está lendo Benedetti. Ademar gosta da ideia e aceita o desafio. Mostra que está lendo Ferreira Gullar.

Quê?, a Isabel diz.

Uma mãe, o tio, que ele responde.

43. — E a tradução, como anda?

Reginaldo perguntava pelo *Arena viva*. Eu disse que ainda não tinha terminado. Ficou em silêncio, esperando mais alguma coisa que eu não tinha a dizer. Reclamei da demora do café.

— É que o prazo já estourou há bastante tempo. Recebeu adiantado, não recebeu?

Era o Brasil. Anistiando e pegando carona para me cobrar, o país ria com os cantos da boca apesar de nada haver de engraçado no café. Não me cobrava diretamente, mas de modo hipotenuso, como um coronel e sua propina. E eu sentia falta de não ter um chapéu de palha pra tirar da cabeça em sinal de obediência.

— Recebi.

Sim, senhor. E em silêncio. O garçom trouxe os cafés. Fui servido por último. Reginaldo olhou para Eudora. Abria pacotes de adoçante, falava com ela sobre outros projetos e algumas leis e novos equipamentos. Eu adoçava meu café como um estrangeiro que detém 10% do idioma. Alisava a colher. As colheres sempre gostaram de mim. Me procuravam como cachorros. Eram companheiros da guerrilha que vinham perguntar se eu tinha um plano. Tinha: meu plano era tomar aquele café com leite e responder às perguntas necessárias para pagá-lo.

— Bom, fico aguardando a tradução. Já é projeto passado.

— Preciso de uns dias.

— Mas tem outra coisa — e ele ficou mais risonho, buscando como dizer. Olhava para Eudora. — Eudora me contou do poema do Carpinejar, então passei as primeiras provas da tradução para um professor da Federal. Se chama Daniel Conte, é especialista em Lucerna. Ele leu, ia fazer a apresentação do *Areia viva*, mas disse que encontrou vários problemas na tradução.

Eu tinha sido aluno do professor e já imaginava quais os problemas. Não os tinha tão isolados, mas embaralhados na memória do texto. Ainda assim perguntei:

— Problemas de vocabulário?

Ele olhou para Eudora, segurando a mão cúmplice de Eudora.

— Também. Mas ele disse que há passagens que não existem no original. Então fico imaginando se você não inventou diálogos e cenas.

— Bem, é a concepção dele sobre tradução. Convidou o professor para apresentar ou analisar o texto?

Reginaldo deixou de sorrir. Eudora me olhava, e seus olhos pareciam dizer que, naquele país, empregados não falavam com patrões daquele jeito. Gente como eu tocava boi, curtia o couro no sol e, numa pausa ou outra pra cachaça, cantava alguma modinha de bruto.

— O professor disse, por exemplo, que Lucerna nunca dialogou com Jacques Cousteau sobre tubarão algum. Pelo menos nas memórias do Lucerna não aparece essa conversa. Tenho o original aqui e até marquei o trecho. Tem o poema, que você não traduz.

— Diz ao professor Conte que vocês não escutaram o diálogo. A conversa não era para ver. Quem a escreveu escreveu pouco. Eu não quis pôr uma nota de rodapé explicando que o francês era Cousteau. Preferi uma hipálage. Todos os relatos sobre Lucerna estão escritos sob hipálages, mais ou menos como nesse poema aí dele:

Los tiburones nicas
En el Cocibolca,
un tiburón platicaba con otro:
"Vos caballo, llego primero a Blufields."
El otro contestó: "A ver: ¡soy plátano macho, caballo!"

Y iban a pelear cuando llegó el extranjero:
no sé si platicaba así y cosa así
o s'il vous plaît en el rendez-vous.

Los tiburones fijaran al extranjero
y pelearon por comerle la lengua.

— Se o povo lutou pelos tubarões, se apedrejaram a pesqueira japonesa instalada por Somoza no rio San Juan del Sur, é porque Lucerna um dia escreveu sobre isso. Ele não aceitava que os tubarões do lago, que tinham o nome de *Carcharhinus nicaraguensis*, passassem a ser, pela boca francesa de Cousteau, *Carcharhinus leucas*, um tubarão genérico, o cabeça-chata que matou surfistas no Recife, por exemplo. Então apenas faço reforço poético quando imagino que o Professor pode ter sugerido o inverso: os tubarões não vieram do Caribe, pelo rio San Juan, ao lago Cocibolca; fundiram-se ao lago, crioulizaram-se e saíram, pelo mesmo rio — nem tubarões de um nem de outro lugar —, do lago para o mundo.

Reginaldo parecia atingido, reclamando de que eu tinha inventado tudo, até os nomes científicos dos tubarões, para mascarar aquela teoria toda.

— Não aceito a invenção de uma conversa entre Daniel Ortega, Lucerna e Cousteau, disse. Quero fidelidade ao texto original.

— Acredito na tradução criativa. Não preciso decidir entre ser fiel ao que diz a língua de partida ou ao que se quer dizer na língua-alvo. Me acho na fronteira de não ser nem um nem outro sendo os dois ao mesmo tempo. Como todo tradutor, sou um sujeito migratório e não sei se a palavra Brasil tem menos letras que a palavra Nicarágua. Se facilitamos em tudo por aqui, pensei em fazer o texto se adiantar, dizendo do nosso jeito, que é mais inventivo, sem deixar de ter caracu, como os nicas. Foi o que Baudelaire mais ou menos fez com Edgar Allan Poe.

Reginaldo olhava para Eudora como a perguntar Que Baudelaire, que Allan Poe? Tive vontade de rir, caballo.

— Entendo isso como um disfarce para publicar um texto teu, e não foi o que pedi. Gosto de tradutor que traduz o que peço. Cada pessoa é habilitada para uma determinada função. Quando se aventura em outra é furada, porque pra tudo existe um jeito certo de fazer. Para traduzir é simples: não se pode inventar. Por isso vou avisar agora: entregue a sua versão semana que vem. O prejuízo já está feito mesmo.

Vou encomendar outra. Publico a que o professor Conte achar mais adequada.

— É melhor para a tradução que haja várias traduções.

Estava quente. Eu suava. Eudora também. E entretanto a grande cabeça nua de Reginaldo nem brilhava. E foi de repente. Vi a coisa mais curiosa daquela manhã. Mas Reginaldo puxou outros textos da pasta e espalhou pela mesa. Falava de livros que viraram filmes e depois de filmes que viravam livros, aquelas coisas que vendiam. Dava aulas de editor, montava teorias de mercado sobre o livro e fazia reparos às fotos. Os poemas, todos, tinham marcas de caneta grossa, ressalvas de editor americano. Sua mão com relógio prateado dançava de um lado a outro sem deixar de ser rude. Entendi que ele não acreditava naquele livro. Era só uma coisa colorida.

— Podemos publicar para setembro, ele disse.

— Publiquem então, eu disse.

Eudora me olhou.

— Não precisa o meu nome no livro.

Eudora parecia desamparada. Conhecia as leis do meu país. Sabia que eu não recuaria e naquele momento não poderia mandar em mim porque era mandada por Reginaldo. Ele não entendia, mas já voltava a fazer riso no canto da boca. Falou que os reparos eram para o bem do livro. Respondi que fizesse os reparos que quisesse. Suprimisse e até acrescentasse poemas. Não era aquela a questão. Eu tinha sido pago por um trabalho. Bem, o trabalho estava ali. Propus o nome de Eudora, depois o do próprio Reginaldo e por fim sugeri um pseudônimo. Reginaldo aceitava: que eu inventasse o nome então. Queria uma versão corrigida do livro com urgência.

— Em quinze dias, tá bom? Conseguem me entregar o livro dentro desse prazo?

O editor pegava no braço de Eudora, com a caneta vermelha, que interferia. Ela respondeu por mim. Olhei para o Reginaldo e lembrei o que eu tanto queria perguntar, mas ele continuou:

— Precisam pensar num título. Pensei um verbete explicativo como subtítulo — "a poesia tira retrato". Vou pensar num título daqui, vocês pensam daí. Seria interessante também que você desse uma entrevista sobre esse negócio de ficar trancado em casa por meses pra escrever o livro, porque é esquisito: numa época em que todo mundo está no facebook ainda existe gente que se esconde.

Me olhava, com aquele riso perdido.

— Eudora disse que você é uma pessoa escorregadia. Não gosto de gente sem prazo. Por isso prefiro escritores funcionais. Mas seu texto é bom. Precisa adiantamento?

A propina que alisa mostrando os dentes. Respondi que não. Reginaldo levantou-se para que o garçom o visse e mostrou um cartão de banco. Olhei firme pra ele e perguntei o que eu tanto queria perguntar.

— Me diz uma coisa, Reginaldo, é uma curiosidade.

Ele me olhava.

— Isso no teu rosto, essa coisa que não brilha, é base?

Ele pareceu atingido. Disse que usava protetor solar. Tentou um riso, mas não parecia preparado para um humor fora do esquema. Permaneceu me olhando, buscando qualquer coisa que o livrasse do aturdimento. Não achou e então me cobrou mais uma vez a tradução do Lucerna. Desviou para Eudora. Depois pareceu irritado com o garçom, foi pagar a conta no caixa e saiu muito rápido, dizendo que tinha outra reunião.

Eu e Eudora saímos em silêncio e foi quando ela me perguntou se eu precisava ter dito aquilo. Fazia muito tempo que eu não ria, e preferi perguntar a responder:

— Acha que fui leviano?

— Leviano? Por que pergunta isso? Aquele poema dos tubarões não existe?

— Existe, não escutou?

— Mas então não é do Lucerna.

— Mas vai acabar sendo.

— É leviano sim. Muito leviano.

— Que bom.

44. significaria que era tempo de remar com panelas. Estivemos na delegacia. Eudora não me deu chances de argumentar: haveria eleição em outubro, e, se eu não votasse, perderia meus direitos civis. Quis desdenhar daquilo tudo, mas me vi sentado num banco de madeira, assistindo à Eudora, que brigava no balcão. O policial me olhava com um riso num dos cantos da boca. Uma mulher fazia tudo por mim, sim. Se eu era homem?, não, não era. Era um filho da puta, segundo determinação de uma delegacia do Centro. Mas calasse a boca e fizesse o papel que Eudora exigia. Direito meu, ela falava, e já reclamava do policial, que anotava num papel, ironicamente, o endereço da corregedoria. Eudora cobrava um boletim de ocorrência, e ele foi digitá-lo de má vontade. Perguntou meu nome. Eu disse. Queria números de documentos que eu nunca soube. Achava que eu estava brincando. Então puxou do computador dados numéricos e quis que eu confirmasse. Pediu que eu descrevesse os ladrões. Imaginei o Steve Jobs comendo a maçã, com aquela cara de gênio dos trouxas. Para o Mickey pensei no rapaz crespinho que no filme *Lagoa azul* desvirgina a Brooke Shields. Perguntou o que tinha sido roubado e fui lembrando o mais importante. Ele não acreditava que um sujeito fosse tão idiota para levar numa pasta todos aqueles documentos e prestar queixa quatro meses depois. Queria o que mais? Eu já tinha sido declarado filho da puta. Assinei. Eudora não agradeceu.

No carro ela parecia mais calma. Me falou coisas de ciúme do editor comigo. Tinham sido namorados, era evidente, mas ela não disse. Como também era evidente que, quando convinha a ele ou ela, dormiam juntos. Eudora parecia preocupada com o prazo e com a questão da autoria. Era bonita dirigindo séria, mecânica. O rosto pontudo. E eu me ocupava com Reginaldo e sua boca rotunda de peixe. Para tudo existia então um jeito certo. Para traduzir, não se podia inventar, era isso?

— Já viu, Eudora, que nos filmes sempre as pessoas têm a técnica específica para as atividades mais estranhas?

— Já.

— Existe um jeito para se plantar tomate, um jeito de se fazer churrasco, um jeito de se pintar parede. Mas eu e o Jacinto, a gente de vez em quando ia pescar. Os caniços do Jacinto eram só dele. Eram os certos, entende? Eu amarrava linha e anzol de qualquer jeito. Colocava boia a várias alturas, sem critério. Eu usava minhoca como isca indiscriminadamente para qualquer peixe. Eu experimentava, simplesmente. E ia ajustando daqui e dali até dar certo. Porque de vez em quando, por insistência, ou eu acho que era acaso, algum peixe se interessava pelo meu anzol e não pelo dele.

— Por que diz isso?

— Porque acho que muita coisa dá certo assim.

Eudora escutava. Pegava a minha mão, entre uma marcha e outra durante o trajeto, às escondidas, como mão de amante. Olhava as mãos de Eudora, mãos de brinquedo, e me devolvia ao Brasil com desejos de dizer por dizer algumas frases agradáveis. Tinha agora uma atração pelos botões da camisa de Eudora. Ela guiava uma outra pessoa.

(Durante uma semana dormi tentando um pesadelo: revia os botões das roupas de Eudora e os punha em movimento, apenas botões, botões sem mulher que vestir, botões a me perseguir por tudo. Eu no banho, eu na masturbação, eu sentado no vaso, ou me limpando, olhando o papel sujo e calculando a distância até o cesto de lixo. E os botões de Eudora, como umbigos pregados às paredes, me olhando. Mas não consegui ter esse pesadelo. Os botões só apareciam num contexto muito asseado — como um copo de vidro repleto deles, um fundo de piscina, botões de caramelo. Era um contexto que, no sonho, eu achava muito bonito e que me dava, ao acordar, um desespero doido de pular a janela e correr pela quadra. Mas então o mancebo — cheguei a suspeitar que eu era o mancebo dele — me levava a escrever, e tudo se acalmava.)

Ao sairmos do café, Eudora me tinha perguntado se eu tinha algum registro de firma. Achava que sim, no cartório perto do exército. Adivinhava que Eudora me levava para lá e o que queria. Mas já não tinha forças para reagir.

— Não é justo publicar sem o teu nome.

— E se o que escrevi fosse uma tradução do Lucerna?

— Se fosse...

— Por que não? Se ele escrevesse em português, neste país sem sangue, escreveria sobre o que escrevo. Sobre o dilema das coisas. Sobre tragédias emprestadas. Ou então faria outra revolução só para ter algo melhor sobre o que escrever.

— Pensou no título?

— Difícil. Qual o livro de melhor título para ti?

— *Cão sem plumas.*

— É ótimo. Leveza na ausência. Gosto muito de *Labirinto com linha de pesca.*

— De quem é?

— De ninguém. Imagino títulos, assim, clandestinos. São utopias. Mas para mim o melhor mesmo é *Cuerpo a tierra*, de José Mendoza.

— Traduz.

— Difícil: cuerpo a tierra é uma expressão militar que chama para a luta. Algo como "todos pro chão!".

— E o título do nosso livro?

— Só me ocorre um título ruim.

— Qual?

— Se não me vier outro melhor, te digo depois.

Eudora parou em frente ao prédio cinza e pediu que eu entrasse com ela. Era o cartório. Tudo muito confuso, palavras que Eudora ia entendendo e que eu, apenas respostas, não atingia. Eudora explicou que, para que eu lhe desse uma procuração, precisavam reconhecer minha firma. Que esperássemos sentados no sofá. Um secretário faria o documento.

— Vou resolver as coisas para ti. Mas precisa assinar. Com a procuração eu me torno tu.

— Queria o contrário.

— Não entendi.

— Queria assumir a tua identidade e virar judeu. Como que eu faço para ser judeu?

— Como é que é?

— Quero ser judeu. Andei pensando nisso.

— A condição judaica não é opção, é família.

— E se o meu pai foi judeu?

— Pouco importa. Quem dá a condição judaica é a mãe. Tua mãe poderia ter sido judia?

— Duvido. Mas então um cara qualquer não pode ser judeu?

— Acho difícil. Teria que se converter integralmente.

— Me converto, pronto. Cansei de ser brasileiro. Já não gosto de carne de porco mesmo. Pede para eles fazerem um documento aí que eu assino.

O secretário chamou Eudora, que foi até a mesa dele. Eu não tinha firma registrada com eles. Olhavam para mim. Eudora explicava coisas. Ele foi assaltado, levaram tudo, não tem documento algum. Mostrou o papel da polícia. Me acostumava com Eudora. Mesmo sabendo que conviver enchia o saco, já começava a achar aquilo normal de novo. Às vezes tudo cansava e achava normal encher o saco até de mim. Então eu adotava ideologias sobre as quais eu tinha mais preconceito. Talvez fosse o caso. Olhava para ela e pensava que aquela moça clara podia assinar um papel qualquer e me fazer judeu. Eu já tinha experimentado a errância antiga de não ter pátria e se espalhar pelo país dos outros. Converter-se integralmente? Eu era mais judeu do que Eudora era judia. Queria apenas o papel que me desse pela frente a consciência de um passado de perseguição e a perspectiva de me olharem enviesado por ter sido parte do povo escolhido. Já era vasectomizado e tinha perdido a chance de ter feito circuncisão. No resto, era judeu integralmente, sem pátria integralmente, perseguido integralmente, falando outra língua que não fosse a do país para onde retornava.

Eudora me chamou no balcão. Explicaram que eu precisava da identidade. Bastava a certidão de nascimento para conseguir a segunda via. Eudora me olhava. Disse a ela que não tinha a certidão.

Saímos, e Eudora disse que uma assistente social poderia me fornecer os documentos a partir de uma certidão de nascimento. Temi aquilo, e ela sugeriu que eu fosse ao cartório onde tinha sido registrado. Eu não sabia onde.

— Então acho que tu vai ter que procurar a tua mãe, ela disse.

Quando voltávamos ao carro, perguntei de novo como faria para ser judeu. Eudora não gostou. Disparou uma série de rememorações de sua família, mãe e pai vivos, avós desaparecidos na Hungria — as dificuldades, os preconceitos. Ora, virar judeu. Disse que eu podia me incomodar com uma frase daquelas. E perguntou ainda se eu era antissemita. Dei um beijo num canto da boca de Eudora. Ela já dirigia e se assustou.

No caminho, estacionou em frente a um mercadinho. Disse a ela que ia esperar no carro. Ela buscou duas sacolas. Voltávamos ao meu prédio. Íris Silva fingiu que não nos via.

Entramos sem falar nada, fazendo pouco ruído. Eudora abriu as portas, e eu percebi que meu país já estava tomado pelas coisas todas absolutamente barulhentas. Um lugar sitiado. Eudora foi fulminante no modo como me fez sentar no sofá e entregar a mão direita. Com a tesoura, me cortou as unhas. Foi quando encarei os seios dela, por trás de tudo, e tive vontade de colocá-los na boca. Depois, ela foi mexer em panelas. Havia trazido comida e cozinhava. Procurava coisas perdidas, pedia um pano, uma colher de pau, se eu tinha. A cozinha ganhava cheiros, e eu, sentado no banquinho alto, não reagia contra nada. Bebia cerveja com ela. Eudora cozinhou bifes, de que eu quis roubar um pedaço e não consegui porque, como se eu fosse criança, Eudora me deu um tapa nos dedos. E foi fazendo arroz, salada de alface e tomate e dois ovos fritos. Fazia muito que eu não comia comida de sal. E quando começamos a comer, pareceram-me irresistíveis os bifes de Eudora, apenas em óleo e sal. Izolina fazia bifes com cebola, com pitada de açúcar, para equilibrar o tempero, imagino.

Comíamos, bebendo cerveja. E inevitavelmente um ventilador, que Eudora havia ligado, era a única coisa sem mordaça a me avisar que uma tragédia, talvez de dimensões espetaculares, talvez mínimas, estava para acontecer. Uma angústia me alertava. Porque todas as outras coisas se faziam mudas, mexendo, de quando em quando, a cabeça em tom de reprovação. Ainda mantinham esperança em mim. Acreditavam que a qualquer momento minha ironia expulsaria Eudora com uma frase genial. A cadeira se fazia incômoda. E a mesa em falso. Mas me acautelava, me diminuía, dava as costas ao mancebo. A língua era uma traidora confessa, e por isso eu comia calado. Ao reduzir meu volume, buscava reduzir minhas áreas de atrito. E era a única luta que me restava. Eudora insistia em parecer disponível como um copo d'água. E me servia.

Isto é: não precisava mais conhecer Eudora para adivinhar Eudora. Conhecia-a de antemão. E naquele momento em que pré-discutia suas melhores ideias, sabia que ao final iria renegá-las com um abano discreto de cabeça. Por essa época já tínhamos visto todos os filmes.

O banheiro, por exemplo. Eudora abandonou os talheres, levantou-se e foi urinar. Natural e silencioso como tudo o que fazíamos naquela tarde, entrei no banheiro para vê-la fazendo. Ela nada disse. Me encarava, apenas. Então abaixou as calças, abaixou a calcinha, vi o sexo pequeno, com pelos curtos, e sentou na privada. Eudora fechou os olhos e fez, Eudora se secou, Eudora subiu a calcinha e subiu a calça e fechou a calça e, sem alterar o silêncio, veio até mim e me beijou.

Largamos tudo. Restos de salada, algo de arroz, um bife disponível e cervejas pela metade. Eudora me beijava com ânsia, respirando com as dificuldades de quem corre contra o tempo. Nos empurramos para o quarto e, quando a porta se fechou, sentimos o impacto do calor naquela peça fechada como uma bolha. Beijava a boca de Eudora também com vontade intensa, como se não quisesse mais parar de beijar. Depois, mordia os botões da roupa enquanto ela falava que quase não se aguentava nos domingos e que se sentia muito sozinha durante a semana, e eu beijava a boca até que Eudora voltasse a falar, como alguém que vem do mergulho, e falava, cada vez mais baixinho. Os cheiros todos me atraíam, da comida, da saliva, dos ouvidos, do pescoço. Desabotoava a roupa de Eudora às cegas. Ela me tirava a camiseta, sussurrando. E eu já chupava os seios pequenos mas verdadeiros de Eudora. E então, tirando-lhe a calça, ela ainda falava, e mergulhei a cara no sexo molhado em cujo cheiro eu queria afogar meu nariz até respirar algo muito azedo, e Eudora se calou. Um silêncio de gente que morre se instalou no quarto por um bom tempo — era eu, uma vontade que leva pra dentro, e Eudora — até que uma ressurreição a levou a tirar a minha calça, e eu ajudava. Pegou no meu pau, encurvado pra cima, e ficou olhando. Brilhava, tão duro que me doía. Como era?

Ela disse aquilo: que o meu pau era lindo, e nem aquela frase boba me afastou do que fazia. Então deitou, abriu as pernas e me puxou, e fui fundo no sexo de Eudora, colocando força naquilo em que me entregava e que não era mais literatura. Tinha atrasos de meses, e minha carne toda queria o que estava por vir. Eudora não se segurava. Se dissolvia em água onde eu pisoteava, fazendo lameiro, e me arranhava os braços. E então me mordia e virava as costas para que eu a esfolasse viva. Minha boca percorria a coluna arqueada de Eudora, e eu a fincava por trás, com força, sempre com força, com meses de gana e vontade até explodir com uma voz que não era minha. Gozava nas costas de Eudora, caía sobre o corpo magro dela, aceitando a rendição. Meu país acabava da maneira mais natural. Uma moça judia trazia uma fruta do deserto para fertilizar a terra e respirar com dificuldade numa imagem bonita de se ver. Saía de baixo de mim, me punha de costas na cama para, subindo em meu peito, descer e recomeçar a invasão.

Naquele momento eu não estava mais na periferia de nada. Estava no meio. E tudo o que pensei, e foi antes de dormir, era que eu demoraria muito para me curar daquele dia.

45. Vasectomia. Promoviam uma campanha na prefeitura de Guaíba. A assistente social exigia que eu tivesse no mínimo 25 anos. Eu estava no limite. Mas não tinha mulher e muito menos dois filhos. Expliquei a ela o meu caso: não queria filhos, que meu sangue não era bom e duas namoradas tiveram abortos naturais e coisa e tal. Ela me aconselhou um tratamento com a médica do município, mas eu insisti, declarando um medo enorme de gerar um monstro. Se precisasse de filhos, adotaria. Assustada, me encaminhou ao psicólogo, a quem expliquei que já tinha adotado dois sobrinhos de um irmão bêbado e que vivia com a minha empregada e seus dois filhos também. Não era minha esposa oficial, vivíamos juntos apenas, mas era um pesadelo que ela engravidasse. Ele disse que ia estudar o meu caso. Esperei até o final do dia, quando me conduziram ao médico, a quem repeti a segunda história. Ele me ouviu incomodado. Depois foi rápido: me explicou coisas, como dois pequenos cortes na bolsa escrotal, um de cada lado, um ou dois pontos, três dias em casa com uma cueca frouxa, uma semana sem carregar peso nem fazer sexo. Em caso de inchaço, gelo; dor, um tylenol. Pediu algumas coisas pro enfermeiro negro, enquanto me mandou tirar a roupa.

Deitei numa maca.

Lembranças fortes: a garagem na casa do Conrado, e ele comanda a reunião dançante. Seus pais viajaram. As gurias vêm à festa na esperança de serem escolhidas pelo meu amigo bonitão. Minha natureza é mais perigosa. Discretamente peço que ele toque as lentas, e ele ataca de Guns n' Roses. Sei que ele me pedirá um halls preto para ficar com uma das gurias do terceiro ano. É certo, porque ele é o tubarão. As outras ficarão feridas, e eu serei o peixe-piloto das aulas de Biologia: meu nome é Náucrates e a minha técnica é o comensalismo — ataco as gurias que ficarão desnorteadas. Começo por dizer que o Conrado é assim mesmo: escolhe uma e vai. (A vontade era de simplificar: há dois tipos de homens — tubarões e náucrates; há mulheres para uns e outros. Prazer, me chamo Náucrates.) Depois digo à menina rejeitada que nunca ficará com ele, ela não faz o tipo do tubarão. Sempre funciona: sou o rapaz querido, que fala o necessário, que olha para aquilo que o grande olho do tubarão desperdiça. Agora Conrado está de beijos com uma algoz, e converso com uma guria do segundo ano, que parece tonta de tristeza olhando para ele. Ela acaba dançando comigo. O que vou dizer a ela está coreografado sob a impressão de que posso acelerar ou retardar a música. E digo tudo, exatamente a tempo de deixá-la responder a uns trinta segundos do fim. Depois é o beijo. Tarde, quando todos se vão, ficamos nós, Conrado, eu e as meninas, que já estão bêbadas, na piscina dos fundos da casa. Aquele não é um mundo com camisinha, e acontece pela primeira vez. A ideia de um filho pesa por uns trinta dias, até que uma normalidade constrangida ocupa as semanas. E depois permanece a sensação de ter matado um filho — filho, múltiplo e sempre vivo porque sem nome. Mas não matei ninguém: o filho é que, por sorte, não veio. E também a reunião dançante nunca termina, porque depois disso me torno covarde, capaz de fertilizar com os olhos. Assim que, quando o médico disse É irreversível, parecia que a música estava enfim acabando, e eu disse Tudo bem, e ele começou a aplicar a anestesia.

46. mas Eudora será paciente. Em seu governo interino, ocupará o ritmo lento e morno dos dias posteriores àquela segunda-feira até que, natural como a umidade, se estenda pelo meu país e a mágica ocorra: a terça será ocupada, e a quarta em sucessão e tudo será anexado a uma coisa só Eudora. Nessa expansão subterrânea, ele, processo, será imperceptível, assim: Eudora virá num domingo predeterminado — o dia *D*, digamos —, com cerveja ou reforços de álcool mais pesado, e conversaremos sobre fotos, fundos e figuras, sabendo que já transamos e que foi bom e que repetir parece ser o tom do momento. E seremos dois com pretensões de saber o que o outro sentiu: compreenderei a espera de Eudora por um novo gesto heroico meu, e ela compreenderá meu espírito de fio esticado ao limite. Então é provável que algum objeto tolo queira bancar o intermediário e facilitar alguma aproximação.

Uma lata de cerveja, por exemplo. Ela pode se cair e exigir que Eudora incline o corpo para pegá-la e que, inclinando o corpo, me dê pista de que os cabelos foram lavados para mim. E é assim que o meu corpo soltará uma corrida de cavalos. E a lata e a queda — digamos o evento — serão nosso álibi de segunda vez. A primeira explicamos como acidente.

Beijarei Eudora, sim. Já fiz isso, e lembrar que também já lhe beijei o sexo não trará constrangimento. O problema é o que uma mulher insiste em arrastar. Então, vítima de um desencadeamento, uma fome estranha me mostrará os dentes. E a Eudora verdadeira, aquela que conheci sem enchimentos, me arrastará ao quarto novamente. Mexerei no umbigo de Eudora com colherinha. Mas é só depois que o golpe se dará.

Chegarei ao banheiro e haverá antes de tudo o odor de gente que não eu. Depois atravessarei fundo o olhar das visitas — escova de cabelos, escova de dentes, creme dental para dentes sensíveis, xampu e condicionador.

Eudora se arrastará até quinta. Lavará as suas e as minhas roupas. Horrorizará meus olhos recém-acordados com peças penduradas ao varal. Calcinha e cueca. Blusa sem mangas, azul, e camiseta verde com paisagem de praia. Sairá com uma camiseta minha. Na sexta terá uma reunião no trabalho, ou contas a ajustar com pessoas. Mas em verdade sei que estará agindo nela a necessidade de pertencimento ao mundo. E levará muito lixo para humanizar o que deixa. Voltará no dia seguinte, e no seguinte. Cada vez estando menos dentro. Cada vez trazendo um resto de chão diferente. E não me darei conta de que, sob a cama, Eudora sustentará uma criação de sapatos. E que lentamente a poeira da casa não será mais composta em maioria pelas minhas células mortas. E que também no guarda-roupa haverá volume demais para um homem sozinho e sem caprichos.

E ainda assim talvez não me dê conta de que o motim já houve, que o comando foi tomado e não se exigiu resgate. A partir daí estarei morando no espaço de Eudora. Não terei mais onde me fechar. Eudora se apoderará da semana inteira.

Quando Eudora quiser falar de coisas que não me dizem respeito, estarei automaticamente falando. Participarei do que não me pertence, com vergonha de defecar e deixar meus rastros. Terei de usar as roupas novas que Eudora comprar. Ela me apresentará ao pente. E o mundo ensolarado poderá dizer que jornais nas janelas são inúteis. Pois Eudora arrancará os jornais, limpará as janelas, removerá a gordura das vidraças. Trará um sol debochado e vitorioso para ocupar meu sofá durante os domingos. Escutarei a gargalhada gorda, interminável, do mundo.

Passará um ano, e discutiremos uma vez por semana. Desejarei ver vaginas diferentes, de mulheres diferentes, uma dúzia de mulheres de idades e cabelos sortidos. Pensarei em transar com todas elas para anotar se gemem, e como gemem.

Mas imaginarei homens de tanga para Eudora também. Ela ficará trombuda e eu ficarei trombudo. É provável que eu bata nela e não me arrependa. E é provável que ela me perdoe dois dias depois. Ou pode ser que ela me surpreenda dormindo e me fira. E é provável ainda que volte a bater nela até que bater também perca o sentido.

Arrancarei as cortinas que Eudora escolherá. Mijarei sem dar descarga, molhando a tampa da privada. Mas, se eu tiver que fazer a barba, não terei barbeador só meu. Ficarei áspero. Tomarei banho para fugir da voz de Eudora e terei que aceitar muitos fios de cabelo agregados ao sabonete. Deixarei sapatos pelo caminho, potes abertos de coisas de comer, laticínios de geladeira fora da geladeira, e Eudora deixará bilhetes agressivos dentro dos meus livros.

Eudora crescerá para os lados. Os braços ficarão enormes, fofos, com superfície irregular. Balançarão a carne quando ela cortar o pão. E as pontas dos seios imitarão coisas pretas e sem sumo. Eu criarei uma barriga obscena, peluda, que chamará a atenção para o umbigo. Terei meus vícios e imagino os que já tenho: dormirei muito e beberei muita cerveja. Em troca, Eudora comprará televisão, rádio e computador para que eu nunca mais leia.

A certa altura cada um criará um idioma de evitar o outro. Puxaremos este mundo aqui de dentro para cá e para lá, sem rasgá-lo completamente ao meio. Ao contrário, a casa ficará mais dura, de não pertencer a ninguém. As paredes ficarão se cutucando com discrição de empregados. Duas amigas de Eudora chegarão em visita, e eu brigarei com elas, e Eudora ficará do lado das amigas, que então já serão quatro. Farão seminário para falar mal de mim.

Eudora trocará cem vezes a cor do cabelo e não gostarei de nenhuma. Por dois anos inventará uma religião, e eu a mandarei, após cada oração à mesa, que vá à merda com o cristo ou o jeová. Depois, conseguirei currá-la — imagino este o termo —, colocando-a de bruços sobre o sofá e sussurrando que estou comendo uma das amigas dela.

Terei um time de futebol. Sim, terei um time de futebol que chegará à decisão de algum campeonato medíocre, e Eudora irá disputar espaço com ele. Eu terei uma camisa 10, e ela manchará o manto sagrado — um time de cores escuras mas vivas — com alvejante. Durante o jogo decisivo, se estiver no estádio, Eudora ligará insistentemente para o meu celular alegando emergências exteriores à atmosfera hipnótica do campo. Meus amigos dirão que sou mandado pela mulher, e eu discutirei com eles. Se eu estiver em casa, será pior, porque Eudora baixará o volume do meu rádio, lixará algo ilixável, ou fará uma comida muito gritona na cozinha. (E é provável que, sabendo do gol adversário, Eudora se interesse por futebol e pergunte quanto está o jogo.)

Eudora abrirá a casa para o tempo, e então começaremos a envelhecer. Comprará palmeiras e outras plantas ornamentais para que eu tropece nelas. Estenderá tapetes por tudo. Disputarei a napa do sofá com as almofadas imensas, de quatro botões. Odiarei a árvore de natal e o presépio, e Eudora fará muita salada.

No final de tudo, seremos três. Nem imagino que Eudora tenha uma mãe, ex-professora do estado e fumante, que sentará no sofá para me condenar com os olhos, exigindo que a casa ganhe fórmicas e se pareça tradicional como as pérolas falsas das orelhas. Mas acabo dando corda a essa senhora e já me vejo respondendo a suas perguntas sobre coisas que não terei. Me vingarei dizendo que sou dono da casa e que, para passar manteiga, posso usar a mesma faca de cortar o pão. Eudora e a velha, digamos Lourdes, digamos Amélia, digamos Aparecida, suspenderão a conversa quando eu chegar da firma, uma firma de salsichas onde exigirão uniformes numerados de 1 a 7, um para cada dia da semana, para que as câmeras internas possam demarcar o asseio dos funcionários. Farão caras de invadidas e depois invadirão o banheiro quando eu estiver me masturbando. Mas não, não preciso antever uma sogra nem a firma de embutidos. Basta um filho.

Ele chegará quando as contas estiverem atrasadas. Vencerá minha vasectomia por milagre do deus de Eudora. Virá com choro, com presença, com coisas que deverei alcançar, com sono a ser cortado e com traços esquisitos que deverei confirmar a Eudora como sendo belos. Será um bebê no qual terei de encontrar o rosto de Eudora, com os vestígios bicudos da família de Eudora.

Fugirei por alguns dias e ficarei na casa de algum amigo com quem repartirei cerveja por necessidade de falar coisas nojentas de homens. Quando voltar pra casa, haverá uma garota cuidando da criança. Perguntará se sou o pai, e eu descobrirei que foi contratada na minha ausência. E antevejo que uma sogra será necessária — e Aparecida parece um nome conveniente, um bom nome mesmo. Uma Aparecida com um sorriso perverso como a nicotina. Pois Eudora dirá que a sua mãe está pagando a babá, e entenderei no olho manchado de Aparecida o recado silencioso mas constante de que sou um merda. Então andarei de cuecas pela sala com vontades de bater na velha, de sacudir o bebê chorão do berço e de comer Eudora sem olhar para Eudora, esgaçando todos os seus furos. Mas Eudora — fácil antever isso — se negará a ter só furos. Terá um cheiro que, por continuar a ser o mesmo cheiro de Eudora, constrangerá o meu estômago. Mandarei Eudora calar a boca, e ela me chamará de broxa. Entenderei que ir embora só não terá maior sentido que infernizar a casa, desordenando tudo o que tentarem ordenar, produzindo lixo, gases, pelo, barulho. E só depois de aceitar a ocupação definitiva irei embora para um apartamento sem zelador ou porteiro eletrônico, com uma íris silva que se matou por falta de homem. Será um apartamento minúsculo e quente onde as mãos do mofo subirão como aranhas pelas paredes. Esvaziarei o apartamento de todas as coisas inconvenientes para que minhas unhas dos pés possam crescer em paz, e o silêncio do mancebo faça bastante eco. E ficarei lendo Javier Lucerna para imitar o modo como ele escreve. E criarei uma barba igual à dele, buscarei escrever igual, em espanhol igual, até que um dia uma Eudora igual virá com outro rosto e outras coxas e tirará fotos de bugigangas, e serei o mesmo otário que sei que sou agora, com uma cédula de identidade brasileira onde minha foto continua rindo.

Eudora mereceria isso. Mas não estou disposto.

Capítulo XII
Outra mãe

Sob chuva forte, Isabel chega da farmácia e não acha Felícia. Passa das seis da tarde. Quase noite. Pediu que Ademar a buscasse na creche. Avisou à professora que um parente iria buscar a filha.

O guarda-chuva infantil à porta é um alívio. Isabel entra para se irritar porque Felícia não guardou a mochila, e os calçados estão espalhados pela sala. Isabel está molhada, com vontade de urinar, mas o instinto a faz recolher as coisas, ordenar a casa. Do banheiro, enquanto repõe a calça, escuta os risos de criança. Estão na chuva, descobre.

Da areazinha dos fundos avista dois bichos cobertos de barro. Os cabelos da Felícia não resistem à força da chuva e escorrem como fitas pelas costas. O primeiro rosto de Ademar tem apenas os olhos e os dentes. Mas a chuva vai revelando o segundo rosto, a cara de pau que Isabel conhece e que olha para ela naquele instante. Até que a Felícia enche uma panela de alumínio com lama e despeja sobre a cabeça dele. Da poça, os dois riem.

Vem, mãe.

São os dois chamando Isabel. Mas Isabel reprova tudo: o barro, a chuva, o horário para uma brincadeira daquelas. Isabel diz que aquilo não tem cabimento, que não vai conseguir recuperar aquelas roupas encardidas.

Rato não se suja. Suja, a Felícia diz. Vem, mãe.

São mandados ao banho. Uma chinelada, mais carinho que castigo, atinge a bunda de um, depois a de outro. Começam o banho juntos, sob supervisão de Isabel. Felícia parece explicar a ele algo impossível.

Não entendeu? Você tinha uma acordo a cumprir com o cara da maçã mordida. Não podia ficar lendo poesia. Antes tivesse esticado os olhinhos e fingido ser chinês. Você triunfaria na Europa, agora que ela está em crise. Começaria pela Grécia. Mas, poesia? Percebe que foi assaltado?, a Felícia diz.

E só quando a Felícia está limpa, recebe toalha e é mandada ao quarto, Ademar tira a roupa imunda. Isabel olha: ainda não se acostumou com alguém sem umbigo. E quando Ademar também está limpo, Isabel lhe dá toalha. No quarto, ela abre as gavetas e escolhe um calção e uma camiseta entre as roupas que ele trouxe da casa do tio, quando resolveu que se mudaria de vez. Ademar se veste, pensando que sua mãe poderia ser a Isabel. Depois ri: não se dorme com a mãe. Isabel o beija na testa. Parece um beijo de rendição.

Você fez a Felícia rir depois de tanto tempo.

Sabe o que ela me disse hoje, naquele buraco de lama?, ele diz.

O quê?

Que é médica.

Você é uma das primeiras pessoas com quem ela brinca desde que perdeu o pai.

Vai ver lama cura, que ele diz.

Dali a uma semana será o aniversário da Felícia. O quarto completo da menina. Falta alguma coisa?

E Isabel segreda: em sonho a Felícia conversa com um ventilador que não deixa ela falar. Traga um que saiba escutar, e ela ficará feliz.

Do seu quarto, a Felícia tosse. Ademar, outro quarto, imita.

Parece criança, Isabel resmunga.

47. não tanto quanto a da Nicarágua. Minha guerrilha passou sutil. E acresce que os nicas derrotaram Somoza. Cada criança armada foi mais eficiente que os temblores, e o bunker do tirano foi tomado. Ninguém ficou triste por deixar o sorriso pra depois. Foi a última coisa que contei para o mancebo, quando Eudora me mandou descer, e eu pedi que ela fosse na frente.

Quando um terremoto espatifou a capital da Nicarágua, em 1972, matando cerca de 5 mil pessoas, Anastasio Somoza Debayle, o Tachito, reassumiu o poder do país como chefe de um comitê de emergência nacional. Manágua receberia fundos de socorro de todas as partes do planeta: além de dinheiro, comida, roupas, remédios e livros. Mas, segundo os sandinistas, Tachito, que nunca havia lido um só livro, ficou com todos os recursos, aumentando sua fortuna.

Não me assusta que Tachito tenha sido reeleito em 1974, apesar de todos os protestos da esquerda sandinista de Lucerna e da teologia da libertação, de Ernesto Cardenal, no que incluíam os lamentos acerca da ausência de livros no Coração da América. Sem obrigatoriedade de votos, jipes dos guardias recolhiam cédulas, preenchiam cédulas, cédulas que eles mesmos contavam.

Durante quase 10 anos de estupidez, somando o que herdou dos outros governos da família, Tachito Somoza acumulou uma riqueza incalculável — mais de uma centena de empresas e fazendas e cinco dezenas de propriedades, entre elas as Líneas Aéreas de Nicaragua (LANICA), a Televisora de Nicaragua (Canal 6), a Nicaragua Cigars S.A, a Fish Meal Company, as fazendas Santa Julia, El Tamarindo, Las Mercedes e El Murciélago (na Costa Rica), a Isla del Amor, no lago Xolotlán, residências em Miami, Washington, nas Bahamas e outras posses extravagantes, como cassinos e clubes noturnos, além de inúmeros imóveis que foram transformados nas secretarias de ação do governo sandinista. Ainda assim, segundo Lucerna, a família Somoza não possuía um só livro.

Em 1975, Tachito lançou uma perseguição violenta contra todos os rebeldes da Frente Sandinista, numa inquisição que eliminou livros proibidos. Lucerna teve apreendidos todos os exemplares da *Cartilla Poética*, livro em que intentava ensinar política através da poesia, e tudo antes que um só exemplar fosse distribuído. Ninguém nunca soube o destino daquela biblioteca maldita recolhida por Tachito. Lucerna lamentou: se algum livro ao menos fosse aberto pelo ditador, aquela inquisição de bigode alcançaria algum sentido.

No mesmo ano Jimmy Carter passou a exercer pressão contra o governo Somoza, que se via limitado a receber armamentos de Israel, uma vez que a Nicarágua havia apoiado militarmente a Guerra de Independência do país, em 1948. Os Estados Unidos proibiram até mesmo que um navio com armamentos de Tel-Aviv chegasse à América Central. Joaquín Pasos escreveu um poema em prosa em que pedia que o navio ancorasse em território nicaraguense, pois brincava que os judeus estavam mandando Torás à família Somoza.

Em julho de 1979, Tachito foi derrotado. Seu asilo foi negado nos Estados Unidos, mas não no Paraguai. Somoza levaria consigo os restos mortais de seu irmão e de seu pai, oito papagaios, um pequeno arsenal particular e o que pôde roubar do tesouro nacional. Nenhum livro. Sob proteção do presidente Alfredo Stroessner, Tachito adquiriu inúmeras propriedades na América do Sul — uma casa luxuosa na Avenida España, em Assunção, mais de 25 mil hectares de fazendas na região do Chaco, uma fazenda de 20 milhões de dólares no Brasil, um hotel e minas de carvão na Colômbia.

Em 17 de setembro de 1980, Tachito foi emboscado perto de sua casa numa operação de iniciativa sandinista, com colaboração do Partido Revolucionario del Pueblo, que ficou conhecida como *Reptile*. Um guerrilheiro argentino cognominado Ramón assumiria o comando, e dois sandinistas legitimariam a ação. Passava das dez da manhã quando o mercedes de Tachito foi anunciado por um membro que fazia as vezes de entregador de jornal. Acreditava-se que o carro era blindado, e por isso um foguete foi disparado de um lançador RPG-7 em ataque lateral, mas não o acertou. Ramón alvejou o motorista de Tachito com um AK-47, e um segundo foguete explodiu o automóvel, que, em chamas, ainda seguiu movimento até subir em uma calçada.

Tachito Somoza acabou carbonizado com os outros dois passageiros do carro. Relatórios posteriores da imprensa do Paraguai afirmaram que dos escombros do atentado só restaram duas coisas relativamente nítidas: os pés do ditador e um livro, em cujas folhas internas, pretas pelo fogo, apesar de fechadas, nada se podia entender. Tachito tinha 54 anos em sua última foto, toda carvão. Era a primeira vez que o viam com um livro.

Lucerna entrou em 1980 para o Ejército Revolucionario del Pueblo, liderado por Mario Roberto Santucho, na Argentina. Seguia o pedido do amigo José Mendoza, que chegara ao país em fins de 79. Daí se imaginar que a história de um ou de outro repetiria a de Rigoberto López Pérez, o poeta que matou Tacho, primeiro Somoza e assassino de Augusto César Sandino. Depois do fim de Tachito, Mendoza seguiu combatendo na Argentina e finalmente morreu no assalto ao quartel La Tablada, em 1989. Do autor de *Arena viva*, contudo, nunca mais se teve notícia concreta. Fugiu da Argentina por engravidar a filha de um deputado. Mas não há fecha de muerte para Javier Lucerna. Gorriarán Merlo, argentino que também participou do atentado a Somoza, argumenta que Lucerna voltou para perto da Nicarágua. Em Honduras, realizou operações de espionagem dos contras, quando foi preso e acabou asilado na embaixada brasileira, sob proteção de João Cabral de Melo Neto, em 1985. Talvez tenha sido a única incursão poética do brasileiro no país que era a base inimiga dos sandinistas. João deixou a filha, o genro e os netos e retornou ao Brasil com o fim do governo Figueiredo. Não há registros do paradeiro de Lucerna. Manuelito Maldonado, el pequeño gigante de Somoto, acredita que Javier Lucerna percorreu meio mundo espalhando brujitas para a Revolução Integral do Povo Americano e poderia ter morrido em qualquer lugar. Na América, qualquer lugar é o Brasil.

Na minha tradução de *Arena viva*, posso matar Javier Lucerna no Brasil, mas o problema é escolher, entre algumas possibilidades, uma morte honrosa neste país onde morrer de rir parece ser o único heroísmo possível. Não pesquiso mais detalhes e escolho ser leviano, escrevendo isto:

Lucerna está, digamos, na Guerrilha Brasileira, pela Revolução Brasileira, a única com envergadura capaz de fazer frente à opressão do sistema americano. Sua alma revolucionária pensará a morte de Tancredo Neves como um golpe. Sairá de Recife para montar uma base de operações no que chamará o grande estado da Caatinga. Os compas usarão chapéu de couro, alpercatas e serão treinados para a espingarda e o punhal. Começarão atacando fazendas menores, mas logo se tornarão ameaça aos proprietários gordos. Embora o governo não localize o bando, um sírio-libanês filmará e fotografará treinos e manobras de combate. Entrevistará os homens. Lucerna aparecerá com uma mulher chamada Deia, que, contam, cortava a orelha das outras por ciúme. Lucerna falará português e ainda não terá conhecido Mago.

O filme confundirá a nação. O fotógrafo-cineasta acabará morto pelo governo.

Anos no calor. Anos na areia e no mandacaru. A polícia e o exército perseguirão o rastro de Lucerna. Uma recompensa será oferecida. Mas a Guerrilha Brasileira escorregará pelo sertão, ameaçando a ordem militar. Lucerna irá distribuir cachaça entre os caboclos e degolará oito policiais que terá feito prisioneiros. Os homens da Revolução serão mais duros que os espinhos.

Nem todos, porém: um homem chamado Pedro Catânia se cansará de comer cajus e de beber água suja. E ademais ele irá lembrar de uma moça chamada Olímpia, que ele deixou na cidade de Maruim, perto de Aracaju. Dormiu com ela duas vezes, e ela disse que esperava um filho dele. Pedro pensará no filho, e aqueles tiros, aquela areia nos dentes, aquele calor que risca o pescoço, aquelas coisas todas de guerrilha o incomodarão demais. Descobrirá a recompensa e então já terá decidido: Se eu entregar esse nica filho da puta, a guerra acaba, e eu vou ver Olímpia. A guerra acabará. Encurralado por uma tocaia, o bando irá cair na degola. As cabeças de Lucerna e as dos revolucionários do Brasil serão expostas a quem quiser fotografar numa escada e com legenda. Pedro receberá bem menos do que prometia a recompensa. O suficiente para ir ver Olímpia, que não estará esperando filho algum.

Aguardava a crítica do mancebo, mas o silêncio me indicou que ele fugia. Então um caminhão de lixo foi a nossa despedida. Os funcionários gritaram coisas práticas, a máquina mastigando tudo. Levantei do sofá. E abri a porta. Arranquei o diabo já sem cor da face externa. E a fechei. Ainda ouvi a última réplica bastante nítida, mas já então eu descia as escadas.

48. quando retorno a Somoza e temo tê-lo perdoado, voltando a comprar cimento de suas empresas. Caminhando para pegar um ônibus, descubro o Brasil como uma nação sem povo, com quase 200 milhões de somocistas. Faço apontamentos: se a burguesia daqui ainda não cumpriu o papel de quem usufrui de um país, que é justamente construir um sentido de nação, a saída seria fazer como os selvagens: não exigir do país mais do que ele pode ser. Logo todos os brasileiros são membros de uma mesma família, preocupada em ensinar aos filhos que um país é o que conseguimos arrancar dele e que, no que quer que venham a fazer, os filhos terão sempre razão. Por exemplo: é bom sair de casa e lutar pelo que é nosso, protestando pela primeira vez na vida por alguma coisa justa, como contra a cota de negros na universidade pública. É assim, não de outro modo, que se faz a revolução brasileira: só tomo as ruas quando ameaçam repartir meus privilégios coloniais. Eudora reclamava justamente de que eu usava generalizações contra a sociedade. Mas o que usar contra uma massa, uma coisa viscosa que escorre uniforme como um gênero? Eudora talvez tivesse razão, e me estaria faltando humildade para aceitar ao que pertenço. Mas quanto a isso confio mais em Izolina: Humildade é bom, ela dizia, Mas não abaixa muito que aparece o rego.

Atravesso os trópicos com a consciência de que não consegui não pertencer ao Novo Brasil. E se falhei, e se fui derrotado e aqui me encontro num dia de sol, não foi pelos incentivos deste país e sua mínima ingerência coletiva, mas pela força indestrutível do espírito humano. Foi ela que me empurrou ao abraço. Nesse inevitável retorno, me entrego descruzando os braços e volto cansado de tanta tentativa de não fazer nada. Compreendo que fui envenenado pois nenhuma tarde de que me privei evitou de me dar coceira nas mãos. É o efeito de guardar livros embaixo das unhas. Abandono tristemente minha população de talheres e tapetes, portas e móveis dóceis que sempre respeitaram meu direito de ficar sozinho e num silêncio que nada espera. Entendo que pertenci a uma comunidade de seres livres e ativos nos afazeres domésticos. Pois digo adeus aos objetos que cuidaram tão bem de mim e saio de casa deportado, sem saber se serei lembrado como tirano se como democrata, mas com a certeza de que deixo tudo o que lá habita na paz de um self-government bastante inédito.

Me aguardo nesta rua ensolarada como coisa que se desembolora e volta a pertencer e não pertencer à moda. O ônibus me levará a Guaíba, do outro lado do rio, e estarei recomeçando ou começando algo. Me sentirei na velha toyota da FSLN, ouvindo de Mago que, como a revolução acabou, ele se deitará com uma nica de apenas três pelinhos no sexo. Estaremos contornando o lago Xolotlán para levar Lucerna a Santa Gertrudes, onde viveu escondida sua mãe, Benita Solíz. Me aguardo feio, mas original, e inevitavelmente participante da vida. Inevitavelmente igual ao homem que vende vales-transportes como quem pesca escondido. Sei que a partir de agora cada vez ficará mais difícil me iludir com comidas e roupas, e quaisquer novidades que repitam que o mundo roda me renovarão a insônia. Mas terei que respirar, encher os pulmões e o estômago daquilo que a sociedade não precisa e depois devolver aos canteiros sem dono deste país, como um casco de vidro, e depois repetir de novo. Terei, enfim, o compromisso de ajudar o Brasil a crescer. Terei de consumir.

Achei que encontraria um país depois do exílio. Achei que o sentimento de pertencer a um chão se insurgiria de dentro de mim para provar minha filiação. Mas o Brasil não existe. É uma realidade provisória. Este país ainda é aquela Ilha Braçil, massa flutuante da Idade Média, cheia de papagaios e sempre pronta a fugir de quem a tenta encontrar. Então descubro por que só se é brasileiro por enquanto: é que o Brasil é uma ilusão de retórica, um sofisma, mera roupa na vitrina. A televisão dizia que eu não podia desistir porque eu era brasileiro. Pois eu desisti. E desisti duas vezes — primeiro, de ser brasileiro; depois, de não ser. E agora que volto a esta terra me sentindo estrangeiro, com olhar atravessado de estrangeiro, me arrependo de não falar uma língua difícil, porque espanhol também é como fala o vira-lata. Então não falo.

Voltarei a Guaíba, é isso, me sentindo herói quando não converso, quando não me sento no ônibus e no entanto não estou aguardando a senhora ou o deficiente que precisarão do assento. Sou herói quando não sorrio nem reclamo e, chocho, agarrado no balaústre, me deixo levar, apenas isso.

Duas garotas sentadas cochicham, me olham com orgulho e higiene e me lembram Eudora. Eudora, a burguesinha de sangue hebreu, que estudou inglês e francês para desafiar quem lhe olhasse as coxas. Mas ela foi a mesma mulher que usava esponja para esconder o seio triste. Quando convinha, usava lentes verdes para falar coisas como estas: Os caras pensam que toda mulher gosta de relógio prateado e peito de academia. Ela falava dos brasileiros, está claro. Mas mulher, mulher mesmo, mulher gosta é de homem que reaja, disse. Se a renúncia é uma reação, entendo por que Eudora pode ter gostado, ao menos minimamente, de mim.

Pode ser: qualquer pessoa sabe mais de mim do que eu. Adivinhavam minhas histórias. As meninas que me beijavam sabiam que eu não teria coragem. Perco pros meus versos. O autor de um texto sabe o começo e teme a mancha de óleo. Temo tudo, mas me horrorizam as origens das coisas, por exemplo: por que é que fui voltar a sofrer da maldita lucidez que vence a inércia?

Eudora já sabia que eu gostaria de Lucerna, que a revolução do Professor dilataria a Nicarágua até as paredes daquele país sem cara em cuja untuosidade me sentei para ler. Cada verso que me fura, como Lucerna faz comigo, Eudora o tinha antevisto. Eudora me conheceu inteiro — uns cinco centímetros de barbante, que me desenrola, ou enrolo, mesmissimamente o mesmo. O primeiro domingo de Eudora comigo já foi tudo, e por isso ela não precisou se preocupar: eu não me mataria, nem de fome, nem por fome. Suas visitas foram realmente aulas de adestramento. Ela praticamente inventou Íris Silva e a gordinha Tatiana. Talvez tenha ensinado ao ventríloquo de madeira. A verdade é que sou resumido demais, e Eudora não precisou me decorar.

Também que a leitura pode ter sido minha única mãe e minha única casa. Inventei carinho com literatura e então sou apenas um punhado de terra avulsa. E acerto: naqueles dias de reduzidas circunstâncias, em que esbarrava comigo mesmo, suspeitei que não precisava mais que leitura para viver. Mas a literatura acabou mais indomável do que eu imaginava. Uma verdade é que talvez seja impossível alcançar a estrutura neutra, e a culpa é da inevitável dependência. Ela sempre esteve de prontidão para me confiscar. Digo o mesmo do Brasil: ele se manteve lá, senão como lugar, ao menos como adjunto adverbial.

Minha mochila tem poucas peças de roupa. Alguns livros, os mesmos livros — terra materna para adubar as unhas. Levo bolachas, a ração de guerrilha, e uma vontade ainda imensa de ser outra pessoa, uma pessoa tão mais competente, que conseguiria só no grito arrancar as cercas entre as casas. Concordo que o lado esquerdo do meu rosto vai desaparecer e então sei que vou engolir fumaça, fumaça e poeira, até que atravesse o rio, encontre as garrafas de cachaça que Jacinto enterrava no jardim ou seja surpreendido por alguma coisa que, numa gaveta, me valha a pena. Depois disso sei que vou continuar a escrever e terei que me definir entre dois caminhos. O primeiro é escrever para mim mesmo. Mas prefiro ser leviano.

Por isso deixo para Eudora o livro que tanto quis, assim: *Imagem e semelhança*. Assino Javier Lucerna e não sinto que seja uma homenagem. Também não sinto vergonha. É um superpoder. Dou ao Professor uma resposta à pergunta que mais lhe fizeram: por que escrevia se o fuzil fazia mais estrago? Para que a Revolução, que não podia se ver acontecendo, se tornasse outra para ela mesma.

Capítulo XIII
Oración, Javier Lucerna

Por que ele não escrevia mais era o que Isabel queria saber. Porque o Narrador só tinha lhe deixado um poema era a resposta. Ademar está no balcão do armazém. Mora com Isabel mas ainda trabalha para o tio. Esconde sempre algum dinheiro na carteira. Os 45 de hoje são para comprar um ventilador para a Felícia. Ela dirá Obrigada, que este ventilador, sim, sabe escutar, e ele dirá Tu nunca desce?, e ela responderá Finalmente uma pergunta que preste. Haverá um silêncio, e a menina não ficará escutando o ventilador, como fazia no sonho. A Felícia o soprará, e, entendendo que conversam, Ademar terá outra pergunta: Tu é a minha mãe?, e a Felícia dirá Sshh, e voltará a conversar com o vento. Depois chegará Isabel dizendo de novo Ei, por que não escreve?

E agora, precisando escrever, olha a identidade do Narrador tentando entender de onde vinham aquelas ideias. E por isso abre aquele livro que roubou: *Polvo*, Javier Lucerna.

Ademar tenta ler. Está com a identidade do Narrador a acompanhá-lo, linha a linha. Mas esbarra no idioma que não conhece. Na página 34, contudo, encontra algo escrito a lápis:

Oração
Ontem, quando morri,
voltava da lavoura de milho,
e minha pele se ajoelhou diante da tua.

Meus olhos nasceram sabendo escrever
e ontem, e foi por isso,
morri esquecendo como é que se lê.

Morri ontem, por volta das nove horas da manhã,
para descobrir tuas mãos fechadas,
que imitavam um pão.

Ontem soube que a revolução acabou
e que morrer não é menos triste
quando vale a pena.

Meu amor não conheceu a medicina:
morri de haicai,
suficiente num instante.

Olha o texto do livro e o manuscrito e percebe que o Narrador fez uma tradução. A certeza: é novamente um poema para Isabel. Poderia copiar um dos poemas que vem lendo. Mas, ele não sabe por quê, estaria sendo falso. Prefere sentir-se copiado por Pedro.

O poema: ele, na lavoura do balcão; Isabel, na lavoura da farmácia. É o que vai explicar se ela perguntar alguma coisa. Por um instante daquela manhã bastante abafada, sente-se feliz. Relê o poema e então tenta o original e já está entendendo. É fascinante: nasceu Ademar, já foi o Mickey Mouse, Pedro, e Ademar de novo. Agora começa a se instalar em outra pele. Já pega o lápis e vai copiar no papel branco do balcão.

Interrompe-o alguém que quer comprar mortadela, 200g. Ademar pesa e indica o preço. A nota do comprador é alta, e, quando Ademar abre a gaveta para buscar o troco, surpreende-se com a arma apontada. Emborca a gaveta sobre o balcão e entrega tudo o que tem. O assaltante pergunta se é só aquilo, e é só aquilo sim. O bandido tem pressa e diz que quer mais, quer tudo, quer o que está escondido e então nota que Ademar tenta esconder um livro, e quer o livro, o dinheiro que está no livro, e, para arrancá-lo, precisa bater-lhe com a arma na mão. O ladrão foge colocando o dinheiro dentro do livro. Ademar está gelado. Vai até a entrada do armazém para ver o vilão desaparecer numa moto.

De volta ao balcão, nota que copiou somente as duas primeiras linhas e, agora aterrorizado, diante de um buraco, sente que, ou cobre o que fica com terra, ou terá que escrever o resto. Começa a tirar as luvas.

49. por enquanto, no meio do caminho. No lugar de Virgílio tenho Lucerna e forço para que a estrada e a selva sejam sinistras o suficiente. O ônibus sacoleja, e as pessoas que me olham fazem a sua parte. Um homem de uns quarenta anos, carteira de cigarro no bolso da camisa e bigode grisalho, provável cabelo pintado, esse homem faz a sua parte. Ele toca o meu braço e mostra um lugar vago. Digo Não, obrigado, e ele continua me olhando. Digo que prefiro ir de pé mesmo, e há um novo olhar agora: antes me queria incluso; depois o olhar estranho me agrada porque de alguma forma é cínico e me exclui como coisa estranha que não senta quando um lugar está vago. Mas há outra coisa: ele nota que me falta o último botão da camisa.

Penso no fim do século passado, quando se inauguraram inúmeras políticas de inclusão. Há direito de se ser incluído em tudo. Aos poucos, não importa quantos braços ou quantas pernas, as portas terão de se abrir, e incluir o que quer que seja será absolutamente tão normal quanto o homem do bigode grisalho, com suas duas mãos redondas agarradas ao banco da frente e os olhos na paisagem dispersa. Mas me ocorre que ainda estamos longe do direito primário à exclusão. Penso não na exclusão do outro, mas no direito à exclusão voluntária. Neste direito: pego um ônibus para Guaíba buscando me excluir de Eudora, senão de todo, ao menos do que o Brasil me deixa. Ou vejamos: fecho a porta do apartamento e não tenho as chaves com que abrir e voltar atrás. É Eudora, a grosso modo, quem me proíbe qualquer retorno, porque levou as chaves. E agora que o umbigo é a terra que mais estranho, sou o único país que resta.

A chaminé da fábrica de celulose espreme meu tempo. Guaíba está aí na frente, nome emprestado do rio e um passado de praia. Devo a esta cidade porque sou incompetente para dizer mais sobre ela. Guaíba me irrita como Izolina.

Talvez eu seja incompetente também para ter mãe. Apesar de todo o esforço de Izolina, parentesco possa ser uma questão que escapa à convivência e ao sobrenome. E, se o sangue for mesmo irrelevante, ser parente é um acordo, nem sempre agradável para todas as partes.

Sim, fui mais incompetente que Izolina, sim: o que ela guardava nos vidros ficava cada vez mais doce. O que ela vendia nunca precisou de rótulo. Me parece que eu, o que eu busco seja a tarja que identifique a procedência, meu prazo de validade e os motivos por que tanto me azedo.

Ainda no ônibus e já entro na cidade. Vou à casa de Izolina buscar a certidão de nascimento, onde tudo começa. Continuo de pé, apesar de tantos bancos vazios depois de cinco paradas. À beira do rio, numa tarde quente, as pessoas de Guaíba tomam chimarrão, passeiam com os cachorros, e me sinto sentimental: são a minha família.

Avisto a Ilha do Presídio e me perpasso de duas sensações. Estive na ilha nos anos oitenta, quando ainda era possível algum banho na Praia da Alegria, e os primeiros amigos do meio ambiente começavam a se preocupar com a quantidade de garrafas plásticas na água. Éramos desse grupo: quatro corajosos de caiaques. Mas eu parecia sozinho naquela tarde fechada.

Nunca evitei a convivência com o quarto escuro onde Izolina fazia as compotas. Havia um cheiro todo próprio de lenha, de fogo, de doce. Eu fugia das faxinas diárias da casa, das reformas constantes da casa. Ficava quieto, às vezes dormindo, às vezes lendo, às vezes imaginando o mundo depois do rio, ou entre Guaíba e Porto Alegre. Antevia a ilha, as visões que teria tanto da capital quanto da minha cidade e sua chaminé de progresso e fumaça. Mas havia apenas minhas ilhas possíveis — uma árvore de leitura e o quarto escuro dos doces. E mesmo na penumbra, as grosserias de Jacinto com as portas, o jogo de futebol e todas as vozes ranzinzas das ferramentas da oficina me alcançavam. Porque também aquele Jacinto que mal sabia falar arrumava bicicletas com os gritos. O escuro ficava apertado, embora sem limites, como um rio noturno e de água pesada. Só quando eu deixava o quarto, e acaso era um dia ou tarde de sol, as coisas pareciam renovadas. Era às vezes mais fácil abrir alguma janela que dava vida a objetos simples — uma lata de neocid, a bomba de flit, as ferramentas para a terra, alguma abóbora de pescoço ou os vidros engordurados de tempo e à espera do doce e do lustro. Mas era normal, e hoje vejo como estranho, o fato de eu abrir os potes da reserva e deixá-los respirar. Do que Izolina reclamava: sempre o trabalho nojento para ela de livrá-los de insetos mortos.

O ônibus se esvazia aos poucos, e a ilha vai ficando menor. A impressão, desde o caisinho, no centro da cidade, era de que a ilha era enorme, labirinto de pedra que ruge. Mas a ilha não rugia e era pequena, eu sabia bem.

Era um domingo de Copa do Mundo, o Brasil perderia para a França de Platini, e todas as pessoas estavam em frente à televisão. Podíamos remar, que ninguém nos veria. Chegamos à ilha naquele fim de tarde destemido, com as luzes mancas de um resto de sol e a ameaça de nuvens. Tínhamos de ser rápidos, como a decisão de remar os mais de dois quilômetros desde a praia. E fomos rápidos, de fato. Puxamos os caiaques para cima das pedras e reconhecemos a paisagem. E logo cada um buscou seu nexo de ilha. Fazia pouco não havia mais presos. Deixei o Timóteo e o Márcio analisarem as prisões, as mensagens de dor inscritas nas paredes e a arquitetura do castigo nas celas. O Charles havia me seguido, e agora, da velha guarita, olhava Porto Alegre e tentava fotos com uma máquina descartável. Eu não queria me deter às paredes, à paisagem ou ao que fosse humano. Pois tinha medo de sentir inveja dos que estiveram presos. Preferi percorrer os restos de selva, o pouco de negação que não fosse abandono, e vi pássaros, estranhos, como sabiás cinzentos, como garças negras, bichos que não via em Guaíba, nem nas praias nem nos campos. E havia gatos que, tão logo me viam, escondiam-se para, a distância, avaliarem-me estranho. Todos eles eram brancos e pretos. Havia um silêncio, poucas vezes cortado, ou por um gato a mover folhas, ou por uma conversa dos rapazes que, dispersando-se pelo rio, também me achava. Pois sentei e esperei que algum gato perdesse o medo e se acostumasse com uma pessoa, mesmo que sua natureza forçasse a fuga. Soube depois: não eram gatos da ilha, selvagens, mas animais deixados do tempo do presídio e talvez estivessem desacostumados com as pessoas. Alimentavam-se de pássaros e sapos, provavelmente. De todos os modos, prefiro lembrar deles como gatos da ilha, como os tubarões do lago Cocibolca. Recordo ainda que o céu havia se fechado, e os gritos da ilha eram companheiros chamando para irmos embora. Sentado, à espera de que algum gato se aproximasse, quis ficar ali, quieto, e deixar que os amigos partissem. Me tornaria um gato com unhas brabas também, sem língua, com olhos agudos para os pássaros e ouvidos capazes do silêncio e do detalhe. Me puxariam pelo rabo, e as minhas unhas se agarrariam à terra, fariam parte das pedras do lugar. Mas inesperadamente me veio à cabeça a carranca muda de Izolina, as mãos gordas e enrugadas se secando na roupa, e senti uma saudade bruta.

Aprendi na escola, no bairro mesmo, que havia pessoas que buscavam alegria. Na casa, eu buscava o escuro e o silêncio, um livro e o vento superior, coisas que me amansassem como sujeito ruim para a horta, para as compotas ou qualquer serviço de graxa, e de pensamentos ruins, como um escuro incestuoso que engolia Jacinto e Izolina.

Mas o único que houve foi o escuro puro que em verdade os consumiu.

O ônibus chega em frente à igreja de Santa Rita, na Praia da Florida, e confesso que não ter fé não evita: me sinto culpado por Izolina ter ficado quase cega e com frio e por Jacinto ter fugido na noite de inverno. Mas não quero aliviar Jacinto de nada. Só Izolina. Se a deixei, sozinha e vendo manchas, me alivia que eu a tenha poupado da convivência com a mulher feia que lhe disputava a casa. A casa onde nunca estive de fato, se ler me desendereçava.

Chego ao portão de madeira e bato palmas. Não há cachorros mais na vizinhança. As janelas da frente estão abertas. Bato novamente. Ninguém aparece, Izolina nunca apareceu, e então prefiro que a minha mãe esteja na minha casa.

Abro o portão e entro e escuto seus ruídos no banheiro. Digo simplesmente Mãe. Uma torneira se fecha. A senhora e seu rosto rude me surpreendem com um sorriso desacostumado. Talvez a senhora enxergue apenas um vulto, mas a dentadura reconhece como sendo um vulto familiar, é o que sinto. Seca as mãos nervosas, as mãos que eu receio pegar. E diz Ai, meu filho, tu não manda mais notícia e vem assim sem avisar. Faz perguntas, muitas. Se quero café, se quero pão. Quero tudo. E enquanto dispõe as coisas que vou comendo, a senhora conta o que se passou nesses dias. As dores que vem sentindo. Pessoas que morreram. Amigos que me procuraram. As encomendas de doces. Aos poucos vou percebendo meu erro: seu rosto deixa de ser feio e torna-se misturado. Sinto vergonha. Ou apenas uma vontade burra de cuidar da senhora. Seu movimento é discreto ao guardar minha mochila e me livrar de constrangimentos. Então, como não quero contar sobre o assalto, apenas peço, e a senhora levanta pra buscar.

Vai até uma gaveta e mexe nas coisas internas. Sentamos lado a lado numa poltrona estreita. A senhora derrama um vidro sobre a mesinha e pede que eu decida. Escolho um lascado, o mais semelhante. A senhora enxerga borrões, mas sem tirar a camisa eu confio e deixo. E a agulha velha, com linha branca, começa a pregar o botão na casa certa.

Agradezco a Mara Trebet y Carlos Herrera, a Don Carlos Herrera y Norman Herrera, por todos los contactos en Somoto y por el cariño. A Vera Nay, soy agradecido por todos los gallos pintos. No olvidar de Rudy Selva y Mago, por las informaciones esenciales sobre la vida que tuvo Javí. A Manuelito Maldonado, el pequeño gigante, que, enfrentando la poliomelitis desde los 13 años, salió de la pobreza como zapatero sandinista y logró ser diputado en la asamblea nacional, agradezco por la plática histórica que tuvimos en su casa. Don Carlos falleció en 2014 (se necesitaba un medico en los campos azules donde las vacas flotan). Manuelito es fallecido desde 2012.

Agradeço também ao Valmir Michelon por tudo o que se refere à Ilha do Presídio; à Luísa Oddone e à Maria Luíza Verdum, pela ajuda fundamental com as fotos.

Este livro foi composto na tipologia Dante MT Std,
em corpo 12/16, e impresso em papel
off-white na Prol Gráfica e Editora.